厦门大学"985工程"人文优势学科项目资助成果

黄鶴齡集

[清] 黄鶴齡 撰

劉榮平 江卉 點校

廈門大學出版社 國家一級出版社
XIAMEN UNIVERSITY PRESS 全國百佳圖書出版單位

前　言

一

　　黃鶴齡(1792—?)，字浣雲，廣東嘉應(今梅州)人，生活在清道光、咸豐年間，曾赴臺灣襄幕十餘年。其師莫友堂、其弟子丁紹儀對其事迹稍有介紹。莫友堂《屏麓草堂詩話》卷七云：

　　　　黃生名鶴齡，字浣雲，籍粵東。尊人某公爲閩參軍，遂僑寓焉。嘉慶壬戌(1802)，予下榻沈蔭士書齋，浣雲其襟子也，因附學。聰慧而醇謹，勤學而好問。功課畢，嘗以《康熙字典》請講解，如是者五六年。既冠，以母老家貧去，習度支，今則擁巨席爲上官賓客，且有年矣。[1]

　　丁紹儀(字杏舲)《聽秋聲館詞話》卷四云：

　　　　道光丁末(1847)秋，以歸妹故，渡海至彰化。適黃浣雲師鶴齡館臺灣郡，賦詩召余，佐勾稽者八閱月。師，嘉應人，善度支學，好爲詩。以香山、義山、遺山爲宗，嘗自謂三山後學。詞非所喜。余初至臺，呈《八聲甘州》一闋，即依調見答。云："正西風吹老碧梧桐，海外喜萍逢。念戟門聽鼓，侯門挾瑟，一樣倥偬。不分赤嵌城畔，重翦燭花紅。一十年間事，逝等飄蓬。　　聽説艱難負土，更爻占歸妹，遠趁飛鴻。問鯨嘘鼉擲，壯覽幾人同。看依然、襟情似雪，只飄蕭、潘鬢漸鬖鬆。怎怪我、鬚眉霜染，頭腦冬烘。"師所著《不暇懶齋詩》，囑人

---

[1] 〔清〕莫友堂：《屏麓草堂詩話》，清道光二十九年(1849)黃鶴齡刻本，福建省圖書館藏。

攜赴臺陽,舟覆沒于水。然掇拾叢殘,尚得十二卷。余倩符
雪樵大令校選一過,力稍有餘,當爲刊行,志之以當息壤。①

丁紹儀《東瀛識略》自序云:

　　道光丁未秋,余以歸妹至彰化。及冬禮成,省黃浣雲師
于臺灣郡廨。時守臺者父執仝碉南太守適兼臺灣道篆,囑余
襄理度支,并佐浣雲師稽核臺郡文冊,勾留者八閱月。②

據上可知,黃鶴齡年輕時即棄學經商,後赴臺灣知府仝卜年
(字碉南)③幕,一生未做官,著有《不暇懶④齋詩》,劫後尚存12卷。
適逢陳慶元先生主持編纂《臺灣文獻叢編》,筆者參與編撰一事,
得以留心《叢編》之選目,遂發現黃氏《不暇懶齋詩鈔》尚存人世。
翻閱之間,即見其詩與晚清著名詩人劉家謀頗有關涉,且可據以
考察道、咸年間臺灣社會多方面的情況,其價值應予重視。

黃鶴齡《不暇懶齋詩鈔》現藏福建省圖書館,該館定爲善本。
有正楷鈔本,凡8冊,另有行草鈔本,1冊。正楷鈔本有黃鶴齡《不
暇懶齋詩鈔初稿自序》,對自己詩歌的創作歷程作了簡要説明:

　　予少孤,未嘗學問,家貧母老,年十有七即棄書遠遊,餬
口四方。雖未過都越國,涉歷名山大川,而身不出閩疆。三
十餘年以來,足迹所到幾二萬餘里矣。丙午(1846)春,復乘
槎遊海外,荏苒十餘年。今已精髓衰竭,無復少壯時充滿,豪
情俱餒,鋭氣全消。所讀之書,恍如隔世。獨于韻語一事,垂

---

① 〔清〕丁紹儀:《聽秋聲館詞話》,清同治八年(1869)刻本,廈門大學圖
書館藏。
② 〔清〕丁紹儀:《東瀛識略》,臺灣省文獻會主編:《臺灣文獻史料叢刊》
第121冊,大通書局1987年版,第2頁。
③ 連橫:《臺灣詩乘》卷三:"仝卜年,字澗南,山西平陸人,嘉慶十六年
(1811)進士,道光十一年(1831)任噶瑪蘭通判,補臺防同知,嗣升臺灣
知府,卒于任。"則碉一作澗。見臺灣省文獻會主編:《臺灣文獻史料叢
刊》第147冊,大通書局1987年版,第122頁。
④ "懶",黃鶴齡詩集稿本作"嬾",今按規範字要求更改。

老弗輟，如劉邕之嗜瘡痂，殆有偏好焉。自壬寅（1842）以前所作約及千首，悉付龍宮鮫室，不可復得，然不存少作，亦藉以藏予之拙也。二三同志掇拾之，僅得數十首。壬寅以後，仿編年體例以驗學力所至，痛加刪汰，酌留如干首，聊志實朋宴衍之酢酬，戎馬兵氛之倉卒，以及佗傺無聊時悲歌慨嘆者，均于此見之。譬諸鳥吟蚩語，不過自鳴其春秋，實不足以登大雅之堂，汙通人之目，苟逢哲匠，不啻唾而棄之矣。古句云：只堪自怡悅，不可持贈人。味斯語也，其信然歟？時咸豐八年（1858）秋九月望後二日，浣雲氏書于露香書屋。

據莫友堂《詩話》，黃鶴齡在 1802 年從莫氏求學，閱五六年，約在 1808 年棄學。莫氏說黃鶴齡棄學時 "既冠"（約二十歲），而據《不暇懶齋詩鈔初稿自序》，黃氏年十有七即棄書遠遊。假定 1808 年黃氏棄學時十七歲，則其生年在 1792 年；假定 1808 年黃氏二十歲棄學，其生年當在 1789 年。黃氏的生年應該在 1789~1792 年間。黃鶴齡壬寅年詩《章香坡德謙至自南詔邀酌率贈》云："我年四十九，生計羞馮驩。" 則黃氏 1842 年四十九歲，逆推其生年在 1792 年。癸卯年詩《病中雜詠》云："過眼雲烟五十秋，勾留鴻爪半南州。" 則黃氏癸卯（1843）年五十歲，也可逆推其生年在 1792 年。其生年，據《不暇懶齋詩鈔初稿自序》所作推測是準確的。

行草鈔本有陳宇跋，跋云：

《不暇懶齋詩集》若干卷，嘉應黃君鶴齡浣雲氏著。余道光壬寅與浣雲訂交龍谿，共晨夕八閱月。獨嘆浣雲學問經濟，胡弗從仕而爲諸侯幕賓？及觀其性情談論，磊落激昂，有不可一時之概。則雖從仕亦必受排擠傾軋之患，終以不合而罷，顧不若布衣之爲善也，于是心益賢之。同治戊辰（1868）冬，杏舲別駕出其遺集，爲吾友符君雪樵所已訂。雪樵深于詩者也，詩以風神婉約爲宗，視浣雲之揮斥汪洋者不同。浣雲寸思，得之天賦，復博覽群籍以厚其力。往往析陳言爲新句，奇警動人，舉一切模範之習，掃除已盡。洎咸豐以後，海內不靖,時事多艱,其詩益鬱勃淋漓,直與古會也已。交遊既廣,酬答遂多,此固詩人之通病,惟當求其旨趣,著其本真。余學殖久荒,年齒日鈍,曷敢妄肆丹黃,更恐有去所不當去者。竊念舊與浣雲有平生之雅,申以杏舲篤師門風誼,不揣犖犖愚思,牑具厓略,請俟賢者編次之。同治六年(1867)十二月下澣,鄱陽陳宇叔安謹識。①

此跋論及黃鶴齡未能做官的原因,乃在于其"磊落激昂"之性情不適合在官場發展,并揭示其詩歌的藝術風格和藝術成就。結合《不暇懶齋詩鈔初稿自序》和陳宇此跋,黃氏的卒年在1858~1868年間。

二

正楷鈔本第五冊封皮題"光緒二十七年(1901)六月二十八購,宋志曾記。"此鈔本詩作按作年編排,共計收詩 1455 首,附錄他人之作 40 首。各本收詩情況如下:

壬寅(1842)以前舊稿:14 題 89 首(第 1 冊)

壬寅(1842):24 題 44 首(第 1 冊)

癸卯(1843):31 題 64 首(第 2 冊)

甲辰(1844):75 題 144 首(第 2 冊)

乙巳(1845):51 題 68 首(第 3 冊),附錄他人之作 6 首

丙午(1846):52 題 90 首(第 3 冊),附錄他人之作 2 首

丁未(1847):26 題 37 首(第 4 冊),附錄他人之作 4 首

戊申(1848):25 題 51 首(第 4 冊)

己酉(1849):37 題 66 首(第 4 冊)

庚戌(1850):65 題 137 首(第 5 冊),附錄他人之作 12 首

辛亥(1851):47 題 77 首(第 5 冊)

壬子(1852):37 題 70 首(第 6 冊)

---

① 此跋紀年有誤。同治戊辰是 1868 年,同治六年是 1867 年。或是陳宇同治六年看到黃鶴齡遺集,同治戊辰作跋。

　　癸丑(1853)：86 題 165 首(第 6 冊)，附録他人之作 6 首

　　甲寅(1854)：27 題 42 首(第 7 冊)，附録他人之作 2 首

　　乙卯(1855)：71 題 144 首(第 7 冊)，附録他人之作 8 首

　　丙辰(1856)：28 題 51 首(第 8 冊)

　　丁巳(1857)：55 題 116 首(第 8 冊)

　　行草鈔本收黄鶴齡詩 271 首，附録他人之詩 7 首。與正楷鈔本對勘，可補正楷鈔本未收黄氏詩 33 首，可補正楷鈔本未附録他人之作 7 首。陳宇跋文後鈐有"陳宇"陰文印一枚、"陳氏叔安手校"陽文印一枚。又有陳宇題詩 1 首，詩云："憶昔重逢洗劍池，干將豈易受人知。魯連蹈海心增壯，王粲登樓意足悲。張膽孰爲狂狷若，掉頭同作斗筲噫。平生陳迹今何有，猶得長留數卷詩。"注云："杏舲別駕屬校浣雲先生詩集，既畢，賦此追憶。鄱陽陳宇初草，時年七十有一。"詩及注用緑紙抄録，粘貼于卷末，上鈐有"陳氏叔安"陽文印一枚。

　　行草鈔本收壬寅、癸卯、甲辰三年詩，其他年份詩歌未收。此本是符雪樵①的校訂本、陳宇②的復校本，應有多冊，福建省圖書館今僅存此一冊。正楷本或爲丁紹儀準備付梓時的鈔正本。如行草本《和吳脩軒伯恭述事詩寄以勖之次韻》，凡 8 首，正楷本作《和吳脩軒伯恭述事詩次韻八首存六》，凡 6 首。此即可見出二本前後淵源關係。惜丁紹儀未能將《詩鈔》付梓，所以知道黄鶴齡及其《詩鈔》者不多，黄氏的詩歌未見今人有隻字評論。與黄鶴

---

① 符兆綸(1796–1865)，字鴻詔，號雪樵，江西宜黄人。道光十二年(1832)舉人，官福建福清、光澤等縣知縣，晚年主講恩江書院，著有《卓峰草堂集》31 卷。此據柯愈春：《清人詩文集總目提要》，北京古籍出版社 2002 年版，第 1314 頁。連橫《臺灣詩乘》卷四説："(符兆綸)同治間，佐其鄉人興宜泉司馬幕，來遊臺灣。"見臺灣省文獻會主編：《臺灣文獻史料叢刊》第 147 冊，大通書局 1987 年版，第 184 頁。

② 福建省圖書館藏有陳宇《知白齋集》，然基本不涉其生平事迹。

齡在臺灣頗有交往的劉家謀①有《海音詩》、《觀海集》，皆寫臺灣見聞，均有刊本，故二書已廣爲人知，《全臺詩》都已收錄。另《臺灣文獻叢刊》收《海音詩》，《臺灣文獻匯刊》收《觀海集》，而《臺灣文獻叢刊》、《臺灣文獻匯刊》、《全臺詩》均未收《不暇懶齋詩鈔》。可見，詩集的刊與不刊，實是關乎詩人與詩歌之命運的事情。

　　《詩鈔》中頗多關乎臺灣的詩作，如《渡海歌》、《守風》、《海外元日》、《九月二十六日颶風達旦悸不能寐走筆作此》、《遊安平紅毛舊城慨然有作》、《赤嵌雜詠》、《海醮詞有引》、《赤嵌行》、《募勇詞》、《赤嵌樓》、《十月朔夜半地震不寐賦此》等等。由于海峽兩岸文獻資料交流仍不通暢的原因，《全臺詩》②的編纂尚有未能充分利用大陸資料之缺憾，如黃鶴齡的詩歌就是突出的一例。有關黃鶴齡的詩，《全臺詩》僅于查元鼎《草草草堂吟草》下附錄四首律詩（見第8冊，533頁），爲唱和查氏作，餘均闕如。③《全臺詩·凡例》說：“本書所謂臺灣古典詩，系指（1）臺灣本地人士創作的所有詩作。（2）非臺灣本地人士而到過臺灣者，有關臺灣的詩作。”黃鶴齡《不暇懶齋詩鈔》符合第二個條件。

　　黃鶴齡于丙午年（1846）二月渡海入臺，後在臺襄幕十餘年。自丙午至丁巳年詩均作于臺灣，寫其在臺灣所見所聞所感。《渡海歌》寫其渡海赴臺，編在丙午年詩的開始部分，此詩前的丙午年詩僅有9首，中有《余將有赤嵌之行月舲亦歸金華作此贈別》、《赴蚶江》，是寫其將赴臺灣之事。《十月朔夜半地震不寐賦此》寫臺

---

① 劉家謀卒于癸丑年（1853），黃鶴齡作有《挽劉芑川家謀學博》，注云：“壬辰（1832）舉人，六月二十五日子時歿，年僅四十。”這是對劉家謀逝世日期最詳細的記載。另注云：“芑川時向余借書，遺篋多存。”正楷鈔本《不暇懶齋詩鈔》第6冊。黃鶴齡乙卯年（1855）作《書劉廣文芑川〈海音〉卷後兼示澤芬明經》贊劉家謀《海音詩》“具卓識”。正楷鈔本《不暇懶齋詩鈔》第7冊。

② 《全臺詩》編輯小組編撰《全臺詩》已出版12冊，其中1~5冊于2004年2月出版，6~12冊于2008年4月出版，前5冊出版單位是臺南“國家臺灣文學館”，第6冊起更名“國立臺灣文學館”。

③ 此點承臺灣成功大學教授王偉勇先生代爲查閱告知，特別致謝。

灣地震事,編在丁巳年詩的結束部分,後僅有 11 首詩。據我統計,自丙午至丁巳年詩僅有數十首難見與臺灣有關係,其餘均與臺灣有關。因此,爲不割裂《詩鈔》的整體性,自丙午至丁巳年詩凡 1046 首均可收入《全臺詩》,其間附錄他人與黃氏的唱和之作 40 首,也大多與臺灣有關,這些詩也是可以收入《全臺詩》的。如劉家謀《觀海集》并非每首詩都寫臺灣事,《全臺詩》予以全部收入。因此,從《詩鈔》中可輯錄丙午年至丁巳年作共 1086 首詩入《全臺詩》。

劉家謀任臺灣訓導僅 3 年,所著《海音詩》、《觀海集》,今天已成爲研究道、咸年間臺灣社會狀況的重要材料。[1] 這與劉家謀銳意關注臺灣風土的著述動機有關。黃鶴齡的詩歌與劉家謀相較其成就如何,暫不論,而其詩集中關乎臺灣的詩作之數量遠多于劉家謀,所以研究道、咸年間臺灣社會狀況,就不能不提黃鶴齡的詩歌。最好將黃鶴齡《不暇懶齋詩鈔》與劉家謀《海音詩》、《觀海集》比照來讀,或可更能反映出道、咸年間臺灣社會狀況之全貌。黃氏詩歌反映了臺灣航海、氣候、地震、風俗、文化、古迹、民生、兵事等方方面面的情況,可以説是道光末至咸豐年間臺灣社會生活的一面鏡子。

三

丙午早春,詩人渡海前與友人惜別。《余將有赤嵌之行月舫亦歸金華作此贈別》云:"伯勞語燕各紛飛,縱慕丘園未息機。臘酒才將新歲貢,春風又送故人歸。山中斥石成羊易,海上傳書覓鯉稀。同是離人惜流轉,河橋青柳倍依依。"渡海赴臺時,詩人已是 50 多歲的人,勞生碌碌,仍復奔走,故自嘲未能息機,且對赴臺後難以與故人溝通消息倍感惆悵。詩人是在一種落寞的心境下,出于謀生的需要,到今天的臺南做幕僚,佐辦度支,也就是協辦財

---

[1]　如汪毅夫:《從劉家謀詩看道咸年間臺灣社會之狀況——記劉家謀及其〈觀海集〉和〈海音詩〉》,《臺灣研究集刊》2002 年第 4 期。

政開支。

　　一旦渡海，詩人馬上感到大海的神威。《渡海歌》云："四圍天水共一色，萬頃浩浩無涯垠。馮夷禦風馳飆輪，波臣踏浪來逡巡。鯨呿鼉吼互推挽，鮫人魚妾相殷勤。我時披襟發長嘯，陡覺肘腋生風雲。千川萬匯容納不見底，但見波黃濤白一氣洶湧搖蒼雯。"詩人對于大海的博大壯闊充滿新奇感，這對于50餘年生活在內地的人來説是很自然的。《守風》注對于自己的渡海日程交代得很清楚："余于二月十三日開帆，十四日收回崇武；十七日開帆，十九日收回獺窟；二十日開帆，幾到鹿港；二十一日風暴大作，又復收回。船將傾覆，禱神獲安。"走了8天以上，才到臺灣，可謂路途艱辛且充滿危險。詩云："洋洋濤送殊壯觀，獵獵飆馳若神助。魚龍隱現了無猜，壺嶠誕登有佳趣。三朝五暮往復還，萬苦千辛始警悟。如山黑浪壓船來，船向浪中自奔赴。舵師掩口不聞聲，但鎖雙眉眸四顧。似疑眾客下鮫宮，卑濕翻愁無住處。"到了臺灣後，詩人親身感受到颱風的力量。作于己酉年《九月二十六日颶風達旦悸不能寐走筆作此》云：

　　　　飛廉噫氣凌蒼穹，一夕海岸號長風。斷虹飲水昨駭見，固知跋扈來無窮。激沙破石不足已，催枝直撼門前松。萬家鴛瓦化鱗甲，元黃野戰奔群龍。小齋三楹皆洞戶，碧紗紕縵窺玲瓏。閒時静坐怯搖兀，況復適當馮夷衝。僮僕囈語短檠燼，駕鵝悲嘯回長空。甌甎鼠鬥小庬吠，藤蘿架坼蕉欄鬆。其奈封姨更賈勇，如列兵仗交相攻。霹靂傾崖聞虎吼，支祁脱鏁翻鮫宮。不知多少笙鏞磬柷一齊作，連撾亂鼓撞洪鐘。紙窗冰裂夜如水，布衾瑟縮寒侵胸。肌革慘凜及毛髮，通宵無夢惟惺忪。玉雞催曙出戶視，扶桑未掛銅鉦紅。枯樹已作醉人臥，重茅飛去鄰家東。天時人事互感觸，愁鄉何地舒歡悰。蘭臺賦手果誰擅，披襟讓彼談雌雄。我惟搵酒喚客共，快飲先治雙耳聾。

　　《清代臺灣洪灾與風灾史料》[①]未記録此次大風,或可據補。
"斷虹"句原注:"斷虹飲水,諺稱爲破帆主風。"劉家謀《臺海竹枝
詞十首》有詩并注云:"防半防初計較量,破帆屈鷔亘天長。顛狂
最怕麒麟颶,不使歸舟過墨洋。"注云:"凡六、七月多主颶,海上人
謂'六月防初,七月防半。'凡颶將至,則天邊斷虹先見一片如船
帆者,曰破帆;稍及半天如鷔尾者,曰屈鷔。狂風怒號,轉覺灼體,
風過後,木葉焦萎如蓺,俗謂之麟麟颶。"[②]劉家謀對"破帆"的介
紹很具體,至于這種颱風的威力如何,則要看黃鶴齡此詩的描寫。
它具有摧毁一切的力量,猶如群龍激戰原野,又如水神無支祁脱
鎖翻鮫宫。它蹂躪後的景象一片狼藉:激沙破石,摧枝撼松,鴛瓦
化成麟甲,楹紗成洞,架坼欄松,紙窗冰裂,枯樹醉卧,重茅飛走。
這些景象是寫實。而人的感覺則是採用誇張的手法虛寫:僮僕囁
語,野鵝悲嘯,寒氣侵胸,肌革慘凛,雙耳已聾。無論是實寫還是
虛寫,詩人極力寫出颱風對聽覺的震撼力。即使有蘭臺賦手的才
華,也難以摹寫颱風攪動的種種聲響,只好讓它高談雌雄了。《十
月朔夜半地震不寐賦此》則寫臺灣另一種多發的自然現象——地
震。詩云:

　　　赤嵌地本浮,屢動非奇事。今夕動逾恒,春撞一齊至。
巖墙岌岌危,屋瓦飄飄墜。有聲東北來,其勢誠駭異。怳同
鼇柱摧,誰觸龍宫忌。拔宅乘夜飛,驚濤大海沸。詰朝路人説,
低鄉村砦棄。輪囷倚道周,巨木拔三四。雞犬相叫哎,虎狼
亦奔避。茅樓野外居,頃刻成頽散。爻占雖非灾,却亦不爲瑞。
垂詢耆耇人,寇氛又將逮。我思坤體静,萬古不易位。如何
反厥常,天心殆昭示。遊手繁有徒,蠢動殊易易。殷鑒已在前,
風謡良堪悸。縈迴島嶼間,僅此尺寸地。當懷物力艱,務使

① 見徐泓編著:《清代臺灣自然灾害史料新編》,福建人民出版社2007年
　版。
② 〔清〕劉家謀:《觀海集》,見陳支平主編:《臺灣文獻匯刊》第四輯第
　十一册,九州出版社、廈門大學出版社2004年版,第38頁。

群生遂。諸公答升平，捍患宜有備。未雨先綢繆，勿謂斯言戲。

詩寫丁巳年十月初一日夜半的一次地震，并伴隨海嘯。《清代臺灣地震史料》[①]未記錄此次地震，或可據補。海嘯致使住宅漂浮，村莊淹沒，巨木倒拔，雞犬不寧。由此，詩人想到天灾之後人禍將至，故主張未雨綢繆，先做好捍患的準備。

黃氏詩歌還特別注重對臺灣古迹的描寫，這主要集中在對赤嵌樓的詠嘆上。赤嵌樓在今臺灣省臺南市北部，創建于 1650 年。原爲荷蘭人侵臺時築的內城，名普羅文薩堡，又名紅毛樓。1862年被地震所毀，1879 年重建。樓兩層，雄偉壯麗。鄭成功驅逐荷蘭侵略者，收復臺灣後曾以此爲承天府。黃鶴齡癸丑年作《赤嵌樓》云：

> 紅夷去已久，縹緲遺此樓。昔時潮與汐，直到樓前流。今之樓左右，櫛比居民周。屹立二百載，猶復巍然留。雕欄已盡圮，曲洞仍通幽。萬甓自膠固，四壁無塗髹。朝曦火龍燭，夕彩彤雲浮。鬼工創奇構，仙路凌丹邱。荷蘭曩據此，謬作萬年謀。滄桑幾變易，過眠如空漚。振衣偶登覽，曠宇澄清秋。九州在咫尺，歷歷烟中收。

此詩追溯赤嵌樓滄桑巨變的歷史，發思古之幽情。黃氏另有詩詠安平舊城，作于庚戌年六月十九日《遊安平紅毛舊城慨然有作》云：

> 火雲照眼晨光赩，銀濤一片翻波花。迢迢七里海爲路，不知鮫室淤平沙。雙鹿卓立門限設，七鯤連綴藩籬遮。紅夷曩此作窟穴，倚山環砦憑參差。當年搏土燒丹砂，赤標遥矗看成霞。圓方範形類壺嶠，曲折複道藏褒斜。鬼工別具慧巧力，般輸有技奚敢誇。何年撼斷六鼇足，分稜破瓣如裂瓜。

時多地震，城俱殘破。我來登眺渚潮退，兒童摸蚌翁撈蝦。
流雲噓蜃出縹緲，古樹虬曲垂鬖影。淡烟著處老漁屋，一罾
懸影橫艁艖。百年回首感興廢，犬羊徙去來虺蛇。草雞大耳
偶符讖，居然竊據開耕畬。王師一戰示薄伐，版圖以外收荒
退。林林總總已生聚，戟庲專閩森高牙。重闉鞏固天險扼，
百廛匯萃津航譁。聲威萬里岡弗屆，雕題鑿齒歡麾廳。春臺
熙熙歲月賒，相競逐末殊浮華。萑苻時亦逞封豕，幾使斬薙
除萌芽。銅山消融有時盡，膏壤展拓曾無加。利市三倍在何
所，箈鼉簇簇哀鴻嗟。養生由來貴樹藝，當思活計勤桑麻。
亟除吸髓燃脂物，自足鐘鳴鼎食家。

安平城原與赤嵌樓隔海對峙，同爲扼守臺南之門户，後來淤
塞。詩借安平城的滄桑巨變說開去，此城幾度易主之後，臺灣世
風却愈下。“雕題”泛指額上刺花紋。“鑿齒”則指產生于古代原
始部落民族中的習俗：青年男女以敲折、拔除上頜兩側對稱牙齒
爲美觀。二者皆指臺灣少數民族風俗。“萑苻”稱盜賊出沒之處。
“逞封豕”喻暴虐殘害。詩寫到臺灣人口日滋，聚眾劫掠之事多有
發生。當下之時，詩人提出“貴樹藝”、“勤桑麻”的主張，希望能
借此改善民生。

四

黃氏詩歌極其關注臺灣社會的種種情狀。臺灣風俗是黃氏
詩歌很注重的一個重要內容。在丁未年所作《海外元日》中，詩
人以喜悅的心情唱道：

出海雲霞接曙光，玉山深處本仙鄉。冠裳揖讓通三籍，
島嶼縈迴列萬航。大斗野人藏酒子，短裙番婦拜燈王。家家
餉客惟方物，半是檳榔半是餹。

據陳孔立《清代臺灣移民社會研究》，“大約在1860年前後，

臺灣從移民社會過渡到定居社會"①,"冠裳揖讓"表明定居社會中
民眾已得教化。"三籍"指漳、泉、粤三地的移民。"萬航縈迴"指
臺灣與各地的商業貿易繁忙。釀酒的男人藏好酒初熟時的稠汁
以備再次使用,穿短裙的婦女揖拜燈王,家家户户招待客人的是
檳榔之類的土產。這首詩表明詩人對臺灣深山處民風淳樸是很
欣賞的。作于壬子年七月二十八日的《即事》組詩,具體描寫了
臺灣社會的一些風俗:

> 結市燈如畫,歡聲處處皆。繩竿催伎戲,絃管亂春懷。
> 蠻婦持紈扇,仙童飾寶釵。居然城不夜,踏遍鳳頭鞋。

> 絳屬醉流霞,前身萼綠華。臂金明翠袖,跌雪坐香車。
> 欲下雲中鳳,爭看錦上花。玉簫吹緩緩,十里幔亭遮。

> 又向河橋去,蓮花簇萬燈。殲幽啼故鬼,解厄仗高僧。
> 火獸噴星炬,冰山矗劍稜。佛光如月滿,覺路引金繩。

> 牛鬼蛇神去,銅琶鐵板來。若狂真舉國,同樂幾春臺。
> 璧月連宵朗,銀花萬樹開。清歌還妙舞,重進鬱金杯。

詩寫某次佛市的奢靡景象,已然聲色大開,舉島若狂。臺灣
孤懸海外,亂世之時中土文化的約束力較弱。所謂佛光普照的表
象下,歌舞流連得行其實。這樣的"覺路"會有"金繩"嗎?詩人
不免有些反諷。"金繩"指佛經謂離垢國用以分別界限的金製繩
索。庚戌年作《北港進香詞》則寫到北港朝天宮祭祀媽祖的繁盛
景象:

> 籐帽芒鞋颭曉風,腰巾斜插小旗紅。看他舉國狂何似,
> 拋却春農幾日工。

> 蟻聚蜂屯走陣雲,風餐露宿結同群。就中也有閨巾幗,
> 輿左懸燈蠟點紅。

> 村店青蔬價沸騰,通誠黃紙寫無憑。金錢收盡香厨飽,

---

① 陳孔立:《清代臺灣移民社會研究》,廈門大學出版社 1990 年版,第 12
頁。

邐邁迎門幾個僧。

　　侵晨早見市場開，轂擊肩摩入廟來。瑣語不嫌神褻瀆，求庇乞病問田萊。

　　堪笑村氓個個癡，神天杳遠訴何知。翻身可向家門問，翁媼高年未啖糜。

　　就寺廟一方來説，是金錢收盡，牟利是其目的；就信徒一方來説，是求財袪病問田地，信媽祖不是其目的。劉家謀《海音詩》有詩云："撮和偏饒秘術多，蓮花座下簇青娥。不圖色相全空後，猶捨慈航渡愛河！"注云："重慶寺，在甯南坊，昔住持以尼，今則僧矣。男女相悦不得遂者、夫妻反目者，皆乞靈于佛。置醯甕佛座下，以筋系髮攪之，云使人心酸；取佛前燈油暗抹所歡頭，則變。東安坊嶽帝廟亦有之。皆整俗者所宜除也。"[1]所言即是臺灣佛教世俗化的現象。黃氏用詩的語言反映祭祀媽祖世俗化的種種狀況，讀來印象格外深刻，或更能引起整俗者的注意。壬子年作《海醮詞有引》也表達了希望革除陋俗的心願。序云："自夏徂秋，颶母疊作，航海商賈多沉舟失利，咒神祇不爲呵護，建醮禳之，頗爲愚妄，因賦此詞。"詩云："中人十倍產，耗此無名錢。巫覡飾奇術，誇誕稱神仙。"又云："愚蒙希瑞應，抱佛誠且堅。其事固爲創，其理頗有愆。"大海的喜怒無常，令衆生惶恐不測，祈佛攘災尋求安慰，只能是一種心理寄託，因此不必過于耗財。一些人可能利用了衆庶求生的心理，大肆搜括，反令航海之人辛苦得來的錢用于無用之地。甲寅年作《答有人問臺俗》是詩人對咸豐年間臺灣風俗的總體寫照，詩云：

　　千里鯤封百萬家，烏雲成片亂飛鴉。未逢文士真磨鐵，儘有村姬不浣紗。比户心機爭利孔，巧人舌本粲空花。曩時明月笙歌夜，今變秋聲起暮笳。

---

[1]〔清〕劉家謀：《海音詩》，臺灣省文獻會主編：《臺灣文獻史料叢刊》第164册，大通書局1987年版，第16頁。

　　對比與臺灣彰化鹿港有對渡來往的大陸泉州蚶江的風俗,詩人更欣賞的是蚶江一家人在一起的和樂的生活。作于渡海前的《遊日湖幷序》其三:

> 村家具雞黍,此意猶古遺。相攜一壺酒,坐我花間扉。新月亦既上,晚鴉初未歸。款款自情話,不必聽者知。聚族欣一姓,鱗屋多傾欹。婦子日以面,井竈還相依。敦勸互毗勉,闊略無文儀。豐穰縱異昔,勤動毋忘時。緬懷田野樂,盍告津梁疲。栖栖念復念,吾道將安之。

　　《序》云:"日湖又名玉湖,在蚶江對垵,渡水三里而遥名爲湖,乃支海也。"兩詩對照,一是機心巧作,一是款款情話;一是明月笙歌,一是井灶相依。這期間的區別是競利而生巧心與否,歸根結底還是教化的不同所致。"未逢文士真磨鐵",説出了沒有能磨穿鐵硯的真文士主導教化,致使風俗已衰。

　　黃氏詩歌對臺灣民生凋敝的情況再三措意,詩人在《赤嵌雜詠》有全方位的寫實:

> 海外無霜雪,蓬麻被隴高。嚴寒誰墐户,垂老未縫袍。沙坂犁頑鐵,魚旗税遠艘。招魂憐戍卒,冷骨葬波濤。

> 氛祲漲還消,么麼慣聚囂。兵符馳羽檄,民氣動風謡。俗敝官常竇,年豐户不饒。亟除檐上火,莫使萬家焦。

> 昔販三杯米,能通九府錢。市航今罔競,關吏亦無權。私鈔全攝紙,春耕不燒田。催科無定籍,雁户徙年年。

> 茶墅招夷舶,磺山弛禁文。冶容真比户,遊手半募軍。反側原無定,艾夷豈不勤。仍聞風鶴警,戈馬走如雲。

> 幾日奏膚功,居然命世雄。頭銜容我白,頸血任人紅。也有回天力,能輸報國忠。入貲新薦達,名在綠章中。

> 緩急從徵調,分屯較技能。挽弧時射鹿,緣壁善抽藤。角力誇賁育,懸居散谷陵。鷹瞵雙眼碧,恍訝似胡僧。

> 上清蝌蚪字,童子怪能嫻。偶拾金光草,旋登玉筍班。

大都膺祖德，遑問濟時艱。淪落單寒淚，顛毛忍盡斑。

　　島嶼南風緊，萑苻處處生。聯綜驚掠港，縛柵急連營。
戰艦巵同漏，戎裝冊有名。早知蛟可斬，擊鼓聽鼉鳴。

　　酒綠燈紅後，龍馴虎又馴。合群全入夢，操券定誰贏。
但博殘宵樂，渾忘四壁貧。垂頭歸去也，猶自咒錢神。

　　屐響曾無雨，竿鳴已有風。聚漁潮漲夕，迷瘴霧漫空。
赤瓦連村砦，元裳雜婦翁。哀音如畫角，小輦出牛宮。

　　靛戶移山易，苓人踏浪忙。珍禽多翡翠，嘉樹盡檳榔。
流寓巢銜燕，生番血飲麞。邇年餘埔窄，熟地又重量。

　　土物聊從略，民風紀特周。前賢原有制，善政孰爲修。
雨露中天渥，屏藩外域周。拊循兼保障，未可緩良謀。

　　此詩寫到臺灣地瘠民貧、兵囂民動、商業凋敝、課稅無准、居無定所、娼妓頗多、遊手從軍等社會眾生圖像。"昔販三杯米，能通九府錢。市航今罔競，關吏亦無權。"這是寫臺灣由於商業競爭優勢的失去，導致生業蕭條的情況，可以在劉家謀的詩中找到印證。劉家謀《海音詩》有詩云："蜀糖利市勝閩糖，出峽長年價倍償。挽粟更教資鬼國，三杯誰覓海東糧！"注云："臺地糖米之利，近濟東南、遠資西北。乃四川新產之糖，價廉而貨美，諸省爭趨之，臺糖因而減市；英吉利販呂宋諸夷米入于中國，臺米亦多賤售。商爲虧本而歇業，農爲虧本而賣田，民亦無聊賴矣。'三杯'，臺穀名。"[1] 針對穀賤傷農的情況，林樹梅《論征臺穀事宜書》提出"聽民以穀輸官，其折色之糧，量減原估，則穀貴而錢不荒"[2] 的對策，或爲黃氏此詩所説"善政"之一辦法。

　　黃鶴齡的詩歌還特別寫到臺灣的兵事。癸丑年作《海上從軍行》云：

① 〔清〕劉家謀：《海音詩》，臺灣省文獻會主編：《臺灣文獻史料叢刊》第164冊，大通書局1987年版，第9頁。
② 〔清〕林樹梅：《嘯雲山人文鈔》，見陳支平主編：《臺灣文獻匯刊》，第四輯第一冊，九州出版社、廈門大學出版社2004年版，第68頁。

生不出玉門關,龍堆雪窖何曾知其艱。力不用弓刀石,肥魚大酒終日樂遊般。只須細書姓氏年與籍,衍波三寸投空函。上言資斧容自備,下請軍械由官頒。零星募喚幾丐隊,老者既老孱者孱。梟渠堪以重賄得,買賊始破慳囊慳。上諸功簿彙章據入告,頃刻翎飄翠羽頂以琿璪嵌。借人頭顱作榮寵,恬不爲怪嬉戲遊人間。更有移花折木不用一錢耗,妙機神巧暗中爲轉環。或張冠而李戴,或此益而彼刪。得者手加額,失者淚潸潸。問其人則無不英雄蓋世舉鼎而拔山,問其事則子虛烏有兒戲若等閒。不知書而可以居民上,無藝勇而可以加頭銜。朝寧名器視若此,泥金藥榜曷用高高天門攀。趨之若鶩,蕩檢逾閒。自詡得計,入聖超凡。殊不知適爲有識者唾而棄,才人智士豈甘戀此軍功班。臨民異日握符璽,那不人鄙爲寒酸。縱然封侯至萬戶,豈對衾影無慚顏。吁嗟乎!豈對衾影無慚顏。

　　此詩寫到臺灣班兵優越的生活、臨陣脫逃的醜態、巧獲軍功的手段。班兵生活上有所優待,打仗却排在最後。劉家謀《換臺兵》寫班兵云:"養身有兵糧,養家有眷米。凶事有白吉有紅,三載給賫返鄉里。"注云:"有事驅之(指屯番兵)陣前,鄉勇居中,官兵在後。"[1] 此詩所説的丐隊即指臨時招募的湊數兵丁。關于臨時招募兵丁之事,黃鶴齡癸丑年作《募勇詞》有辛辣的嘲諷:

　　　　嵌紅尺半布褌襠,赤棗木柄鈎鐮鎗。蛇矛鳥銃刀牌槊,問藝一一皆精良。年逾二十及三十,曾充健兒走四方。自稱擊刺技無兩,攀幽縋險誇身強。重值應募到郡縣,僉名入冊標丹黃。得錢買酒各酩酊,大言殺賊如探囊。詰朝結束出城郭,聞賊吹角催心腸。但願此行不見賊,歸報社公刲豕羊。

　　黃鶴齡的詩歌還寫到臺灣人民不堪官府壓迫而樹旗造反一

① 〔清〕劉家謀:《觀海集》,見陳支平主編:《臺灣文獻匯刊》,第四輯第十一冊,九州出版社、廈門大學出版社 2004 年版,第 46–47 頁。

事。《赤嵌行》云：

> 赤嵌遠在東瀛東，逋逃藪澤螫若蜂。十十五五結儔侶，遂至千百無終窮。不耕不貿好遊手，靴刀帕首爭長雄。殺人如草恣劫掠，飛蝗落地禾苗空。一旗豎姓氏，兩旗頒秩封，三旗四旗相繼出，偽師偽帥偽先鋒。東村驂可借，西村粟可舂。出山似饑虎，亡命爲裸蟲。風餐露宿極矯健，樵丁漁子皆脅從。揭竿而起吹筒至，甘心作賊羞爲農。里正倉皇走相告，懸官失箸無歡容。將軍桓桓召士卒，披堅執銳還櫜弓。兵與賊遇賊知禮，佯避三舍恪且恭。一朝對壘兵渙散，乾餱那得饑腸充。我兵易退復難進，居然獲醜貪天功。縛老殺幼來獻納，始終顚末何曾供。爰書囹圄定首從，駢誅流徙皆朦朧。綠章奏可得俞允，文武一一皆酬庸。大武壠，南北衝。布袋港，崔符轑。林深箐密多窟穴，山螯水屋堪潛蹤。岡山設險若不予偵邏，羊腸草地無往而不通。安不忘危在平日，急時抱佛徒匆匆。五更三老今不設，惰民無教成愚蠢。吾願長官才，興學莫興戎。更願長官德，草上偃以風。鋤莠植稂貴早審，度阡越陌勞其躬。艱難稼穡爲本計，自然四野無哀鴻。沉冤巫照覆盆下，清心乃映冰壺中。榛狂化盡刀劍賣，羔羊朋酒歌年豐。

此詩所云“一旗”、“兩旗”、“三旗”、“四旗”皆指造反時所樹之旗幟，樹旗自然招致官府興師鎮壓，然官兵也奈何不得，只得“縛老殺幼來獻納”，交差了事。詩人提出“興學莫興戎”之策，希望臺灣社會早日達到“羔羊朋酒歌豐年”的和樂局面。

黃鶴齡的詩歌敢于實寫臺灣之事，這與他的“激昂有不可一時之概”的個性和品格有關係。黃氏詩集所收《附新吾原贈》，是其友人安徽六安州人江新吾的贈詩，詩云：“先生砥柱立中流，欲挽頹波風格遒。穠纖詭辯掃除盡，康莊大道馳驊騮。”對黃鶴齡來說，這是一個恰當的評價。遒勁正是黃氏詩歌的風格特徵。至于黃氏詩集中大量贈答之作，主要是出于應酬，在黃氏詩集中不占重要位置。劉家謀的《海音詩》、《觀海集》，今之研究者重其注不重其詩，一定程度上説，二書中的詩歌成就有限。而黃鶴齡注重的是詩歌本身的創作，用注較少。倘用劉家謀二書中的注去注黃鶴齡的詩歌，就會有相得益彰遂成全璧之感。

校點凡例

一、兹以正楷鈔本爲底本，校以行草鈔本，校是非不校異同，校語以腳註反映。

二、正楷鈔本未收而行草鈔本有收的詩逐入《補輯》中。如逐入的詩屬一題多詩，則每詩分別署題，括注其在原題中的順序。黃鶴齡詞作、題詞也收入《補輯》中。因之，《不暇懶齋詩鈔》更名爲《黃鶴齡集》。

三、正楷鈔本眉端、行間批語悉數錄入，以腳註反映。

四、鈔本中字體據當今通行規範繁體字予以統一，爲使文意不發生歧義，適當保留異體字。

五、少數誤字，如"邗溝"寫成"刊溝"，"刊"字徑改成"邗"字；"戍笛"寫成"戌笛"，"戌"字徑改成"戍"字。不出校語説明。

六、正楷鈔本中一題多首詩，從第二首開始以"其二"、"其三"、"其四"……標注，并在目録中每題后括注數字説明該題有多少首詩。

七、詩正題雖長不加標點，詩副題按通行規則加標點。目録中不收副題，以避免冗長。

八、原鈔本中收録他人之詩，目録、正文中以比黃氏詩歌小一號字體反映，如題目不能見出作者何人，則括注作者。

目　録

第二册

第四冊

第五册

第六冊

第七冊

第八冊

黄鶴齡《不暇懶齋詩鈔初稿自序》

　　予少孤，未嘗學問，家貧母老，年十有七即棄書遠遊，餬口四方。雖未過都越國，涉歷名山大川，而身不出閩疆。三十餘年以來，足迹所到幾二萬餘里矣。丙午春，復乘槎遊海外，荏苒十餘年。今已精髓衰竭，無復少壯時充滿，豪情俱餒，銳氣全消。所讀之書，恍如隔世。獨于韻語一事，垂老弗輟，如劉邕之嗜瘡痂，殆有偏好焉。自壬寅以前所作約及千首，悉付龍宮鮫室，不可復得。然不存少作，亦藉以藏予之拙也。二三同志掇拾之，僅得數十首。壬寅以後，仿編年體例以驗學力之所至，痛加刪汰，酌留如干首，聊誌賓朋宴衍之酢酬，戎馬兵氛之倉卒，以及侘傺無聊時悲歌慨嘆者，均于此見之。譬諸鳥吟蛩語，不過自鳴其春秋，實不足以登大雅之堂，汙通人之目，苟逢哲匠，不啻唾而棄之矣。古句云：只堪自怡悦，不可持贈人。味斯語也，其信然歟？時咸豐八年秋九月望後二日，浣雲氏書于露香書屋。

陳宇題《不暇懶齋詩鈔》①

　　憶昔重逢洗劍池，干將豈易受人知。魯連蹈海心增壯，王粲登樓意足悲。張膽孰爲狂狷若，掉頭同作斗筲噫。平生陳迹今何有，猶得長留數卷詩。杏畇別駕屬校浣雲先生詩集，既畢賦此追憶。鄱陽陳宇初草。時年七十有一。②

陳宇跋《不暇懶齋詩鈔》①

　　《不暇懶齋詩集》若干卷,嘉應黃君鶴齡浣雲氏著。余道光壬寅與浣雲訂交龍谿,共晨夕八閱月。獨嘆浣雲學問經濟,胡弗從仕而爲諸侯幕賓? 及觀其性情,談論磊落,激昂有不可一時之概。則雖從仕亦必受排擠傾軋之患,終以不合而罷,顧不若布衣之爲善也,于是心益賢之。同治戊辰冬,杏舲別駕出其遺集,爲吾友符君雪樵所已訂。雪樵深于詩者也,詩以風神婉約爲宗,視浣雲之揮斥汪洋者不同。浣雲寸思,得之天賦,復博覽群籍以厚其力,往往析陳言爲新句,奇警動人,舉一切模範之習,掃除已盡。洎咸豐以後,海內不靖,時事多艱,其詩益鬱勃淋漓,直與古會也已。交遊既廣,酬答遂多,此固詩人之通病,惟當求其旨趣,著其本真。余學殖久荒,年齒日鈍,曷敢妄肆丹黃,更恐有去所不當去者。竊念舊與浣雲有平生之雅,申以杏舲篤師門風誼,不揣塈塈愚思,聊具厓略,請俟賢者編次之。同治六年十二月下澣,鄱陽陳宇叔安謹識。②

---

① 原無題,整理者擬題。
② 跋后鈐有"陳宇"陰文印一枚、"陳氏叔安"陽文印一枚。

第一冊

壬寅以前舊稿

消寒八詠

貧女

草草妝成鏡懶窺，不須膏沐自丰姿。徵歌金屋生無分，賣繡蓬門苦獨知。桑剪忙爭春上手，花鈿寒迫恨侵眉。天涯夫婿尋常事，物色偏勞車馬馳。

故姬

秋風團扇本難支，豈怨郎心易轉移。那忍箏琶彈舊曲，還將釵珥贈新知。替人自古原成例，歡夢當年總算癡。休向蘼蕪山下問，菱花閒却已多時。

遷客

顧影休愁萬里身，蠻荒墮落亦前因。矗叢百轉途雖險，象闕孤懸夢轉真。廊廟人才多後起，關山風雪向誰親。夜郎去後環仍賜，聖主還容折檻臣。

廢將

邊塞縱橫百戰塵，風雲蛇鳥昔時豪。而今裨將皆蒼老，枉說降王幾遁逃。病臂舞殘雙馬矟，血斑留得一征袍。指揮莫話樓蘭事，午夜空鳴掛壁刀。

病僧

斗室維摩結淨因，藥爐經卷日紛陳。懶迎客履呼童應，廢讀禪書任佛嗔。一榻茶烟消倦晝，諸天花雨閉殘春。六如悟徹真空境，妙諦能醫不壞身。

癯仙

惟因大藥駐丹顏,日日茹芝事轉閒。弱水豈愁飄鶴去,神山偏易
引風還。烟霞換骨供磨洗,松石傳神肖病屢。漫道紅塵無寄迹,
青牛時亦度函關。

酒徒

麴蘗逃名計豈迂,兩間能著幾狂奴。嗜痂偏覺流涎甚,閱世何曾
醒眼無。但得醉鄉容我據,不妨濁物任人呼。高陽舊侶今安在,
誰向壚頭識故吾。

老僕

赤心祇爲報王孫,不以艱難廢主恩。任事每教先衆輩,就衰終弗
去豪門。拂髯笑恐先燃燭,汲甕勤還自灌園。手抱阿侯如許大,
好從杯酒絮寒暄。

落花吟

忽聽園林夜起風,明朝定減樹頭紅。原思花事開長好,誰悟天心
色即空。三月繁華殘雨裏,一番蕭索禁烟中。天涯何必傷淪落,
剩粉零香處處同。

其二

流盼芳叢莫問蹤,尋春人去爲誰容。風吹瓣落香初散,露滴房空
暈轉濃。護惜枉教勤作計,盤桓偏不久相逢。那堪漏静聞蛩語,
訴恨分明意萬重。

其三

穿櫺曾入碧紗窗,入座時還撲酒缸。是處亭臺添片片,誰家門巷
去雙雙。貪眠不復聞啼鳥,驚影無勞逐吠厖。一種閒愁暫相遣,
玉簫吹出未成腔。

其四

徘徊幽塢夕陽遲,磚影頻看緩緩移。纔謝容華蜂便懶,若詢心事
蝶先知。偶隨落絮粘書幌,也伴遊絲掛酒旗。料識江南此時節,
出門無客不相思。

其五

含情猶自戀斜暉,怎奈風光轉眼非。誰敢當前嗔狡獪,空勞過後想芳菲。地經屢掃僅憎唤,山已全空鳥倦飛。今夜月明人醉後,依稀應見舞紅衣。

其六

清幽本是野人居,藥磴苔欄一帶疏。風暖聽鸝隨路踏,雨餘拖蟻上階徐。沿村印屐誰沽酒,隔嶼移床且讀書。更羨凌波千萬點,啜紅萍動半池魚。

其七

托足原同衆卉殊,脱身何又涴泥塗。賺來艷骨三分媚,消得香心一片無。誰解漫天飛縹緲,倘教落地認模糊。緑珠墜粉終成恨,不及羅敷自有夫。

其八

女蘿墙畔柳堤西,逐漸乘高逐漸低。挽彎應憐遊子倦,殘妝易惹美人啼。疏疏已覺山全露,隱隱甯教路竟迷。爲囑烟波漁父棹,不須重訪武陵溪。

其九

知君出處與春偕,去住頻年動感懷。最好功成宜退遜,莫言福薄本安排。憑空播弄因風使,到底沉淪爲土埋。蝴蝶不知人意懶,尋香猶自上空階。

其十

繁英一樣委塵埃,何必評分先後開。耐得消磨纔算福,因時恬退始稱才。生來合欠山林債,嫁去全憑風雨媒。早識穠華只如此,不須羯鼓日相摧。

其十一

暫離香界駐紅塵,脱迹仍還潔净身。金谷夜殘空記恨,玉樓人醉不成顰。重逢縱道明年遍,割愛其如此日親。也有一枝隨後落,粉痕猶帶露華新。

其十二

亂紅穆徑太紛紛,雜沓相乘竟不分。飄泊可憐渾似我,纏綿安得

不思君。迴旋漫向枝頭舞,錯落誰題水面文。最好女郎橋上過,
踏青步步映紅裙。

其十三

韶光歷遍好江村,風信都完廿四番。每到別離難作態,無多顏色
反承恩。歸來劉阮猶疑夢,泪罷英皇未拭痕。脈脈芳心原解語,
然何相對竟無言。

其十四

抱來綠綺莫輕彈,艷麗場中那盡歡。物只遇時爲世賞,天無真色
與人看。暖回桃岸冰開早,寒積梅梢雪化難。眼見荼蘼花又了,
傷心何忍獨憑欄。

其十五

空林惆悵杳難攀,碎蕊還經手自刪。畢竟惹風猶起舞,何緣點石
總成斑。病來西子顰猶好,別去明妃恨不還。始信傾城易憔悴,
古今能得幾容顏。

其十六

流光轉促轉留連,滿眼闌珊意惘然。蝴蝶夢中纔一宿,子規聲裏
又經年。繽紛不礙堆荒徑,敧整何心上舞筵。誰道洛陽花似錦,
客來已是暮春天。

其十七

送歸南浦已迢迢,誰與空林伴寂寥。鶯嘴啄殘猶帶濕,馬蹄踏破
太嫌驕。湘娥環佩珊珊解,倩女裙裾冉冉飄。最是熱腸最冷淡,
至今金粉話南朝。

其十八

爲惜穠芳暗自嘲,年年燕去剩空巢。短長亭上空延佇,紅白叢中
只混淆。數去不妨祇約略,拾來那忍便輕拋。料知春到河陽盡,
烟雨迷離南北郊。

其十九

一經愁汝便牢騷,培植無功枉自豪。炙日欲消憐太瘦,因風得意
莫乘高。香塵空印紅泥屐,寶髻曾斜碧玉搔。爛漫千枝今在否,
不須落魄笑蓬蒿。

　　　其二十

款留無計奈伊何，每到當場每錯過。萬事摧殘惟汝等，一春感慨
爲君多。坐闌不覺衣沾露，掃盡應嫌帚濕莎。九十韶光原不少，
看花人是自蹉跎。

　　　其二十一

世上原無萼綠華，故教匆促返仙車。此生輕薄非關命，到處勾留
不是家。濃欲化雲籠鏡檻，清猶和露撲窗紗。鞦韆院落教吹去，
定拂郎當舞袖斜。

　　　其二十二

明知歡聚本無常，其奈撩人總斷腸。隔院聲停鈴罷響，空階痕在
石留香。一雙謝傅遊還屐，半面徐娘老後妝。看到過墻風送去，
惹他蜂蝶兩邊忙。

　　　其二十三

隔窗悄聽靜無聲，體貼人愁落地輕。戀別何堪重繾綣，損身全在
忒聰明。芳園後會須開早，香國前生記不清。欲溯芳蹤誰解得，
綠楊深處一鶯鳴。

　　　其二十四

鳥啼人靜只空庭，面面聞香去不停。燕蹴軟泥重振觸，月消寒影
失娉婷。旗亭畫壁歌初罷，曲水流觴酒未醒。恨煞楊花還好事，
後身偏去作浮萍。

　　　其二十五

春城十里暗香凝，殘雪纔消雨又蒸。都道銷魂惟汝可，若云無恨
獨誰能。新畦踏破紅千頃，細草平鋪綠一層。聽到鷓鴣啼不住，
聲聲送爾過黃陵。

　　　其二十六

紛紛辭樹幾曾休，欲去真難勉強留。歷亂恍疑紅雨落，稀疏但見
綠陰稠。遼西夢裹鶯頻喚，華表歸來鶴也愁。埋玉深深魂不返，
寒烟蔓草幾香坵。

　　　其二十七

眉尖舊恨苦侵尋，顛倒拈來思不禁。流水別開新世界，春風遊遍

好園林。十分慣任嬌成癖，一味難猜妬作心。多少閒愁揮不却，
只宜洗盞酒重斟。

其二十八

燕已全癡鶯半酣，此中情景料誰諳。唐宮夜盡更應六，隋苑春深
月已三。自古芳容皆易槁，從今韻事不輕談。近知世態祇如此，
流戀休教一味憨。

其二十九

簇簇開時看不厭，如何消歇便憎嫌。却教安睡高燒燭①，爲愛留香
緩捲簾。招得楚魂悲宋玉，滯將文思老江淹。憑空更有持防處，
蛛網蜂鬚最易粘。

其三十

曾從陌上點輕衫，又向江頭逐客帆。浮水亂憑魚細唼，空山一任
鹿長銜。翟公門巷無人問，茂叔園庭草不芟。底事息嬀竟無語，
春來飲恨總三緘。②

奉和若愚夫子賜什原韻

紺宇攷清鐘，青燈照佛屋。斷韲畫粥處，猶夢舊書塾。憶昔束髮初，
授經警晨旭。嫖煢依孤雛，千鈞一縷續。勉我象勺年，休羨金紫服。
當思造詣純，莫憚規程肅。循循夫子誨，橋睞似可勗。日異而月新，
吳蒙待刮目。始知教所同，益乃我所獨。果從河汾遊，此身罔不淑。
無何饑來驅，駒光去閃倏。瞬息二十年，勞燕東西逐。病兼原憲貧，
窮效阮籍哭。四壁縱尚存，一瓢常不足。敝車疲津梁，故隴棄耕牧。
翻作嫁人衣，恒竊侯門禄。茫茫塵海中，貌躬何所屬。有如五石瓠，
濩落空剖腹。吁嗟來日難，蓍蔡未可卜。素絲化爲緇，一染豈能復。
吾師恬淡懷，信天慎飲啄。久息漢陰機，詎爭秦原鹿。抱道樂衡門，
初心守蘘夙。著作既等身，烏兔任遲速。志雖向廟廊，迹已寄巖谷。
春花點硯池，秋夕地窗燭。窮年鉛槧間，至味甘于肉。況欒謝凌顏，
詩稿堆筒束。授元媿侯芭，輟學實報惡。未探虎穴深，早受蠆尾毒。

① “却教安睡高燒燭”，鈔本原作“却教照睡停燒燭”，后改如是。
② 原批：“名章雋語，絡繹紛披，宋子京兄弟不能專美于前。”

追思立雪時，提命承啓沃。簸揚出糠粃，精繫異脱粟。乃從風木悲，
屢困泥塗辱。落影在江湖，無名到葦穀。稊稗非不榮，別種害嘉穀。
鳳鸞非不珍，失食類野鶩。行年既逾壯，抗志少諧俗。高山時景行，
遐想企芳躅。拉雜匪成吟，牢愁盈百斛。逞技于般倕，真覺駭聽矚。

贈華林寺僧朝宗上人

修力彌深道自堅，毒龍降罷悟真禪。千潭明月曾留影，依舊潭空
月在天。

其二

年時歷苦識三途，一棒當頭喝轉無。倘使皈心侍師側，著衣持缽
肯傳吾？

沛園二舅以五七言近體詩存見示雨窗無事謹題四章即以跋尾

盤旋奇氣捲龍蛇，倏又繽紛散綺霞。意壘長城精五字，舌葩寸管
燦千花。性靈有句皆名筆，清妙能傳即大家。百鍊鑪錘功定後，
果教揮翰挾風沙。

其二

瓣香私淑久心欽，全豹窺來詡賞音。客路共憐征夢獨，貪魔難避
俗塵深。江山得助吟逾好，朋舊多疎感易侵。一樣遊情付鴻雪，
成連今受伯牙琴。

其三

莫因辛苦悔行程，勞逸從來各定評。世事大都看露電，詩名端可
傲公卿。向平有累終如願，巢父無求本不爭。把盞嘯歌渾自適，
醉中且喜①學長生。

其四

塵襟魚鹿我何堪，飄泊經時自覺慚。月旦未曾謀雅集，風流乃喜
接清談。芳鄰德蔭頻年受，上將才華再拜難。一卷師資繩杜律，

---

① “喜”，原作“盡”，後更爲“喜”。

渭陽高誼佛同龕。

歲暮雜感

今年成獨客，懷抱若爲開。苦索梅花詠，<small>慕如山太守、福茂園公子均有詠梅</small>
<small>之什，來相督。</small>間拚竹葉杯。銷金曾有窟，作賦本無才。應愧斲輪選，
勞薪究下材。

其二

未息漢陰機，流光迅若飛。葫蘆嗤畫樣，傀儡笑牽絲。耕釣空餘計，
關山總不歸。春雷能起蟄，此想已非非。

其三

往事渺雲烟，安心欲近禪。浩歌消壯志，晚瘄逼華顚。肱已頻經折，
腰終不受纏。黃金如可鍊，早去學神仙。

其四

骯髒不能豪，毋勞視寶刀。任人多白眼，容我舊青袍。至味惟風雅，
無情易貶褒。羞看雙鬢短，對鏡豈禁搔。

其五

輾轉念勞生，幾無一事成。艱虞增閱歷，憂患耗聰明。大地春初返，
殘膏歲又爭。蹄涔衹勺水，何以掉長鯨。[①]

其六

詎作寒酸態，聊爲放浪吟。我懷終浩渺，世路太崎嶔。有酒須當醉，
耽書不諱淫。紞如街鼓罷，遠夢動鄉心。

敬和蔭士姨丈 [②] 登北極樓原韻

重霄歷盡路崎嶇，磅礴襟懷意自舒。晚照不窮城郭遠，亂山時補
箐林疏。地當絕巘宜雄鎮，人在遙天欲步虛。鸞鶴紛紛自來去，
飛仙長此作遊居。

其二

筇屐奇情愛訪秋，名山高士許相儔。振衣獨上千尋立，放眼還將

---

① 　原批：“沉痛語從閱歷中來。”
② 　“姨丈”後原有“大人”二字，後圈去。

萬象收。木杪烟雲勞極目，檐端星斗掛空頭。巨觀我亦榱題識，瓜印匆匆付瑣愁。壬午秋日曾遊于此。

寒梅八首辛卯歲和福茂園公子作

憶梅

渺渺情何極，南枝與北枝。已驚飛雪後，底事著花遲。隴使斷無信，園丁盼若癡。鷯鶄看鶴舞，延佇亦多時。

尋梅

驢背真奇古，飄然往復還。閒情度遙嶺，寒色滿空山。忍凍村忘遠，聞香路轉環。不知誰卧雪，且去扣柴關。

問梅

疎瘦近如何，孤蹤出澗阿。定知新鐵幹，不改舊霜柯。古意婆娑甚，寒威料峭過。風塵尚氣節，君獨得天多。

賞梅

風雪一番新，巡檐笑與親。環堂皆照玉，臨水自生春。狂癖成真契，瓊妝屬妙人。買栽三百本，繞屋不嫌貧。

吟梅

一賦成高唱，應推宋廣平。奇寒壯詩膽，好句適花情。鐵石心俱會，冰霜字共清。噙香常五夜，坐到月參橫。

夢梅

紙帳遲眠後，深愁玉未温。如何來縞素，多半是離魂。閣小霜初逼，籬疎月未昏。醒來猶隱約，倚竹淡無言。

惜梅

天心何太忍，不許艷冬晴。幾樹香先退，漫空氣轉清。無風璚自舞，有色雪猶爭。掃到瑤林外，應呼下帚輕。

送梅

香國本前身，難留雜潤茵。散花春有迹，歸路玉無塵。凄楚琴三疊，殷勤酒十巡。餘枝猶惓戀，風致在山鄰。

題王鶴峰三兄鏡湖春泛圖

鑑湖乞一曲，千載成古迹。年年春風來，渲染山水碧。君心似白鷗，
未有烟波癖。一夕憶蒓絲，鄉夢杳不隔。蜻蛉泛小舟，鄰鄰綠幾尺。
短帆冪以張，如鳥傅之翼。筆床茶竈外，人影照姹嫮。始知小蠻身，
亦被山靈識。柳鬪眉痕青，桃炫臉暈赤。都與舟中人，爭此好顏色。
人言賀老狂，我道放翁適。何如兩忘之，但曰逃名客。

和劉星槎十二雅詩次韻

雅吏　得仙字

名繮誰把暗絲牽，但照冰心俗自蠲。載隺一船稱簡易，飛鳬雙舄
識神仙。花圍官閣琴書潤，酒晉公堂父老賢。爲政即今重遺愛，
樹棠拔薤總堪傳。

雅將　得儒字

有勇知方質未粗，文章勳業豈分殊。能歌竸病誇蜚[1]將，不學酸寒
陋豎儒。椽筆久傳須露布，戟門方暇喚投壺。綸巾羽扇英風在，
千古心懷八陣圖。

雅幕　得才字

花樣爭看妙手裁，風斤獨運匠心開。一堂裙屐成高會，五夜符書
重異才。謀國有時關草野，忘形無迹別岑苔。谷雲筆札樓卿舌，
都自三徵七辟來。

雅友　得蘭字

詼諧蘊藉兩交歡，但弗知心強合難。高士逸情真菊淡，風人雋語
似梅酸。奇能共賞文常益，愁與同消酒未殘。自信到門賓不雜，
漁樵以外少金蘭。

雅商　得書字

沅湘大舶太行車，花柳江山意自舒。韞玉不嫌沽待價，揮金翻笑
橐無餘。壚姬相識重呼酒，關吏先愁載有書。總爲殊鄉風景適，

---

[1]　原批："‘蜚’字宜作‘飛’。"

經營心盡鬢毛疎。

雅僧 得山字

無營心似野雲閒，客到相期話竹間。齋鴿看經通半偈，鉢龍行雨過千山。狂尋好句撞鐘得，遊倦名都卓錫還。見説遠公新結社，野狐禪語定教刪。

雅配 得佳字

十日空持九日齋，蕭然玉質淡風懷。調琴偶製同心曲，覽鏡羞簪耀首釵。林下高吟才絕好，花時得婿趣偏佳。江沱江汜情俱化，那有晨雞起屬階。

雅妾 得嬌字

才抱衾裯得幾宵，嗔他鸚鵡舌偏饒。知書易固專房寵，善舞應憐絕代嬌。陌上花開歸緩緩，天邊星小夜寥寥。前身猶憶承恩重，兩字分明喚玉簫。

雅婢 得文字

井竈餘閒事不紛，翩翩白鵠立鴉群。靈心解誦園丁約，偷眼先窺座客文。燕爲放遲簾未捲，花因折早露猶醺。新妝已學夫人未，笑被同儕問轉殷。

雅僕 得誠字

齒牙清慧語聰明，酒後茶前見汝誠。小智究經難任事，廝林誰説不成名。拂琴兼整書籤細，對客能宣酒令行。慨嘆久無蕭潁士，愛才空自異恒情。

雅妓 得良字

姓名羞説在平康，不愛纏頭意自良。結客半多通翰墨，傾城今亦淡梳妝。舞裙罷展春痕綠，詩扇留題粉漬香。底是兒家門巷好，東風相識有垂楊。

雅伶 得優字

天然姿態壓凡流，名向梨園出一頭。歌詠太平原有象，衡量人物定誰優。傾心足動群公顧，頳面還同好女柔。一闋傳神蝴蝶夢，不知身幻是莊周。

歲暮雜感

蕭颯虛堂徹夜風,疎簾搖燭不成紅。殘年莫挽修蛇尾,萬事都歸逐鹿中。香火有緣隨處好,鼎鉉終古幾人同。蔬根自覺勝粱肉,合向邱園種晚菘。

其二

幻絕須臾悟即空,養生宜作信天翁。短長枉許猜鳧鶴,去住終傷類梗蓬。歲換暗驚人易老,愁攻翻訟酒無功。楚弓得失休輕論,平却心機嗇自豐。

其三

食苦而甘蓼上蟲,此身與世久磨礲。移家未遂菰蘆志,濟物徒懷鐵石衷。道貴善藏休自炫,媚因求合本難工。汗青姓字終消滅,最好烟波繫釣篷。

其四

床頭金盡不豪雄,五技真教巧亦窮。吟少恰無詩可祭,歸遲幸有夢常通。迢迢夜色催寒蟀,渺渺離懷託遠鴻。應笑癡猷還未買,深杯依舊醉郵筒。

和董戢樵戲筆見贈之什

日日看花費苦辛,幾番花裏誤芳辰。如荼如火何曾見,零落殘英最愴神。

其二

行盡蠻叢萬疊山,敗軍無淚不同潸。鷹瞵鶚視還多少,豈只狰獰虎守關。

其三

從來不信後居先,悟徹方知百勝千。我已鎩翎如倦鳥,驚弓懶到獵場前。

其四

董郎妙筆愛題糕,斗酒還堪醉二豪。一笑但餐雲母片,仙家廉飲不爲饕。

六月二十三日紀事

溪流攻海汐，一嘯湧銀山。繞室游魚鼉，通舟入市闤。懷襄憂豈小，江漢限同艱。屢聽郵籤報，重闉夜不關。

其二

全家坐風浪，轉徙即流民。世事原難測，天心詎失仁。氣猶蒸蜃蜃，泣定哭鮫人。料得危堤決，黃流卅里新。<small>南靖九美堤決。</small>

其三

波撼連城動，帆輕上屋飛。但驚平蓼岸，不辨沒蘆磯。老樹插天拔，高樓破瓦稀。眼看墟井竈，何以慰調饑。

其四

豈是馮夷府，居然瓠子河。建瓴天上落，走馬峽中過。筏少求生急，糜香就食多。往來芝蓋濕，官吏也奔波。

夷氛熾盛感賦

披堅執銳近三年，獨惜生靈未解懸。戎事豈容空抵掌，賊心其奈易垂涎。軍陳灞上真如戲，策對隆中應訪賢。稛疊天書聞屢下，未知誰是善籌邊。

其二

搏虎雄心似躍如，縛雞終是等屬儒。韜鈐不用難言勇，壁壘翻驚自擊虛。未必火攻皆下策，轉看水戰屢移書。區區本是遊魂似，破浪還應迅掃除。

其三

船堅砲利餒先聲，赤手誰屠碧海鯨。強弱不明非上將，東南無罪痛編氓。終軍殺賊行須早，魏絳和戎議恐成。馴到犬羊終異類，望洋休築受降城。

壬寅

重過旃檀林

重尋花木到禪房，斗室金伽坐上方。種樹既無前客至，煮茶惟有老僧忙。藤垂古壁[①]捫雲碧，雨過空樽臥石涼。殘竹自疎松自長，欲將枯菀問空王。

有慨詠榕城近事[②]

十里臺江盪槳過，麗人偏是[③]水邊多。風光可與秦淮似，檀板金尊夜夜歌。

其二

一曲新聲菊部頭，紅牙按遍冶城秋。饒[④]他十萬纏頭錦，只算明珠是暗投。

其三

楊柳深深認是門，有人[⑤]相約到黃昏。不知身在迷香洞，風月能消幾箇魂。

其四

不嫌濁酒污袈裟，我佛慈悲恕出家。行過蒼林須痛飲，漫呼梵嫂與簪花。

其五

寄語花間熱赶郎，黃金能買幾時狂。歡場儘有風流處，底用佳人錦瑟傍。

其六

行雲神女本無臺，誤盡人間幾慧才。悟得色空無障礙，火坑化作

---

① "壁"，行草本作"璧"。
② 本題行草本作"榕州近事傳聞有慨成詠"。
③ "是"，行草本作"訪"。
④ "饒"，行草本作"賺"。
⑤ "有人"，行草本作"叮嚀"。

白蓮開。

藍布衫兒歌寄示蘭芑兩兒

藍布衫兒幾許長，四尺不足三尺強。輕披斜曳稱我體，慈母密綫
縫千行。春三秋九共儕偶，朝歡暮樂^①上書堂。無人不羨顏色好，
方綃比絹矜輝煌^②。初著猶新繼而舊，漸至綻裂如瓜瓤。開花不
覺兩袖滿，因風轉恐隨飛揚。維時年少不解事，藉此猶辦三日糧。
付之質庫庋高閣，不煩澣濯呼廚娘。今也兒輩忘耕桑，羅紈綺縠
思裁裳。喁喁絮絮向我索，如火急債何由償。老妻慈愛更無謂，
飾兒豈在多衣裝。我初忿憤既嚬笑，陋彼婦稚無肝腸。惡衣不恥
昭儉德，韋布高尚留餘芳。假如炫服恣遊冶，竊爲有識嗤輕狂。
讀書慕道尚渾樸，何必文繡與膏粱。若徒以此競浮逐，兒之志願
何足量。願兒勿效紈袴子，願兒勿守田舍郎。十年苦學研穿鐵，
一旦脫穎錐出囊。看花得意馬蹄疾，翩翩宮錦容迴翔。紆青拖紫
自有秩，文章黼黻邦家光^③。吁嗟乎！藍布衫兒猶在箱，不見我母
心悲傷。何時檢出重教著，當作斑衣舞一場。

酒懷

酒懷駊騀看花時，瞬息流光改鬢絲。作賦久非梁苑客，懷人空寄
楚江詞。蕭蘭臭味誰能辨，鵬鷃高低轉自疑。歷盡蠶叢無坦易，
可知何處不途岐。

其二
百寶裝成價不高，昆吾今已類鉛刀。勞生幾似赬魚尾，任事多于
刺蝟毛。遞驗人情兼隴蜀，獨憐我志慕莊騷。躬耕本是貧家業，
町疃甘心自剪蒿。

---

① "朝歡暮樂"，行草本作"朝朝暮暮"。
② "矜輝煌"，行草本作"生輝光"。
③ "光"，行草本作"昌"。

端午日作

睡起日忘午，瓶空酒未賒。獨醒人所忌，有志事偏差。燕市無名馬，吳宮半野花。不須論巧拙，世味薄如紗。

其二

我意求完璧，人言任鑠金。含沙工射影，白水自盟心。命豈絲能續，愁還酒獨斟。埋名宜早計，澤畔莫行吟。

次宋和卿夏夜書懷韻

乍見翻憐太瘦生，劇談依舊對長檠。文心粲似花同艷，道味涵如水漾清。典重自然成晚器，浮囂何用慕虛聲。雞窗識爾頻年力，研鐵穿成未輟耕。

其二

才堪馭短始稱長，願不由天且緩償。舉足本來皆杞棘，出門何處少風霜。琴經爨後還餘響，劍爲埋深暫斂鋩。看到彭殤同一例，好將矜躁兩消忘。

其三

光陰百歲指間彈，月地花天盡盡歡。腸到斷時誰與續，眼從冷處且偷看。空隍夢鹿真猶幻，長鋏歌魚易亦難。好拍紅牙澆綠醑，淺斟低唱醉邯鄲。

輓張怡齋師孚明府

朝天才踏軟紅塵，赴召俄驚到海濱。遺愛即今猶說尹，好官何必諱言貧。① 山遙水遠悲孤櫬，酒冷香消哭故人。憶向槐衙時酩酊，三年容我吐車茵。

其二

奕葉家傳百忍聲，怡齋十一世不分居。世臣喬木久敷榮。仙家② 志本忘官爵，治譜人方仰姓名。唳鶴應愁秦嶺隔，酌泉偏愛越江清。瑤

---

① 原批："本色語，身分自高。"
② "家"，行草本作"真"。

京夜色明如水,照見棠陰尚滿城。

其三

採藥曾從海外還,如何難覓返魂丹。徵蘭爇姁年猶艾,索棗孤雛哺未乾。薄醉忍教成獨夜,聯吟從此悵空壇。平生愛讀瀧岡表,知見金薤地下歡。 母周太孺人先一年卒。

其四

騎^①鯨遽杳思依依,瞬息人寰事已非。島上秋雲多變態,梁間寒月尚^②餘暉。金陵誕降符前夢,玉闕朝真識道機。怡齋祖爲上元令,生怡齋時,其祖母夢金甲神捧四獅子付與,故怡齋小字夢符。^③惟有向平兒女願,九京知汝尚歔欷。 長子濤、次子海及二女俱幼。

初冬

高館涼風落木殘,已看^④天氣釀新寒。露華團處草猶碧,霜信濃來楓漸丹。衣冷薄綿裝較易,門多客刺謝應難。何時歸向羌村臥,山蔌溪魚自勸餐。

一宵

一宵風雨逼窗寒,斷夢零星忽^⑤已殘。開卷尚餘貧士樂,酣歌誰識醉鄉寬。江湖浩蕩情原好,丘壑經營事大難。借問久嬰塵網客,幾人學佛坐蒲團。

病中作

無多客感也驚秋,忍向黃花訴病由。對鏡瘦看非故我,廢書試問更何求。未銷兵甲關河險,難覓溪山水石幽。何日自馴麋鹿性,

---

① "騎",行草本作"鯖"。
② "尚",行草本作"照"。
③ "夢符"後行草本有"壬寅六月十□日歿。余家先一夕囑僕從備輿赴各廟參謁,殆去而爲神矣。"
④ "已看",行草本作"初冬"。
⑤ "忽",行草本作"覺"。

長林豐草足閒遊。

兀坐

兀坐意何如，挑燈且讀書。觸屏童子睡，閉户世人疎。屋小琴常礙，階荒草未除。不知誰晉魏，搖筆愛黃初。

其二

明星當曲牖，寒月在高林。萬籟已俱寂，曠懷生遠心。犁鋤情自愜，紱冕道難任。此意無人會，臨風彈素琴。

聞鐘

寺遠風初送，樓高月正明。聲①才撞幾杵，夢已破三更。有觸心先覺，無因叩豈鳴。不眠傾耳聽，我亦動離情。

長宵不寐書所聞見

蟪螿斜飛絡緯啼，林鴉無定又驚栖。凋秋易舞吟風葉，警夜偏催報曉雞。撲帳亂蟊欺倦枕，翻盆饞鼠索殘虀。幾曾閉却鰥魚目，臥看天河傍户低。

短鬢

短鬢漸成斑，心勞夢豈閒。管絃抛夜月，笻屐負秋山。計左徒成悔，囊空豈是慳。獨餘吟骨在，如鐵②尚堅頑。

其二

束縛嬰塵網，孤懷惜藐躬。未能心不競，安見氣能充。慧劍將愁斬，元③關有路通。形骸如可④棄，學道上崆峒。⑤

---

① "聲"，行草本作"秋"。
② "如鐵"，行草本作"鐵鑄"。
③ "元"，原作"玄"，圈去改成"元"。行草本作"玄"。原批："聖諱宜敬避。"
④ "可"，行草本作"早"。
⑤ 原批："非知道者不能有此語。"

章香坡德謙至自南詔邀酌率贈

斗室照曦紫，疎林凋秋丹。歲晏倦良友，修阻尠洽歡。剥啄欣驟至，喜色生眉端。情猶敦夙好，貌頓改舊觀。殷懃敝裘典，斟酌新釀酸。深杯互酬勸，人^①事多慨嘆。我年四十九，生計羞馮驩。汩身在塵堁，何地垂綸竿。心枯髮易短，食少事轉繁。瀝瀝^②滿腔血，爲誰輸忠肝。君今甫逾壯，善養凌風翰。翩翩黃鵠舉，頓覺天地寬。詞人例垂綬，屈宋爲衙官。一日^③足千古，續著名不刊。請纓固須早，投筆良非難。駒光惜寸晷，滄海迴狂瀾。

寄沈半霅致誠

苦憶東陽沈，三年夢寐中。書惟傳尺素，酒未寄郵筒。筋力今何似，鬚眉固自雄。想當明月夜，高唱大江東。半霅善詞曲。^④

和吳脩軒伯恭述事詩次韻^⑤　八首存六

若翁卯角憶同堂，雅愛鏖詩和短章。^⑥別去每增三日惡，坐來如接一奩香。交惟國士纏青眼，事有高風慣俠腸。更喜董帷深自下，幾從經史見羹墻。晴嵐與李蠻亭同居，余時過從，論文賭酒，每夜漏三四下。

其二

出山期我屢移書，可奈名心已淡如。藿食祇宜安草野，簪冠偏稱在林墟。看花躡屐春常并，佇月清尊夜每餘。一自夔蚿成妙契，直將官爵視泥淤。東坡詩："下視官爵如泥淤，嗟我何爲久踟躕。"

其三

雛鳳聲清聽已非，貌孤生計困塵厞。情同舞絮禁風弱，迹似閒雲

---

① "人"，行草本作"説"。

② "瀝瀝"，行草本少一"瀝"字。

③ 行草本漏"日"字。

④ 行草本無此小注。

⑤ 行草本"次韻"前有"寄以勖之"四字。按，此題行草本有詩八首。

⑥ 此句後行草本有小注："晴嵐在日，與余爲總角交。"

逐野飛。晴嵐故後，脩軒飄泊無依，其舅氏林介眉先生時爲存恤。石壪可耕衹有研，
綈袍誰贈竟無衣。迷津那許秦堪避，莫被桃花誤不歸。^①

其四

開緘雪涕忍成歡，千腋何能禦一寒。已罄缾應休用恥，但留鋏^②在
莫輕彈。虢秦爭説新妝艷，管鮑終尋古誼難。我亦年時貧裏過，
青衫搵泪幾曾乾。

其五

奚須蓍蔡問升沉，才命相妨悟自今。舉世名誰高趙璧，軼群品要
重南金。學非汲古成終淺，道不干時養始深。修到大羅勤洗伐，
莫教凡骨入瑶林。

其六

壯志毋難遂請纓，古來原有棄繻生。但高節概凌松柏，莫墮風花
逐燕鶯。後死不妨留我在，清時何敢爲君輕。杜陵廣廈人間有，
慎勿卑棲損令名。^③

歸思

羈緒還如簁散錢，鄉心早已箭離弦。無才未足酬知己，失學方知
誤少年。事少^④深謀多敗局，生無他^⑤計衹歸田。行藏休用筳篿卜，
牛背斜眠勝似仙。^⑥

題家書後寄歸

聒絮無^⑦非話米鹽，客愁何忍又重添。寒衣密綫猶存篋，秋夢回燈

---

① 行草本有注："脩軒出遊三載，其表況（按：'況'，疑爲'兄'字。）林紹
眉捉之歸，以詩書卒其業。"
② 鋏，行草本作"俠"。
③ 行草本有注："脩軒呈述事詩八章，意從余治薄書，惟青油幕下多屈良
材，不如勵志讀書爲顯揚計，詩故及之。"
④ "少"，行草本作"每"。
⑤ "無他"，行草本作"餘無"。
⑥ 原批："名語不刊，宜銘諸紳。"
⑦ "無"，行草本作"毋"。

半隔簾。技絀轉嫌竽易濫,歸遲休用鏡頻占。椒辛薑苦俱難寫,
午夜空將不律拈。

其二

兒粗識字女簪花,有室心期更有家。浪迹自知謀未遠,食貧何日
願能奢。漫勞井臼親炊爨,但覓邱園便種瓜。清酒一壺書一卷,
桑榆留我好生涯。

與羲伯話舊感賦

偶話卅年事,滄桑閱此身。早荒金谷草,易召玉樓人。華屋新仍故,
歡場笑即顰。始知貧且健,真是葛天民。

苦吟

此中辛苦自心知,探賾鈎深總費思。得解不妨煩老嫗,無才那可
壓群兒。甕如未入魔猶淺,門要常局客早辭。享帚覆瓿憑棄取,
拚教捻^①斷幾莖髭。

展蘭兒書述事　十一月二十七夜

剝啄復剝啄,兒書擲一束。移燈驗封題,拂拭忍卒讀。上言亥月杪,
去晦僅信宿。嘻嘻咄咄聲,中夜忽有覺。初疑飛隕星,繼訝爆乾竹。
頃刻斗牛衝,紅破天一角。火樹絳霄燃,霞標赤城矗。百道散長虹,
化作光明燭。譬諸洪鑪中,燎毛無此速。又如焚崑岡,毋分石與玉。
蔓延數十家,勢將及我屋。弟妹牽袂啼,阿母抱佛祝。僕健登塊垣,
婢癡拾奩盝。顛倒披裳衣,安所措手足。隔牆人鬼關,呼號慘心目。
千聲共一聲,揮涕惟有哭^②。救援里保來,甕盎相撞觸。寥寥三五
人,沃水不盈掬。宵小遂乘機,肤篋飽所欲。健亦莫與爭,弱尤飲
其毒。詰朝睹四鄰,四鄰無寸木。井竈嘆成墟,雞豚笑已熟。吾
家慶更生,轉灾俾爲福。檢點^③千卷書,無恙猶在簏。人生憂患中,

---

① “拚教捻”,行草本作“好教拚”。
② “揮涕惟有哭”,行草本作“濺淚盡成哭”。
③ “檢點”,行草本作“幸藏”。

預防突宜曲。勿求寢饋安,常凜禍殃伏。寡過時未能,向善念惟篤。
三復柳州書,自賀兼自勗。

題敝裘

廿載相親未告勞,離披何忍更吹毛。難縫轉訝針工拙,屢典翻嫌
酒價高。霜雪有情憐汝共,江湖垂老向誰豪。人間葛帔還多少,
縱不能溫勝縕袍。

壬寅守歲

高館明燈手一巵,玉山頹後自心知。未殘絳蠟猶留歲,但念青衫
已失時。息影可尋鷗共狎,纏腰何用鶴同騎。桑田果使閒堪賦,
飲水衡門也樂饑。

第二冊

癸卯

人日作

柳營江外草如烟,小雨酥^①回欲曉天。人事又從今日始,春光空向
異鄉妍。誰簪^②華勝成遺俗,欲^③放新燈競少年。記得靈辰挑菜句,
清詩欣與誦坡仙。

---

① “酥”,行草本作“初”。
② “簪”,行草本作“傳”。
③ “欲”,行草本作“更”。

送盧桂巖

落花風裏褭絲鞭，説到分襟意惘然。執手不堪人對酒，欲歸偏是^①
我無田。清流可託名終贋，樂事難憑境易遷。得上青雲須努力，
莫教駒隙誤華年。

盆蘭

入秋才幾日，已放兩三花。似欲探涼信，先開向暖芽。比梅憎野瘦，
論菊共清華。想是靈均魄，年年寄水涯。

蘭花^②

素^③質由來擅國香，託根何必定沅湘。漫云衆草曾爲伍，獨在空山
也自芳。濃泡露華滋九畹，静^④隨風力上重廊。蕭齋憐爾黃昏後，
孱骨砭秋總耐涼。

偶成

翻笑身閒事轉加，也曾圍竹也栽花。偶淘古井因烹荈，細縛涼棚
爲種瓜。何必膏肓愛泉石，小施經濟在桑麻。北窗一枕新涼後，
猶有吟情弄晚霞。

問訊

問訊秋何在，棲遲客未歸。亂蟲縱繁響，獨雁自高飛。梁稻終殊計，
丘園未息機。旁觀^⑤人不識，徒覺效矉非。

---

① "是"，行草本作"恨"。
② "蘭花"，行草本作"詠蘭自遣并贈脩軒伯恭"。
③ "素"，行草本作"抱"。
④ "静"，行草本作"輕"。
⑤ "旁觀"，行草本作"捧心"。

其二

骯髒果何奇,孤行意自痴①。一肩猶未卸,兩鬢已成絲。不潤腴難處,無能拙轉宜。空山獨長嘯,不必有人知。

張雪君_{廣埏}明府李少蓮_{生煜}查小白_{元鼎}同研贈和卿之蘭永有詩②即次原韻

望斷古城陬,清溪繞郭流。丹楓卅里路,白露一江秋。雅詠追陶謝,仙心識阮劉。更耽張翰句,關塞憶前遊。_{雪君曾從玉研農節帥赴伊犁幕,著有《郵程瑣錄》。}

其二

香火證前因,芝蘭氣共伸。相思才隔縣,小別已經旬。客豈依人熱,官惟與衆親。丰姿看海鶴,一老獨精神。_{謂雪君。}

送和卿赴南靖

楓葉蕭蕭又送行,江干猶記此登程。一年但覺傷離聚,四海何曾盡弟兄。守道不貧貧亦樂,曠懷宜淡淡忘名。愁絲百丈抽難盡,莫作春蠶繭自縈。③

其二

欹嵚世路本難平,八口艱虞且自營。有酒不妨拚獨醉,無田聊復代人耕。驪探碧海珠誰得,鳳老丹山羽自成。雄辯清談無不可,一枝健筆要天生。④

輓綺觀表弟

高堂悲白髮,忍使泣秋風。將種看誰繼,_{綺觀應}⑤_{襲雲騎尉世職。}文名噪已空。共嗟顏命促,還惜阮途窮。竟使鮫龍得,孤魂入夢中。

---

① "癡",行草本作"迷"。
② 行草本"有詩"後有"勉和二律"四字。
③ 原批:"翻說有味。"
④ 原批:"五六警健。"
⑤ 行草本"應"字後有"接"字。

其二

八口嗷鴻似,全家寄水湄。路長歸楫遠,人杳到書疑。寡鵠飛無偶,遺珠剖尚遲。焚將詩代楮,料爾夜臺知。

閏七月十八夜赤蜈蚣長尺餘行几案間幾遭毒噬奴子捽之死紀以詩

炎秋癉如瘦,蟲豸肆狡獪。沿緣破壁間,夜出每爲害。其名曰即且,其性本甘帶。噆血流作脂,嘬膚腫成癩。伺隙入衣裾 ①,遺瘵到羹膾。堤防復堤防,令人不可耐。捻之磔其身,灼之繼以艾。餘臭竟如蕕,揚灰豈留蛻。蕭然環堵中,肘腋患斯最。回思痛定時,歷歷尚如繪。譬遇凶殘徒,恬然處以泰。當其惡未萌,毋遽加剪汰。苟其罪狀暴,顯戮詎掩蓋。掃除一室安,可喻天下大。勿謂仁人心,刑寬常法外。

雨後即事

一日喜無客,蓬門午未開。幽懷兼雨至,凉意逼秋來。研潤香留墨,簾疏綠 ②映苔。爭 ③猜蝌蚪字,蟲篆滿花臺。 ④

月

輕碾冰輪出絳霄,瓊樓高處望迢迢。不愁風露痕難洗,轉似河山影易搖。萬里秋容空自皎,半生客感向誰消。浮槎探去終嫌遠,直駕銀河幻彩橋。

---

① "裾",行草本作"裙"。
② "疏綠",行草本作"青迹"。
③ "爭",行草本作"浪"。
④ 原批:"三四,躁心人未許領取。"

閏七夕①

塵寰不解重離愁,天上偏逢兩度秋。風景若將前夕較,絳河如洗
更清幽。

院外隙地治作小圃雜蒔蔬卉楚楚可愛意行之餘聊短述

樹瘦風欺葉亂拋,門深蓊冷綠成坳。無朋②忽亦開三径,似鶴頻年
占一巢。夜色已③涼雲自淡,秋聲猶嫩竹先敲。棚瓜架豆皆成侶,
況有幽蘭締素交。

贈王漁山鼎乾 并序

> 漳州入秋後,癘疫盛行,殂亡枕藉。漁山寓居之暇,有鑒于溺女、
> 錮婢、屠牛、械鬥四事皆傷天地之和,致災之由未必不原乎此? 撰
> 文勸解,有合乎觀過知仁之旨,讀之憬然,遂賦以贈。

秋氣重如瘵,鳩人人即死。十室九哭聲,告亡不移晷。詎知所自來,
亦莫竟其委。惟聞鬼伯催,遂窘庸醫技。我初尚然疑,訛傳伴唯唯。
幸灾果何心,浩劫良有以。乃看同舍郎,雙眸炯秋水。侵晨猶④論
文,薄暮⑤請作誄。又聞隔鄰媼,未飯已遺矢。巫覡召至門,易簀
遽不起。南山復北山,東市聯⑥西市。黃腸八尺棺,白鏹千行紙。
華屋逮蓬門,高年并稚齒。毋分貉一丘,紛紛俱到此。吾友瑯琊生,
筆大椽可擬。煌煌出鴻篇,鎔鑄入經史。戕生凜四戒,召福植眾美。
但論胞與情,胡可貴賤比。女爲吾所生,婢爲吾所使。生之復殺之,

---

① 行草本此題作"詠閏七夕",詩作:"人間不解重離愁,天上偏逢兩度秋。
　　待渡鵲來還命駕,看星人卧又登樓。定無多巧難頻乞,合有奇緣許續遊。
　　風景若將前度較,絳河如洗更清幽。"
② "朋",行草本作"人"。
③ "已",行草本作"欲"。
④ "侵晨猶",行草本作"朝猶細"。
⑤ "薄暮",行草本作"暮哀"。
⑥ "聯",行草本作"復"。

倫愛析毛裏。使之乃^①因之,慘痛勝鞭捶。恩可及禽獸,誼本敦桑
梓。奚其恤鼙鐘,反令登刀匕。草菅任株連,殘忍到鄉里。斯皆
罕見聞,愚蒙昧厥旨。消戾與延釐,樞機在尺咫。君心乃佛心,君
文具妙理。大義自精嚴,微詞亦旖旎。澤枯非示仁,醒世未爲侈。
矩矱先民遺,凋劫爲政耻。願書千百通,敬告都人士。恒用佩韋弦,
嘉邦歌樂只。

勸學吟寄示兒輩

讀書何所苦,水到自成渠。學海雖無畔,經畬賴善鋤。莫貪搜二酉,
只要惜三餘。兀兀窮年樂,窗前草不除。

其二

觸類功常半,虛懷解倍多。逢源通子史,餘技及詩歌。性分從天付,
功程要^②自苛。還丹須九轉,歲月勿蹉跎。

其三

一室群堪樂,相依德是鄰。識途循正軌,結契證良因。風骨端人樹,
蘭言臭味新。試看時雨化,都是杏壇春。

其四

數典休忘祖,奇書要手鈔。六時勤自課,一息莫相拋。幅窘難爲織,
穀豐易治庖。皤然瓠五石,空被世人嘲。

其五

天爵勝人爵,浮名念勿縈。熱中慚屋漏,晚器待廷評。道枉將焉適,
時來自有聲。譬如種桃李,春至各敷榮。

其六

有書千百卷,漫號墨爲莊。未必皆良産,還當老是鄉。勤分藜炬照,
虛擬羽陵藏。爾輩饑堪忍,終身作糗糧。

聞蟲語

窗近微嫌亂響侵,階空偶亦有孤吟。不知終夜鳴何事,但覺羈人

---

① “乃”,行草本原作“復”,后更爲“乃”。
② “要”,行草本作“定”。

思不禁。墙外隔花驚夢早①，幾回②吟露訴秋深。饒他費盡平生力，百脰難傳遠客心。

秋興

餘霞散綺净，湛露浮華明。暝林嘯向夕，風葉如水聲。開我亂蓬徑，坐我涼豆棚。舉頭見明月，歡愜若平生。羈棲已五載，鄉念豈不縈。兒女自有福，錢刀何足營。學古慚已晚，矯俗匪所榮。何如志邱壑，胸次常崢嶸。

其二

鳥夢穩高樹，蟲音出短莎。幽齋夜清曠，獨客自咄呵。酒酣忽起舞，壯氣摧山河。知己苟爲用，生才何必多。白蛇斬漢劍，烏騅悲楚歌。英雄各有志，不遇徒如何。方今已清晏，四海收兵戈。逢人當斂手，沉匣藏太阿。

其三

白雲招我歸，青山少錢買。試問風塵中，幾時得瀟灑。捧心效誰顰，冷笑難自解。孤行三十年，毋乃世共駭。自當③營一丘，好與④俗緣擺。汲泉飲破瓢，看花拄短拐。四顋江舫鱸，八跪水田蟹。烹斫謀一醉，陶然萬事罷。

重陽葉松年鎮軍長春集同人宴芝山石亭酒後尋净衆開元古刹

小隊蕭弓⑤刀，將軍意氣豪。行厨先載酒，從事⑥共題糕。路細通懸蹬，松寒起怒濤。不知秋遠近，獨上一峰高。

---

① "早"，行草本作"起"。
② "幾回"，行草本作"草根"。
③ "自當"，行草本作"何時"。
④ "好與"，行草本作"巧託"。
⑤ "弓"，行草本作"銀"。
⑥ "從事"，行草本作"列校"。

其二

躡[1]屐臨丹嶂,輕裾曳晚風。共疑來世外,不覺在山中。鳥影衝烟[2]疾,雲光落盞空。黃花思亂插,我鬢笑如蓬。

其三

共入青油幕,閒聽白雪歌。羈情同慷慨,觸政少煩苛。海氣凝霜練,山精隱碧蘿。盛傳高會處,仙聚幔亭多。

其四

賈勇覓招提,何分澗與谿。踏來蒼蘚滑[3],望到[4]白雲迷。菊影依經榻,茰香滿藥畦。遠公應笑客,一一醉如泥。

越三日趙少愚鏞觀察復集同人飲丹霞講院歷遊諸勝迹聽梨園法曲醉歸率詠

一灣流水浸秋光,縱少菰蘆趣亦長。笻屐偶來尋野径,亭臺誰畫似江鄉。莎邊載酒移寒綠,竹外看山澹夕陽。已是談經人散後,閒雲猶上讀書堂。

其二

陡覺縈迴島嶼遥,不知閣道出重霄。村烟蒙密浮晴靄,海氣蒼茫接暮潮。客擬登雲[5]題雁塔,誰將[6]拔幟[7]建龍標。帝鄉倘許扶搖上,舉手還應弄斗杓。八卦樓最高。[8]

其三

一曲霓裳傍水聽,晚風吹醒四山青。簪花滿座皆名士,畫壁新詩付小伶。未到凋零秋尚好,但論襟抱酒休停。此間即是環滁樂,

---

① "躡",行草本作"芳"。原批:"'躡'字較'著'字好,詩貴鍊字,信然。"
② "烟",行草本作"人"。
③ "滑",行草本作"碎"。
④ "到",行草本作"斷"。
⑤ "客擬登雲",行草本作"人訝登名"。
⑥ 原批:"二字欠斟酌。"
⑦ "誰將拔幟",行草本作"我思立幟"。
⑧ 原批:"雄渾。"

灑翰應鐫石上銘。^①

種菊數十本及秋盛開病中花事遂賒感賦 ^②

滿擬盈尊酒易賒,病來^③偏負一籬花。已無晚蝶尋香到^④,空^⑤有寒螿咽月斜。瘦影不嫌秋澹宕,艷情空說老風華。但教留得根荄在,明^⑥歲精神或倍加。

殘菊吟

捲簾夜靜虛四壁^⑦,涼薄^⑧秋衾臥秋客。誰知客瘦竟如花,花亦纏綿慰岑寂。宵深忽夢黃冠人,風骨清臞^⑨疑仙真。問之一笑但長揖,巖棲谷飲稱遺民。自言家近羅含住,平生祇識柴桑趣。寄人籬下慣清貧,獨傲霜中少依附。年年託^⑩迹南山陲,金精玉質無人知。偶向西風舞獨遲,白衣酒至還傾卮。爲聞高會翩然來,此間應有招仙臺。稱觴上壽日饜飫,耳目爲玩非吾才。紅牙歌板靡不樂,白石清泉甘澹泊。拂衣歸去舊山中,飲水延年老丘壑。殘英欲墮不禁風,三徑疎香淡已空。醒來重把離騷讀,何處追尋亡是公。^⑪

---

① 原批:"興會高騫,五六轉捩,一氣呵成,興到之作也。"
② "病中花事遂賒感賦",行草本作"臥病兼旬花事遂賒用謝守齋誠原韻感賦"。
③ "來",行草本作"中"。
④ "到",行草本作"冷"。
⑤ "空",行草本作"猶"。
⑥ "明",行草本作"來"。
⑦ "四壁",行草本作"堂夕"。
⑧ "薄",行草本作"透"。
⑨ "清臞",行草本作"不俗"。
⑩ "託",行草本作"寄"。
⑪ 原批:"亡是公自是詩人寓言,言各求其人以實之,則鑿矣。"

枕上偶得

栩栩心魂活，長^①吟枕自欹。似曾飲靈藥，偶爾得新詩。窗黑月無色，衾寒夢不知。分明鴉報曙，啼上最高枝。

病中雜詠

鍛羽何心更振翰，勞薪吾分任摧殘。漫嗟艾未三年蓄，妄想丹成九轉難。人壽豈同金石固，余懷常覺海天寬。養生只羨陶宏景，終老山中不拜官。

其二

負郭無田任^②笑癡，貧家本色且安之。繩樞甕牖曾何害，檀板金尊轉未宜。路盡自然生別境，花開應覺有芳時。請看茅屋秋風客，拾橡空山也忍饑。

其三

力田孝弟豈無人，習尚遷移遂失真。刀劍若教平日賣，蠶桑安見此鄉貧。鮮聞仁讓成頑獷，要使艱難識苦辛。誦與豳風勤稼穡，熙臺依舊坐陽春。

其四

通名半是綠林豪，肱篋由來技最高。囊底黃金難再得，道旁白眼定相遭。每因法弛^③偏逃網，當念民艱亟補牢。一笑請將君入甕，頭顱好試快并刀。

其五

方寸真堪敵華嵩，嵌崟渾似走硿礲。心機運比般輸巧，腹劍交難杵臼舂。人有戈矛藏笑裏，我無城府在胸中。含沙一任工爲蜮，得失惟應學塞翁。

其六

八口嗷嗷澤雁哀，經營薪米亦須才。縱然莫賃梁鴻廡，何用重登

---

① "長"，行草本作"沉"。
② "任"，行草本作"人"。
③ "弛"，行草本作"遠"。

郭隗臺。綠螘自斟還自酌,青蚨飛去不飛來。歸期屢展還相約,
好待園林百卉開。

其七

絕少撐腸卷五千,空瓠濩落笑徒然。移檠未肯忘寒夜,握槧終須
讓少年。行入鄧林皆美木,就中沃壤有良田。餘生忍把青氊棄,
頑石還思悟妙禪。

其八

靜觀人我事俱非,晚計惟先覓釣磯。長物尚留東郭履,行歌合採
北山薇。披蓑倘使終如願,抱甕毋妨暫息機。何日江村歸去也,
棕鞋藤杖看雲飛。

送王漁山之南安

一年一郡縣,負米爾何勤。但惜鴒鶺侶,今爲雁鶩群。濟時崇實學,
謀道富奇文。相與①周旋久,離歌不②忍聞。

其二

木落寒村闊,山明驛路分。尚留幾紅樹,相送入青雲。迎刃談何易,
治絲理莫棼。艱難吾道共,汫澼手成皸。

小病初愈羲伯至自清源喜贈

銀燭重燒夜已闌,涼衾如水夢來難。不知誰撥閒爐火,藥氣氤氳
臭似蘭。

其二

不乞刀圭自勸餐,任他修竹報平安。閉門覓得奇書讀,一月潛心
結古歡。

其三

來時已識趁秋殘,紅樹無霜葉自乾。多少草橋山店路,料君衝曉
又衝寒。

---

① "相與",行草本作"與我"。
② "不",行草本作"那"。

其四

碧海青天月一丸，思君無夜不憑欄。素琴掛壁塵應滿，指冷何曾獨自彈。

寄送石麟士彥恬明府罷官^①返蜀即次其遊九鯉湖韻

客裏光陰易愴魂，五年虛負白駒奔。漫嗟虢國眉空掃，却羨常山舌尚存。事有波瀾原不定，心無機械殆忘言。頭銜重署江湖長，故吏休題是漆園。

其二

南州處處有棠陰，遺愛圭江水樣深。既學陶公惟飲酒，不爲單父莫彈琴。雲烟猶灑才人筆，父老能言舊尹心。想見當時行政地，萬山爲底海爲襟。

其三

扛鼎雄文孰與京，國中公論出廷評。誰知盤錯卅^②年力，祇博弦歌百里名。識破宦情思白傅，傳來詩品重鐘嶸。料今不作觚稜夢，閒向漁樵話弟兄。

其四

蜀山歸去峽雲開，春半枝頭見杏顋。策馬幾時登劍閣，當壚依舊覓琴臺。裝輕一舸空餘石，花落重門自引杯。却笑田夫還識字，占晴課雨總多才。

次李少蓮贈什原韻

燦到生花筆，蓬蓬有遠春。雕心成古艷，寫韻得閒神。壁壘風雲壯，荃蘭氣味真。小將軍絕技，畫品更超塵。

其二

遠隔碧天末，如何訴隱衷。青山惟夢到，明月此心同。仙幻湖波鯉，人思驛路楓。祇應勤問訊，覓酒寄郵筒。

---

① 行草本無“罷官”二字。
② “卅”，行草本作“三”。

晴江至自榕州薄酌話舊

隔面河山恨渺綿，足音空谷忽跫然。不嫌斗室談風月，更許清尊
問聖賢。論事又添新閱歷，讀書猶自苦鑽研。年時只覺心如佛，
一片慈雲覆大千。晴江好放生，修廢塚，力行善事，垂老不倦。

其二

作客空歌相府蓮，懷歸虛望瀼西田。無才那得生花筆，本分惟求
賣字錢。流水斷雲過往事，哀絲豪竹感中年。相看綠鬢俱非昔，
痛飲還宜抵足眠。

和卿送蟹

侵晨食指動，卜吉得水族。開尊來霜螯，百輩縛圓殼。殘沫粘草腥，
寒簷破潮綠。秋清甲逾堅，稻芒飽在腹。[1]尖團了不分，老饕已屬
目。難逃一背紅，個個剝頳玉。平生雌簧口，到此亦虀蘇。無腸
羞橫行，醜面嗤鬼縮。新酒菊花天，尤物惟此獨。憑誰笑我饞，笑
舌未妨數。風露憐漁家，蘆舟傍水宿。不知幽火中，何人夜深捉。

白山茶[2]

佳名猶記曼陀羅，玉茗風流淡處多。陶弼詩：“淺爲玉茗深都勝，大曰山茶小
海紅。”韻勝不須珠是寶，香清疑與雪相和。誰誇絕艷栽瓊苑，于若瀛
曰：“滇南山茶，有高二三丈者，開至千朵，稱絕艷矣。”恰有丰神比素娥。占得年
芳得春晚，梅花同向歲寒過。陸游《山茶詩》：“雪裏開花到春晚，世間耐久孰如
君。”[3]

---

① “秋清甲逾堅，稻芒飽在腹”，行草本作“秋甲逾堅，稻芒在腹”。

② 行草本“茶”後有“花”字。

③ 原批：“寫‘白’字入神。”

甲辰

謝王子吉慶成漢篆鐫章

六書秦火後，繆篆久無聞。何處得真法，爲余鐫白文。雕鏤糜玉石，方寸起風雲。倘使冰斯見，應登大雅群^①。

鄒鳴岡遊戎登鳳幕下觀烟火

出海魚龍逞異姿，爭春梅柳鬥新枝。都成變幻千般巧，特放光明一段奇。火樹本非生下土，天花偏訝散同時。眼看列校馳如鶩，不禁金吾夜未遲。

李少蓮寄示知足歌乃客冬四十自壽作廣其意答之

訂交亦既久，論文毋乃稀。詎知謫仙才，研練深于詩。落筆快風雨，字字皆珠璣。春風舞雩詠，秋水蒙莊詞。一篇偶有得，自頌還自規。輪囷吐肝膈，活潑純天機。譬諸觀海者，烏從測以蠡。似言人自昧，天道非難知。此心苟逸豫，萬事無險巇。炊沙豈成飯，茹蓼當如飴。桑樞埒雲厦，葛帔勝牙緋。榮遇^②乃外至，守虜徒貽譏。何如抱吾素，磨涅無淄緇。知足復知足，此樂天所遺。看花志閒適，飲酒忘是非。一朝翽雲表，天馬不可羈。既信尺蠖屈，遂展鵬搏飛。

贈范連笆壎時赴海澄之館

來時襦被無人知，去時繐幣^③盈階墀。不嫌老女學初嫁，祇要妝束稱咸^④宜。憶昔同游木蘭水，十年荏苒曾何時。仙風吹爾到海國，出群鸞鶴饒清姿。夷吾不爲鮑子棄，湜籍謬以昌黎師。行屍走肉且自愧，我肱三折難成醫。討論旦夕又經歲，長頭問事驚岐嶷。

---

① “應登大雅群”，行草本作“神奇也重君”。
② “榮遇”，行草本作“勢榮”。
③ 行草本無“幣”字。
④ “稱咸”，行草本作“咸稱”。

今也腳根既中立,但如砥柱毋推移。圭江迢迢三十里,東風吹綠波差差。早潮暮雨催客去,懷人忍賦傷心詞。尺書報我詎愆期,鯉魚況是春前肥。莫教望斷河橋柳,盡日含情裊亂絲。[①]

鄰人伐枯樹感賦

禿樹如病翁,傴僂背莫仰。枯形久支離,醜質駁夔魖。當春瘦不花,孤幹挺無兩。全空眾鳥窠,獨占一庭敞。忽聞斤斧聲,丁丁出繁[②]響。成材謝般輸,摧薪售儈駔。憶初萌芽生,本具凌雲想。雨露恩豈私,棟樑用且廣。寒暘偶失護,剝蝕尻至顙。遂使輪囷姿,凋瘵委榛莽。亭亭百尺枝,曩爲群木長。得天苟不全,棄擲料誰賞。應知梗與楠,貞壽由作養。揆其干霄心,無時不向上。

春曉雨後 [③]

重疊風痕弄曉寒,不知林葉盡吹殘。誰憑雨力鋤花易,欲勒春光鎖夢難。竹石有情同勝友,江湖垂老未偷安。異書借得休拋[④]却,睡起無人獨自看。[⑤]

木棉[⑥]花

隔林遙見赤城霞,百丈爭開頂上花。終是春風私海國,絳雲齊護埜人家。

其二

吉貝佳名訝許同,長林烘染勝丹楓。不知誰得西番種,種遍南州二月紅。

---

① 原批:"結語深情無限。"
② "繁",行草本作"幽"。
③ 行草本"後"字後有"作"字。
④ "拋",行草本作"閒"。
⑤ 原批:"'勒'字易'倩'字,可乎? 請酌之。"
⑥ "棉",行草本作"綿"。

其三

戎戎鵝毳自芳菲，不似漫天①柳絮飛。好待園林緋脱盡，後身猶去送寒衣。

春酒困人率以梨園爲侑饁矣詠此

花債零星酒債忙，一春②無計避歡場。故人已覺何戡老，往事空餘杜牧狂。金盡不須羞倦客，春歸依舊惜他鄉。一宵寒雨禁殘醉，重話旗亭夢正長。

關地成畦雜蒔花木居然翁蔚可觀玩餘率占

一卷書傳郭橐駝，種花方法果云何。始知③活色生香趣，不在嫣紅姹紫多。蘊養精神根自固，品量寒燠候宜和。青皇著手無雕飾，裁向東風盡綺羅。

其二

小墢分青動蘚痕，鴉鋤隨處劚雲根。敷榮豈恃推移力，望澤還希雨露恩。繁入鄧林原有日，閒開蔣徑暫成村。平心我是忘機叟，合隱丘樊老灌園。

其三

初看冶葉漸長條，桃靨何心鬥柳腰。共道芳菲皆入畫，不知濃淡倩誰描。園林展拓春來路，風雨淒迷夢去霄。欲破寂寥尋伴少，紅腔高下自吹簫。

其四

失時休笑厄黃楊，得勢爭看翠篠長。肥瘠不須論地力，繁華原有好風光。若知非種鋤宜亟，但遇盤根器乃④良。悟得樹人同樹木，立賢從古本無方。⑤

---

① "漫天"，行草本作"晴橋"。
② "一春"，行草本作"徵歌"。
③ "始知"，行草本作"似言"。
④ "乃"，行草本作"用"。
⑤ 原批："往復不盡語，尤得詩人規意。"

雨中柬晴江

愆期屢約過城南,抵掌何曾得盡談。花事忽驚春已半,醉吟猶憶月初三。雲光黯淡摧殘雨,山色空濛對遠嵐。重待破晴扶杖去,隔溪同訪老僧庵。

清明日雨中雜詠

薾騰一覺便忘家,客裏何須節物誇。偏有鄉書來説道,故園開盡紫藤花。

其二

漫向寒厨索冷淘,先將新火煮香醪。桐華天氣何曾暖,不著輕衫著緼袍。

其三

遲栽花種也爭萌,培養新枝要乞晴。日日櫛泥忙盎甀,一雙健僕當園丁。

其四

石罅新苔任縱橫,籬邊菜甲一齊生。更添當户無情綠,遮却窗光竹幾莖。

其五

松楸自掃卜何年,空向天涯泪灑然。今日登山澆濁酒,全家遥想白雲巔。

其六

昔日孤兒傍母雛,而今兒婦有孫扶。孫還有婦墳前拜,問母長眠得起無。

乍霽 [1]

不覺沾衣濕,都消駔宕風。林陰猶積潤,花氣已浮空。暖趁蜂聲出,寒輕鳥夢鬆。遊絲何處惹,胃得一青蟲。[2]

---

[1]　"霽",行草本作"晴"。
[2]　原批:"幽絶趣絶。"

菊苗

嫩綠抽初穎，分鋤次第栽。春痕[1]新雨露，秋氣舊根荄。影覆青泥
短，香思白雁來。蒼葭凉露後，鄭重報花開。

豆苗

素食愛來其，先栽豆滿籬。凝烟根并綠，引蔓莢爭肥。棚短支偏穩，
畦疎灌轉宜。一枝初踏折，小雀已驚飛。

壽內五十

行縢慣自別河梁，家計翻教女手當。偶昵拔釵非貰酒，不辭賃廡
共舂糧。黛銷塵鏡雙眉翠，絲耐寒機十指霜。猶念姑嫜遺矩在，
歲時伏臘奉羹湯。

其二

經時羸病損容光，汲甕依然日下堂。樞戶不嫌蓬藋滿，典衣都散
綺羅香。征人錯嫁幃空掩，嬌女相依繡轉忙。欲換青裙迎紫綬，
成名須望兩兒強。

其三

半生鴻案久相莊，織錦休勞寄短長。陋室但藏書萬卷，寒衣先綴
綫千行。心甘茹蓼貧隨分，操守貞筠品自芳。却笑無田耕冀缺，
那爭餘地更栽桑。

其四

椎髻羅敷稱短裳，芒鞋我愛自擔囊。買山可許身偕隱，飲水終當
老是鄉。事等烟雲真易過，債多兒女且遲償。長吟聊寫綢繆意，
不是尋常介壽章。

南北山展墓紀事　有序

　　遊漳客亡者[2]，向于北尖山及南郊大潭口山爲之安窀穸，春秋例

---

① “痕”，行草本作“秋”。
② “客亡者”，行草本作“客亡之外省人”。

有奠醊。二十六日，如例往，同行者楊晴江、嚴達夫璋、李穎光生瑛①、陳義伯鳳書②、陸星海澤源、沈思源昌業及余，凡七人。

筍輿輕且便，野徑繚而曲。言登北邙山，欝欝慘心目。墓門宿草深，碑字春烟綠。半擔豚酒香，七客衣冠蕭。一一爲招魂，悲風嘯巖谷。吹殘紙錢灰，日暮饑烏③啄。故人喚不譍，汍瀾淚盈掬。謂姚菉園。

其二

南山復如何，十里快一覽。重重陟④巘遙，黯黯薄雲晻。啁啾麥飯馨，吞攫骰核唅。得食各充腸，小會亦傾膽。同爲淪落人，幽明氣相感。生者豈常存，亡者未爲慘。儉庖愧少餉，重酌待秋薟。群嘯入青林，陰風白日澹。

小憩南山寺

客是悠悠者，何曾得久⑤閒。偶然來問佛，不必定看山。石嵌苔成繡，雲争鶴共還。春風留迹去，新綠滿禪關。

薄暮南郊⑥

曲磴接平蕪，空烟沍暝途。遥林窺月小，高鳥入雲無。筍候占來燕，蒲鄉泛乳鳧。殘春花事了，不用勸提壺。

送義伯之雲陵

碧澥無垠一望寬，海門八尺指梅安。"八尺門"、"梅垵汏"，皆海口地名。"梅垵"，亦作"梅安"。民風錯雜兼三邑，嶺路迴旋繞百盤。局⑦短不妨遊是暫，才多終覺事無難。木棉庵外匆匆過，應覓殘碑立馬看。木棉庵，宋鄭虎臣誅賈似道處，離郡城三十里。

---

① 行草本無"生瑛"二字。
② 行草本無"鳳書"二字。
③ "烏"，行草本作"鳥"。
④ "陟"，行草本作"涉"。
⑤ "久"，行草本作"自"。
⑥ "南郊"後行草本有"途中"二字。
⑦ "局"，行草本作"畧"。

夜寂

夜寂蟲愈響，燈孤花亂開。不知人未寐，但恨柝相催。宏景三層閣，燕昭百尺臺。此身論出處，隱顯兩無才。

次王子吉慶成投贈四律原韻①

詩壘高于百雉崇，專工摩詰溯②宗風。登壇敢詡稱飛③將，入社還容傲遠公。堅自磨礱忘歲月，閒常箋註到魚蟲。十年映雪無人問，知在谟觴石室中。

其二

養志年年住海濱，鯉庭趨對詎嫌頻。崔盧門第欽華胄，羲獻文章重後人。直上青雲誰抗手，漫歌白雪置閒身。子安詞賦由來妙，不爲江風助始神。

其三

困我津梁欲告疲，看山何日始④支頤。琴尊空伴行膌後，僕馬難爲問字時。長劍倚天心尚壯，釣竿拂水願奚隨。詅癡久已無才思，那有生花筆許持。

其四

説項時煩蘇子卿，余與子吉訂交，乃曉山先容。清芬蘭芷久心傾。莫云薜荔纏今日，總覺聰明畏後生。南國易拋紅豆粒，西泠早識白眉名。行看中秘書全讀，珥筆從容對邇英。

次家蘭軒樹榆秀才贈什原韻

儀羽翩翩詡自今，果然鶩鷟出瑶林。乍親芝宇清華品，久抱葵傾嚮往心。閩嶠暮雲通海氣，直沽春水泛城陰。相思渺渺天南北，

---

① 此題行草本作"又次子吉見投四律原韻"。
② "溯"，行草本作"見"。
③ "飛"，行草本作"蜚"。
④ "始"，行草本作"更"。

夢裏間關^①費苦尋。

其二

定然無敵上騷壇，妙有光芒許共看。七字勻圓珠的的，一篇奇勃氣桓桓。爭如叔度通才少，誰^②似陽城篤學難。自是吾宗高格調，不輕涉筆到蘇韓。

其三

雛鳳清聲識異姿，燕詒況是^③善常師。未登絕島仙難遇，得拜靈山佛定慈。擊鉢漫催遊子詠，籠紗行覓昔年詩。看君早踏槐黃路，自有垂天展翼時。

其四

毫素真堪託寸衷，雪鴻蹤迹此方同。工愁自古稱平子，高詠誰能懷謝公。葛藟有情根自庇，莊^④樗無用世誰容。乘車戴笠他年事，伐木還堪誦國風。

即事

一聲河滿淚如波，忍聽當場白雪歌。逆旅光陰同夢短，中年哀樂感人多。繁弦急管催春去，月地花天奈老何。剗盡塵緣思選佛，安心瓶鉢學頭陀。

盆中疊石作峰巒狀注以清泉蓄魚其中雅有濠梁真趣^⑤

蕭齋思臥遊，夢想少池苑。何來蠡勺中，咫尺矗崖巘。嵌空石氣青，引蔓蘚痕滿。居然架厂高，人迹到者罕。一泓清見底，毛髮鑒修短。意欲舟航通，勢蓄江湖遠。丙穴居其中，瀺灂往復返。主人雖非魚，知魚相與懶。華嵩似一拳，溟渤乃巨盌。造物若無奇，眼界何由展。嶙峋小窗前，溯洄旦至晚。一笑妄言之，河嶽此縮本。

---

① "間關"，行草本作"閒觀"。
② "誰"，行草本作"況"。
③ "是"，行草本作"有"。
④ "莊"，行草本作"朽"。
⑤ 行草本"真趣"後有"示脩軒"三字。

義伯三十初度詩以頌之 三月初九日

堂上椿與萱,房中琴與瑟。脊令同在原,嬌女已離膝。知爾至樂存,
卜叶家人吉。更欣一索男,得子萬事畢。善文追馬班,凌雲一枝筆。
善吟繼鮑庾,清逸氣在骨。善書何淋漓,快若風雨疾。善病不廢學,
丹黃手甲乙。入則侍寢門,出可伏魏闕。不愧爲儒生,恂恂寡儔匹。
方今聖治寬,華夷處一室。六合本無外,柔遠示軫恤。所慮鷹鸇空,
誰制犬羊黠。① 吾子英特才,體明用亦達。圭稜本早除,節概孰敢
奪。宜膺天爵榮,未許俗氛② 遏。暮春三月初,揆覽祝生佛。酒饌
謝豐盈,筐篚恣羅列。塵宵珠履交,絢目朱輪密。旁觀知子心,似
皆非所屑。千人萬人中,一幟獨自拔。不爲鷥鳥千,甘作祥鳳一。
行看羔雁投,匡濟乘時出。化雨及春風,壽人兼壽物。

招竹軒義伯履莊文泰齋頭小酌 ③

二三客至自呼名,不著衣冠罷送迎。花爲憾春飛太早,酒非鏖夜
醉難成。長松怪石忘疏野,白鶴朱霞見性情。此意莫教輕道破,
薜蘿誰肯④ 換簪纓。

寄沈半霄

聞君青鬢換霜毛,減却元龍舊日豪。退筆已看成塚易,拈針誰識
嫁衣勞。事如擔雪填空井,才若長風駕巨濤。莫把腰圍全瘦盡,
此身休作戴山鼇。

却飲詞

狹路相逢盡麴車,醉鄉何處問華胥。可知忘却劉伶鍤,祇在三杯

---

① 此句后行草本有“緬兹遊子身,藐視等蟻虱。道義罕所親,錐刀競其末。
　　人倫鑒則無,世網嬰莫脱。”
② “氛”,行草本作“流”。
③ 行草本“小酌”後有“偶占示意”四字。
④ “誰肯”,行草本作“未許”。

軟飽餘。

　　其二

閉門日日反陶詩，止飲偏于病後宜。我豈獨醒人盡^①怨，不知悶殺幾花枝。

　　其三

傾銀注玉總心驚，那似淳于易解酲。但遇麴生甘下拜，願他高築受降城。

　　其四

擇交不敢尋歡伯，罵坐須防有灌夫。多少春衣都典盡，莫聽好鳥勸提壺。

春寒

柳塢風來拂面涼，擁衾看雨過韶光。暗香淡放花猶勤，短箭徐抽筍漸^②長。襟冷重簾將燕護，衙停深樹罷蜂忙。早知殘繡還堪挾，悔典春衣付一觴。

話雨樓下小立

偶向樓陰立，遲遲戀夕暉。小蛇緣竹上，舞蝶繞花飛。瀋雨雲先變，辭春鳥漸稀。化工無盡狀，階草綠爭肥。

晴

悅盡百花心，拋殘舊雨吟。草薰遊屐出，雲豁遠山沉。靜晝移長日，光風愜素襟。一觴還一詠，禊事足追尋。

春色

春色已將終，殘花又惜紅。未歸仍是客，多病欲成翁。衣縱緇塵滿，尊愁綠酒空。我心如太古，扃戶即山中。

---

① "盡"，行草本作"自"。
② "漸"，行草本作"耐"。

即事 三月十五日

絃管金鐃動滿城，鼕鼕萬杵鼓先鳴。蠻歌也似流鶯囀，嚦嚦何曾
聽得清。

其二

翠嶷紛紛合又分，懸腰弧矢勝從軍。祈年底用忙如此，舉國歡聲
十里聞。

其三

細骨輕軀倩馬馱，紅潮登頰淡描蛾。華鬟漫道姮娥似，天女臨凡
那許多。

其四

小艇剛容客兩①三，侲童度曲坐花龕。齒牙縱若哀梨爽，其奈陽春
盡土談。

其五

妙齡選出羽林孤，孔翠飄來美且都。一色紫韁騎白馬，口芬吹出
淡巴菰。

其六

臺角亭邊寫姓名，紅箋小字最分明。木難火齊誰相品，不重珍瑤
重水晶。

其七

宴罷瓊筵拂袂斜，衆仙同日醉流霞。何姑持帚閒無事，掃罷天宮
又落花。②

其八

萬盞明燈掌上擎，不分童叟各歡迎。衫巾都染楠檀氣，知在濃香
多處行。

其九

緩緩笙簫接巷衢，推來神輦萬人扶。金支翠葆皆前導，後有髧奴
捧一鑪。

---

① "兩"，行草本原作"二"，后改爲"兩"。
② 行草本無此詩。

其十

牛鬼蛇神已盡看，忽將野老扮農官。秧歌唱出村姑口，要使人知稼穡難。

其十一

餘勇猶堪戲燭龍，長街列炬萬枝紅。移情最好登樓看，渾似河燈放水中。

其十二

不算顛狂只算癡，黃金拋盡少年時。連朝米價如潮長，典却春衫總不知。

赴長岡 ①

待渡前村日未西，野橋宛轉路高低。下田經潦沙衝斷，壞堞環山石補齊。刀劍果除終沃土，魚鹽有利 ② 且通谿。長官莫問貧何似，一屋還容鶴并棲。謂雪君明府。

題張雪君明府廣埏萬里遊草

短策輕裝往復還，一襟風雪度雄關。詩成飲馬長城外，身在盤雕大漠間。上將勩華開幕府，書生膽氣壯天山。曾看 ③ 紫塞寒雲闊，萬帳貔貅若等閒。

其二

穹廬殘夢漸微茫，又作明星照一方。懸鏡即今呼父母，揮毫依舊挾風霜。未逢盤錯才難見，自有弦歌頌不忘。讀到漢廷循吏傳，爲君低首熱心香。

渡頭黃 效白太傅新樂府體

渡頭黃，渡頭黃，聚族而居水一方。生不識文字，但解弄刀槍，三

---

① 行草本“赴長岡”後有“漫詠”二字。
② “利”，行草本作“路”。
③ “看”，行草本作“知”。

五箕踞大道旁。行商肢其篋^①，徒手褫其裳。粟帛攫當路，人畜囚空房。非有黄金白金飽谿壑，十者定有二三來告亡。就中巨憝尤狡猾，<small>黄大鳥、黄大濫，皆著名匪首，頻年緝之未獲。</small>堅築堡垡儲餱糧。號召子姓爲羽翼，張恣牙吻如虎狼。雷霆神鬼偶不察，法令條告非不詳，奈彼負嵎一區雄長一族自大如夜郎。渡頭黄，爾勿強，縣官擒爾如犬羊。大兵直入搗虀粉，鬱攸烈熖呼倉皇，使爾連雞束縛就鞫公堂。一一斬馘登鬼錄，魂魄不得歸^②故鄉，犁庭掃穴無留殃。爾當洗心革面痛湔改，別具肺腑腎肝腸。賣爾刀與劍，相率爲善良，家弦户誦安耕桑。老者既死少者壯，他年鷇鷇皆鸞凰。

蘭永舟行 ^③

夾岸喬柯送遠青，白沙幾曲抱迴汀。人家都住寒流外，納盡溪光户不扃。

其二
輕風送我一帆遥，蓼淑蘆灣又柳橋。忽訝半江新水闊，昨宵濃雨正通潮。

其三
落日漁家半繞堤，芳洲寒緑晚烟迷。金鱗網得無人買，小艇輕搖過別溪。

其四
小雨初晴人趁墟，清光繞郭水雙渠。莫嫌澤國多卑濕，城似盆池客似魚。<small>南靖堤高城低，民居多在釜底。</small>

其五
十日清談對酒閒，山禽催我返柴關。獨憐畫畫無邊翠，兩岸青山送客還。

---

① "篋"，行草本作"筐"。
② "歸"，行草本作"還"。
③ 此題行草本作"往返蘭永舟行小詠"。

題林紹眉棟熙昆仲竹林池館話舊詩後

匝徑檀欒暑不侵，全家都住緑雲深。結茅早識高人樂，止水能涵
靜者心。十載晦明空寄慨，一門風雅自聯吟。而今舊雨清談夜，詩
及陶姓友自浙西歸。月下還當理素琴。

菊苗爲水所浸 ① 刪薙萎敗殊爲可惜

此花原寄隱，何必艷秋風。一夜黄流濁，雙畦緑蒂空。尊罍虛後約，
畚鍤告無功。負却金英會，喃喃咒小童。

積雨五日階圮成渠枕流有心濟川乏術悵然有作

簷頭倒捲銀河傾，千丈忽落洪濤聲。橫流不識何自至，有若巨浪
噴長鯨。堂坳泛舟在頃刻，浩蕩陡觸江湖情。三間水榭濕雲 ② 占，
一條花徑無人行。軒楹倒浸互欹整，荇藻蕩漾看浮青 ③。天光偶
與波影合，上下一色涵空清。秋霖有例沛弗止，但恐巨漲成滄溟。
穉穧未收老農泣 ④，忍使破隴無禾 ⑤ 莖。夜來如坐江檻上，沿流燈
火熒繁星。殘聲淅瀝亂人意，隔窗偏雜群蛙鳴。詰朝酒價且莫念，
但念兩板柴門扃。溪橋已壞無客到，自著雙屐看莎汀。

問訊 ⑥

獨鶴唳秋空，高林葉墜風。有聲皆入夜，所感豈能同。世味常茹蓼，
遊蹤類轉蓬。家書相問訊，不答學癡聲。

---

① "浸"，行草本作"侵"。
② "雲"，行草本作"雪"。
③ "蕩漾看浮青"，行草本作"浮漾粘腥青"。
④ "泣"，行草本作"苦"。
⑤ "禾"，行草本作"留"。
⑥ "問訊"，行草本作"家書"。

移齋

賓館又重居，門闌未改初。剪蒿三徑闊，受月一窗虛。璧返人歸趙，帷深榻下徐。行窩聊自適，安我舊琴書。

　　其二

圬壁皚新雪，開軒拓晚風。但思高枕臥，不計^①綠尊空。山色層樓迴，秋光洞戶通。清幽無客到，待月上簾櫳。

送雪君明府入閩

出郭空餘鶴兩肩，去思盡識使君賢。有人已頌^②萊公柏，此老曾無阮氏錢。書氣滿城消劍戟，墨花隨手^③化雲烟。求書者殆無虛日。重看奎宿高懸處，結習還留文字禪。

遣嫁詞

修眉鎖翠強登車，料汝辭家意未舒。鴛錦已教裁作帔，芹衫況染綠盈裾。婿方入泮。當嫻姆^④訓甘藜藿，善體郎心慎起居。奩具笑余無犬賣，贈來還衹數緘書。

　　　其二

鬢雲覆額照菱花，嬌小曾如傍母鴉。一念至今懷弱息，百年偕老願宜家。應憐婢拙教梳洗，莫恃心高弄齒牙。操作餘閒數行寄，衰翁有夢在天涯。

半霅至自梁山小酌話舊

短髮星星訝雪同，十年瞬息各成翁。奮飛未展雲中翮，食苦偏爲蓼上蟲。缺陷半生填碧海，菀枯萬事付蒼穹。憂端縱與終南埒，荷鋪何如效伯通。

---

① "計"，行草本作"畏"。
② "頌"，行草本作"種"。
③ "手"，行草本作"地"。
④ "姆"，行草本作"母"。

其二

阮籍空囊任笑慳，向平偏值事多艱。貧爲舊物曾何損，病怯新凉轉耐孱。金石論心同輩少，江湖垂老幾人閒。秋風短燭虛堂夕，挦醉如泥莫便還。^①

秋蝶

舊恨青陵^{韓憑葬處}杳莫追，尋香疑訴與秋知。空階蟋蟀莊周夢，小院芙蓉謝逸詩。冷到金風衣化早，舞同落葉板敲遲。南園草色非春緑，未許輕狂似曩時。

秋齋雜興

涉趣勝丘園，渾忘俗累繁。愛花如蓄妾，種竹已生孫。凉意歸高樹，秋聲隔短垣。掩關黃葉滿，多半是風痕。

其二

血幘雞冠紫，僧裝鴨腳黃。星垂丹橘小，風定白蓮香。衆妙誰并合，清評有抑揚。維摩居斗室，無日不花光。

其三

獨適無良契，尋幽自^②抱琴。聞歌終厭俗，避客未^③妨深。醉去眠芳草，吟成和夕禽。晚晴看得意，紅透夕陽心。

其四

掩卷非吾有，雄心減舊豪。澄懷惟水月，託迹等蓬蒿。囊澀休窺阮，尊空或愧陶。看花存一息，此券我能操。

懷人

冷蕊疎枝思不禁，一籬花瘦識秋深。閉關但有懷人夢，飲酒難消作客心。高閣雁稀凉月小，疎林雲散遠山沉。烟波一曲情何極，彈出滄江漁父吟。

---

① 原批："讀之慨然，下句尤爲閱歷人道破。"
② "自"，行草本作"不"。
③ "未"，行草本作"不"。

自訟

詩壘清宵領一軍，心兵自合鸛鵝群。唐音未入高賢室，巴唱終嗤下里文。落木寒山空見骨，飛花迴水巧成紋。漫云此事非關學，策古還應飽典墳。

己卯中秋余偕晴嵐榕城還珠門踏月有亂飈星光燈上下平分月影塔西東之句逾今二紀晴嵐久歸道山而余儽處南州欲歸不得對月抒懷其能無詞乎^①八月十五夜作

瞬息流光廿六年，故人已作十洲仙。高秋每自憐長夜，清詠伊誰和短篇。簫鼓蠻方成異俗，琴^②尊賓館散歌筵。風懷那得還如舊，倚遍危欄悵月圓。

和焦余珍穎儒茂才中秋感懷之作　焦，山東章丘人。

性分論交愛勝憐，搏風爭看翼垂天。齊州詩品多唐律，易學經生重漢年。京房易學傳自焦延壽。逆旅不嫌秋有夢，客懷休似水無邊。凌寒待秀蒼松色，豈似春花媚紫鵑。

歸去

笑看老子自婆娑，拔劍銜杯嘯且歌。不散黃金從古少，已成白骨舊交多。薜蘿幾忘山狙約，芻豆其如^③棧馬何^④。垂橐却教歸去好，閉門何事有風波。

---

① 行草本"詞乎"後有"詩成示脩軒"。
② "琴"，行草本作"絃"。
③ "其如"，行草本作"空思"。
④ "何"，行草本作"過"。

小畦

小畦經雨净無埃,一片^①秋光護緑苔。蝌蚪滿庭交鳥迹,筤篔幾個養簫材。侯封不敵書城擁,大閲時逢酒陣開。經畫芋區薑稜事,又教人忌説多才。

其二

閉門無事即林丘,底用車前擁八騶。高卧未知紅日上,清歌時有白雲留。不簪不帶忘賓客,佳水佳山想釣遊。何日漁樵分半席,餘生常與傲滄洲。

齋居漫興

三間敞屋倚孤亭,坐嘯行歌少定形。書卷縱横攤净几,花光環繞當圍屏。高吟未敢希陶謝,避^②客終須學^③尹邢。墙外遠山遮不住,日將青靄送空庭。

其二

嶽瀆圖經四壁懸,卧遊中有好山川。羊腸鳥道盤空細,虎踞龍蟠望氣先。足迹尚能天下半,心思難到古人前。何如静裏看^④飛躍,悟徹莊生内外篇。

其三

雨雨風風盼至今,一畦花木緑成陰。爲農恰少躬耕日,未隱先存出世心。墨沁古香留斷研,檻疎凉意逼重衾。無多隙地尋清曠,彈出流泉幾曲琴。^⑤

其四

幾忘門外漲紅塵,香榻茶簾樂有真。短氣不吟窮鳥賦,飄風原是寄萍身。辭根病葉憐秋早,過眼空花閲世頻。自笑伯鸞仍賃廡,

---

① "一片",行草本作"留得"。
② "避",行草本作"俗"。
③ "學",行草本作"避"。
④ "看",行草本作"觀"。
⑤ 批註:"率真語,了不自諱,想見此翁本色。"

客中何事不因人。

和查小白元鼎贈什仍用前韻　查,浙江海甯州人。

問奇曾訪草元亭,嵇呂交心豈以形。囊裏色絲傳繡句,座中侍史記書屏。才驚綺艷追徐庾,國小偏卑愧莒邢。應識少微星畔宅,入①門芳草鶴眠庭。

其二
十幅蒲帆帶雨懸,柳營江外泛平川。客來蓼淑蘆汀外,秋在黃花白雁先。大壑縱魚良得所,奔泉②渴驥向無前。一枝健筆凌雲表,絕類青蓮蜀道篇。

其三
卅年蓬累到于今,抱甕何曾息漢陰。世上不妨多捷徑,山中原許寄遲③心。蕭疎鬢影羞窺鏡,瑣屑吟懷愛擁衾。笑學柴桑差省事,門前無柳壁無琴。

其四
襆被休憎行路塵,更須樂易見天真。無金轉覺貧中好,有用終非物外身。白鶴朱霞時共賞,隻雞斗酒過宜頻。建安風骨今誰有,似爾翩翩得幾人。④

輓端木世姊

痛殢共惜命如絲,井臼新拋遂輟醫。白首事姑真似母,傷心遺女獨⑤無兒。舊衣綻綫猶初嫁,小字簪花也寫詩。曾記解圍青幛裏,瓣香我亦奉槃匜。

---

① "入",行草本作"一"。
② "泉",行草本作"前"。
③ "遲",行草本作"閒"。
④ 批註:"規勉真切。"
⑤ "獨",行草本作"更"。

其二

黃壤秋風悵渺漫，夕暉驚掩月華殘。鰥魚永抱同心痛，婺女俄看一夜寒。裳鳳繡餘空委篋，笙鸞迎上步^①虛壇。天涯青鬢今非昔，泉路還期告二難。<small>孿亭兄弟^②皆友善，早逝。</small>

夜坐偶成

禽靜林風微，蛩寂燈影瘦。淡月偷窺窗，紙破一痕透。愁城偶潰圍，萬感互雜糅。頃刻方寸中，矛刃自相寇。絕塵思名駒，鹽車擬困獸。抱璞本守堅，待價敢輕售。倏忽老將至，善舞無長袖。心在古人前，事落今人後。夕陽紅滿天，終覺不如晝。秋從白帝新，人惜朱顏舊。

晴江投風入松一闋志芝山九日登高也余不善倚聲用其韻罔襲其體詠古詩一章奉和

腰健足自舉，眼饞心在山。徑探紫邏密，刹叩青松關。一筇飄然往，衆覽供迴環。清秋澹無際，夕陽紅自閒。舊遊憶歷歷，裙屐曾幽攀。解衣㝠巇外，度馬空青間。林喧雜長嘯，酒醒消酡顏。瞬息已陳迹，鬢影添新斑。茲遊亦云樂，風骨起仙寰。彩雲迓杖履，五色飛斒斕。

寄旭升

涼臺東畔竹風搖，池水新添綠幾瓢。簾外月明花影淡，朗吟知汝坐清宵。

其二

抱恙如何莫我知，養心勝啖九華芝。仙方肘後憑誰乞，慎重人間詐偽醫。

其三

井臼從今婦代姑，貧家作苦少安軀^③。茶前酒後須親到，莫要聲聲喚女奴。

---

① "上步"，行草本作"去上"。
② "兄弟"，行草本作"弟兄"。
③ "軀"，行草本原作"居"，后改爲"軀"。

其四

如水琅琅夜誦文,一燈紅與弟兄分。好將典故從頭説,探索新知擴舊聞。

其五

插架休教飽蠹魚,得閒任汝恣畋漁。半生心血衰翁盡,小屋三間萬卷書。

其六

廉吏兒孫不諱窮,青氈況是舊家風。衣巾畢竟儒生好,道味濃時樂在中。

白鷺

衝破寒烟飛水曲,終日春鉏踏莎緑。皚皚毛羽自風標,雪照絲飄殊不俗。結巢偶爾託高衙,霜衣時拂印床花。銜魚哺子不自飽,長林深處群爲家。豫章千尺杈枒瘦,鐵幹霜皮蒼雨溜。眠穩身同大廈棲,聲長脰向清溪嗽。有時斜舞下滄洲,混入蘆花影不收。青天直上未知處,一行乾雪飄清秋。

和謝守齋贈什仍用①齋居韻

蓮花不染自亭亭,瀟灑曾②如野鶴形。論事學須千古鏡,聞名詩寫十聯屏。漫疑洛下東西陸,略似河間大小邢。《北史》:"河間邢子才、子明以文章顯,世稱大邢、小邢。"知汝清才能吐鳳,羽儀端可舞明庭。來謌興歌旅思懸,西江一葦阻晴③川。青衫乍涴塵還少,斑管慵拈泪已先。重叠鄉心談紙上,叮嚀別語憶燈前。春暉欲報憐君切,三復惟吟陟屺篇。《守齋詩稿》多將母之作,讀之令人生風木之感。

其二

膾炙新詩誦到今,敲鏗往往勝何陰。救貧偶治申韓學,守道終師

---

① "仍用",行草本作"次"。
② "曾",行草本作"真"。
③ "晴",行草本作"回"。

孔孟心。萬里風雲看尺^①劍，三年魂夢滯幽衾。賞音豈少中郎遇，抱質休抛爨下琴。

其三

迴風舞雪净無塵，陶寫情懷自有真。<small>守齋自號陶真子。</small>愛酒淵明非傲物，生天靈運屬前身。論文漏盡焚膏繼，酬句憧嗔遞簡頻。已悔詅癡徒淺略，竹虛蘭臭重斯人。

和焦余珍原韻^②

看拈筠管自摛詞，寫出湘江作客詩。一種靈均悽惋意，蘅香芷^③綠最相思。

其二

古弦彈出水龍吟，雅似成連寄意深。太息箏琶徒悦耳，幾人傳得廣陵音。

其三

遊山釣水皆餘事，扢雅揚風有正聲。羡爾冰文攜一卷，筆花俱是夢中生。

秋夜和余珍韻

百感經秋得氣清，羈懷如水自迴縈。空江易冷魚龍夜，四野難禁雁鶩情。涉世短才同轄綫，校書老伴有燈檠。相逢且莫傷萍梗，谷口能來酒共傾。

秋柳和焦^④余珍韻

腰支瘦盡尚含烟，舞態重看大道邊。飛絮岸空停挈榼，殘陽堤冷罷搖鞭。翠容已改章臺色，秋韻都吟小苑箋。誰訝風情垂老減，天生嬝娜故依然。

---

① "尺"，行草本作"仗"。
② 此題行草本作"和焦余珍贈句次其原韻"。
③ "芷"，行草本作"蕊"。
④ 行草本無"焦"字。

其二

長亭疎影未全遮，分得蒲姿驗歲華。萬縷輕盈憐短穗，三春旖旎感飛花。已無餘力縈空堞，猶有閒情繫遠楂。聽徹玉關涼夜笛，不勝哀怨似琵琶。

其三

送別方愁去不歸，灞陵風景已全非。烟欺露壓能無恨，水碧沙明好共依。幽館不聞鸜對語，邊城應見雁初飛。白門樹樹鴉争噪，那有輕陰洉夕暉。

其四

拂渚千絲憶綠灣，飛霜轉瞬已漫山。眼空翠陌多疑路，腸斷金笳莫度關。少婦妝寒猶自悔，離亭人遠忍重攀。芳情待有春光漏，酒旆青青客又還。①

菊花初開欣如新客繞籬忘倦聊此清吟

籬花開兩三，輕黄鵝脱殼。因風噴新香，鼻觀遂有覺。仙心迥不凡，澹遠慕幽谷。似傲非傲間，逸趣絶塵俗。主人亦隱流，抱節緬高卓。與花平生歡，晤面不嫌數。一日三摩挲，私意豈云足。移情恣所欣，臭味樂相觸。白衣遲不來，自覆杯中醁。

其二

斯花有冷癖，霜重骨愈奇。世人未盡識，位置非其宜。陳屏李鏡中，安用山野姿。我久習花性，與花無少離。花既解我意②，我亦因花癡。斜陽照屋角，岸幘猶自欹。日思③羅含宅，長和淵明詩。金風吹不歇，玉露暗相滋。甘心寄籬落，何必求聞知。

答曉山羲伯以詩代緘

臨風念我惠雙魚，恰對黄花懶起居。防病尚儲囊裏藥，助談都失腹中書。秦關雞犬難爲客，晉代衣冠盡改初。歸去還容乘下澤，

---

① 原批："四律神韻天然，可作漁洋後勁。"
② "意"，行草本作"語"。
③ "思"，行草本作"對"。

清齋消受庾郎蔬。

其二

莫邪原只匹干將，二妙相逢道自昌。入選鄧林皆挺翠，空群天馬
并飛黃。圖書好占東西屋，風雨誰分上下床。時二君共研泰邑署。聞
道共搜鴻寶秘，他年應有羽陵藏。二君近頗收買書籍。

深院

淡烟縈瘦竹，隻鳥下蒼苔。深院無人到，寒花獨自開。官書勤易理，
鄉信遠難猜。忽爾推窗見，遥山翠幾堆。

其二

非筑亦非琴，窗風紙自吟。嫩寒隨雨至，小飲坐花深。鴻鵠誰無志，
夔龍豈繫心。寸腸淨如雪，不許一塵侵。

贈朱久齋時至自榕州

茶半香初句甫裁，忽聞賓至掃蒼苔。殘秋已趁斜陽返，舊雨翻隨
遠雁來。詞賦健雄推作手，江湖流轉惜良材。博聞強記輸君早，
百斛難量不盡才。

其二

師門親見日趨庭，廿載同飄兩葉萍。腳底亂山隨處踏，尊前雙眼
向誰青。懸魚節古欽家範，騎鶴緣慳誤客星。誰識侯芭今亦老，
傷心休問草元亭。

飲酒有得示久齋

齷齪羞稱命世豪，此身久已視蓬蒿。浮榮豈慕盧生枕，同氣終憐
范叔袍。賦畀在天原有定，艱辛垂老敢云勞。癡心雲海風濤裏，
引手還思釣六鼇。

其二

冰山錯認作堅城，空謝人間禱佛聲。妙手漫言長袖舞，孑身猶是
打包行。修書乞米情先怯，點鐵爲金術未成。豐嗇不齊終費解，
欲澆塊磊意難平。

再和久齋韻

不爲管樂不蕭曹，豈諉連城價自高。殘硯尚留鴝鵒眼，寶刀空瑩鷫鸘膏。雄心老去甘人後，殘夢醒餘減舊豪。今日與君重把袂，暫傾尊醑話風騷。

其二

握瑾懷瑜素有聲，一時推挽共關情。畸人漫惜逢迎少，悟境原從閱歷生。羅隱才名終薦舉，谷雲筆札最新清。如錐已脫囊中穎，豈使塵封到管城。

晨起

初日出高林，寒禽喚遠音。新霜鴛瓦薄，宿火獸爐深。酒倍兼金價，人懷挾纊心。昨宵弦乍上，忍凍一彈琴。

冬至夜

節物又吹葭，空歸夢裏家。幾曾忘隴畝，無計避塵沙。戶密風生罅，窗虛月隱紗。閒心聊自抑，消息待梅花。

故山

故山豈少好林邱，其奈輪蹄走未休。善不可爲徒自苦，老之將至竟何求。藏花曲水三間屋，疊嶂深雲一角樓。點勘異書還命酌，得師黃綺即仙儔。

祀竈夕作

爇桂炊瓊事大難，家書拋却忍重看。幾忘臘鼓催年急，不惜深杯護夜寒。溫飽豈無天下志，笙歌終是俗人歡。鬢絲消盡風塵影，依舊鮎魚上竹竿。

其二

綠章一夜達蒼穹，媚竈偏羞語未工。濁酒三杯神腹飽，亂愁四面客心攻。最無聊賴貧難遣，強作豪華氣不雄。輸與梅花真閱歷，幾番冰雪幾春風。

以梅花碧桃插瓶戲詠

一瓶供養兩般花,詠雪詩成又詠霞。官閣上賓誇處士,綏山傳道悟仙家。絳雲好頰春風面,玉照初臨皓月華。濃淡莫教評色相,種瓊也許種丹砂。

第三冊

乙巳

夢中得句

平蕪展綠嫩如烟,桃杏風光二月天。彩索拂雲人不見,隔墻閒煞好秋千。

陳烈女挽詞　有引

> 陳四姑,字昭賢,山陰人,吾友陳義三之長女。字同里張韻亭上舍次子友朝,未婚,病瘵卒,女聞信吞金環以殉。道光乙巳正月九日也。

鏡破光分釵折股,瞬息紅妝化黃土。不須鬼伯暗相催,之死靡他心自主。静姝生自有媧家,蕙質蘭心貌若花。一角鑑湖辭故里,廿年漳水住天涯。赤繩初繫清河士,枌榆共識璠璵器。伏處雖爲屈蟄時,出群早具昂駒志。槐衙幕下展青油,嬌客還儕弟子儔。秦女鳳簫猶待月,賈生鵬賦忽驚秋。郎官星隕歸仙籍,返魂香冷須臾夕。玉樓有召未容辭,空種藍田雙白璧。一朝傳語入深閨,恨不憑棺宛轉啼。連理青陵情早慕,悲歌黃鵠忍卑棲。未亡人是他家婦，地下追隨甘白首。拚教玉骨赴泉臺，生不同歸死敢後。
金環雙解無人知，雪嚥冰吞喚已遲。耀耳漫思尋故物，傷心殘喘
斷懸絲。迷離恍逐靈旗下，毅魄貞魂雙去也。九原佳耦勝人間，
冥中可有鴛鴦社。明璫翠羽繐帷空，巾幗能持大義終。自古捐軀
收馬革，男兒一樣矢孤忠。

謁開漳王威惠廟　在漳州府城北石彭山

拓土功深石不磨，盡教榛狉化弦歌。遐陬赤甸開文治，異代蒼生
感太和。天爲巖疆增郡邑，人思偉業壯干戈。玉鈐世澤綿毋替，
喬木于今尚綠柯。

寄童倩雲蜀中

綺春七度強，歸人念盤谷。帛雁書忽傳，毛牛字細讀。言居浣花溪，
數椽偶小築。柴門面清江，高閣背修竹。風月酒半壺，林坰巾一幅。
頗羨陸天隨，不學段干木。開緘重嘆嗟，芳軌緬遐躅。愧余塵網嬰，
所聘靡不慝。曳殘舊衫青，掃盡枯穎禿。霜華已上顛，淡薑猶在腹。
才非管葛儔，命豈籤佺卜。驚飛尠定棲，易噬本弱肉。大千稊與塵，
微軀嗤碌碌。巧爲拙之奴，愚乃庸者福。憂患耗聰明，消長知剝復。
行將賦歸與，轅駒謝羈束。妻可令辟纑，子亦使叱犢。放浪五湖寬，
偃息一丘足。罷吹齊國竽，恥擊漸離筑。或有泉明琴，彈出對松菊。
裁箋報知己，寄此相思曲。迢迢遠鴻飛，三峽仙雲綠。 ①

得治孫　正月初八日巳刻

得研方思遺與誰，而今授汝定無疑。一枝斑管傳家物，好待生花
吐鳳時。

題徐樹人觀察泰山觀日出圖

仙雞初唱五雲端，鳧嶧龜蒙縹緲看。萬縷紺霞縈血綫，一丸頹玉

---

① 原批："語語見道，足徵閱世之深。"又："此章一氣轉捩，如寫家書，格律
輕員（按：應爲圓）可喜。"

耀金盤。目空海宇青何極，身近天閶到不難。總爲曜靈能遠燭，
下方挾纊并忘寒。①

其二

扶木懸光射曉穹，炎州東土共曈曨。負從茅屋暄如昨，馭入名山
秩自崇。稊米分形窮徼外，高明表德麗天中。祥暉到處無私照，
捧出丹心萬里同。

又

七十二峰凌絕頂，峰峰遠映扶桑影。一輪羲馭躍當空，鴻濛化作
清明景。居高臨下殊壯觀，迴翔身在青雲端。陽和柄令布溫燠，
下界衣被皆忘寒。斒斕五色紺霞燦，翠柏蒼松遮日觀。自然人傑
地效靈，此境遂爲天下冠。圓靈耀彩周扶輿，神遊八表超璇樞。
始知金庭玉闕世，非無仙吏能到其誰乎？登峰造極視此圖。②

再題徐樹人觀察濰陽靖逆圖　事詳自題紀事詩

賊氛在鄰境，火急催軍符。遴才僉曰可，使君江南徐。提兵突如來，
貙虎爲前驅。么魔既掃蕩，黔首罔弗蘇。追維肇事始，濰陽水之隅。
無生誦真訣，比户傳妖書。邪蒿久不剪，滋蔓將難圖。一朝成嘯聚，
奪邑乘孤虚。戍官幸脱網，加刃非其軀。闔門罹兇燄，逋寇驚赤鬚。
可憐男與婦，無故遭屠剹。中有一老嫗，襁抱三尺孤。衛孤不惜命，
孤存身醢葅。父兄既尚在，子弟爭相趨。慘聲動四境，號召僧騰徒。
刀光耀白雪，槍火喧連珠。窮追欲盡殺，膽氣人人麤。是時使君至，
戮力攻萑苻。犁庭復掃穴，捆縛多魁渠。纍纍偷活輩，馬首繫生俘。
蛾眉態自若，紅粉猶新敷。爰書既入告，赫怒彰厥辜。禽獮而草薙，
一一皆駢誅。良宵正三五，燈火明通衢。雪花大如掌，春酒香盈壺。
新詩當鐃吹，帶醉吟歸途。功成不受賞，痛定還思初。徙薪戒曲
突，弭患休遺疽。披圖緬英銳，兵甲胸中儲。異時重仗鉞，元老欽

---

① 原批："寄語奪目。"
② 原批："起得超忽。"

名儒。^①

又

迅掃妖氛未十旬，手提勁旅破黄巾。要知殺賊祇如草，豈止行兵
妙若神。競病由來傅傑作，恩威并許格頑民。王程珍重衝寒去，
濰水蕭蕭净劍塵。

其二

赤眉今識是渠梟，刀下雲鬟慘不驕。盡縛犬羊宣露布，早收圖讖
息風謡。人登袵席春先被，氣奪崤關雪未銷。此日建牙來海上，
旌麾猶仰舊丰標。

又

澤民久已湛恩膏，撥亂還將勝算操。不使妖氛成聚蟻，翻從鄰境
剪邪蒿。馬前飛蓋揚春斾，雪後明燈照寶刀。待繡弓衣吟彩筆，
登壇原是萬人豪。

其二

掃清窟穴未嫌苛，反側重安只頃俄。弭患不留餘蘖在，平心終覺
省刑多。橫戈士氣三軍整，闊布村謡五袴歌。觀察前在沛甯時，勸民間織
闊布，傳爲美政。偉烈即今崇節鉞，又看炎海静鯨波。

結交行

晨曦逐雕輪，香塵印珠履。幢幢車馬至，冠蓋密如薺。登堂互讙咍，
相見略忘禮。茗荈初滌煩，襟帶遂全褫。放浪縱形骸，談辯詡瓌詭。
文章笑駡中，機趣詼嘲裏。讕言罔足噦，箝舌轉可恥。一室稍停喧，
危坐戒跛倚。不知何所爲，但見聚桼几。紛紛落葉飛，花光燦滿紙。
説法儼登壇，嚴軍疑對壘。心兵攻百端，目力注不徙。將負聲漸低，
少勝色先喜。更有袖手人，從旁論臧否。呼出麴秀才，酌彼蘭陵美。
玉肪截肥鵝，銀絲膾尺鯉。山膚水豢充，七貴五侯比。偶進燕蓐蔬，

四座爲之起。侑筵思可人,菊部二三子。施施從外來,大白勸不止。
絃管雜箏琶,羹臛漉匙匕。轟飲纍十觴,掰陣戰五指。金尊傾已空,
絳燭視三姤。再接復再厲,長夜興靡已。樂此竟忘疲,所好入肌髓。
荒雞聞數唱,候火夾階屺。踉蹌出門去,滑笏顛厥趾。扶掖嗔小奚,
遷怒加鞭箠。歸來眠草草,繭縮黃紬底。誰知夢囈中,猶數樗蒲齒。
古稱嵇呂儔,論交淡如水。今之雷與陳,膠漆乃若此。陋余絺葛人,
安知識紈綺。既乏羽毛奇,何敢矜爪觜。容悅自結歡,諛諤終受毀。
學焉愧已遲,惜乏當行技。[①]

和謝守齋贈別元韻時赴福州

倦還仍未息勞生,誰道鷗鄉了舊盟。月榭詠花留斷句,春鞭縈柳
裊行旌。三年寶樹相依日,七字金針暗度情。併作相思無限意,
萬重雲水繞歸程。

別漳州

江上輕盈散柳花,搖鞭歸去趁村鴉。行行正是殘春候,櫻筍厨開
合到家。

其二

雨絲風片路綿綿,相識溪山有舊緣。認得瑞香亭畔去,亂峰青到
短輿前。

其三

莫問行藏指鬢毛,一襟猶是舊青袍。不知得意春風裏,白馬銀鞍
若個豪。

其四

博得全家食管城,栖栖傳舍笑頻更。西江活鮒徒虛語,殘硯依然
獨自耕。

---

① 原批:"有慨乎其言之早被達人道盡而熱中人不悟,何也? "又:"醒出
正意。"

重題萬松關

雄鎮關門險,居然似井陘。天圍千嶂窄,松蠹亂峰青。室冷雲生壁,
人稀草入庭。舊題詩尚在,呵護仗山靈。

江東橋遠眺

野店新烟認斷垣,壞橋殘礎臥沙根。岸流未漲春猶淺,柳意隨村
綠自繁。寥落人家依古戍,鈎輈山鳥學方言。巖棲谷飲真堪羨,
無日江光不到門。

龍江阻雨

鵓鴣喚得鬢毛斑,矮屋終朝臥看山。短堠草深官道隱,孤村春冷
懶雲閒。歸心急遽誰能白,野夢荒凉半未刪。門外烏犍泥沒踝,
客來如我話田間。

失貓

烏圓識我性,習静夜不喊。繞室護書勤,入穴捕鼠敢。一朝挈之歸,
撤却舊眠毯。异以斑竹籠,驚撼輒破膽。中道忽逋亡,大索遍搜寧。
如羊未補牢,類馬竟忘棧。徒令僕禦癘,苦喚溪魚噉。籠中有三雛,
初孕目耽耽。悲聲長宵號,餘息幾成喘。離群意自傷,失乳情更慘。
母去三子單,斯言良足感。

大雨宿魚孚

掃除一室暫相安,少買園蔬佐晚餐。嵐翠滴窗侵簟綠,澗泉入夜
似琴彈。勢難久待神先餕 ①,事勿求全意自寬。明日陰晴渾莫計,
好山如畫且憑欄。

----

① "餕",原作"綏"。原批:"'餕'字之訛。"據改。

和銀同店壁雲間惜花女史題句

細把郵籤甲乙排，賞心傳出妙吟來。鏡奩漬墨留香在，繡譜繁花擲筆開。歸路風烟憐遠夢，詞林金粉想兼才。雲裳水珮誰曾見，峰泖春深去不回。

附原作

暫將行李此安排，自寓霞漳數往來。十載離愁隨雨至，三千歸路撥雲開。江鄉屢動思莼念，嶺畔空留詠絮才。正值梅花迎隴上，好從驛使折枝回。

大盈旅次和劉又邨秀才題壁韻

也來疥壁笑塗鴉，小頓輕裝日未斜。逆旅一宵原過客，高吟千古幾專家。風塵鍊骨經卅載，文字撐腸愧五車。捫籥扣槃儂自解，莫教人羨筆生花。

和張辛田用糖大使題壁之作

血戰鯨鯢易膽寒，烽烟無影隊先單。揮毫語壯偏①詞客，築室謀多累上官。貔虎有才當盡選，犬羊非種制原難。新恩今已教淪浹，或使恬波靖碧瀾。

附原作

一夜風翻鷺島寒，將星落後客星單。饑腸竟有花充食，強項曾緣酒去官。百萬要君孤注險，再三罵賊倖生難。蠟丸設使軍門達，隻手能回大海瀾。題《柯易堂㗊蕉圖》，時從軍泉南，辛丑十月也。醉後書壁。

太平雨行用壁間韻

晝暝釀成陰，雲合潝作雨。犖确復沮洳，舉趾憚險阻。心驚嶺路遙，汗喘輿夫苦。沾裳水與泥，枵腹晨至午。一身裹萬山，掀簸風葉舞。

---

① 原批："'偏'字可商，似欠醒。"

興嗟榮利場，爲誰敵旗鼓。樂易惟邱園，輕賤自塵土。試賡過客吟，
同心應共撫。

附原作

連日有大風，今朝加以雨。複嶺間重川，前路修且阻。自知遊子寒，更念輿
人苦。沽酒聊慰之，村雞始報午。夜來風愈癡，挾屋欲飛舞。燈花慘不舒，
檐溜急如鼓。催詩不得眠，悽然憶鄉土。回首憐哀鴻，嗷嗷復誰撫。辛丑十一
月，偕李象谷千戎北行，道中遇大風雨，阻滯太平驛，題壁。時冬至前五日也。歚雲山人并書。

其二

籃輿指欲迷，雲山睹將雨。征途一半過，頗愁前路阻。匆匆來往人，偕似余
行苦。買醉強自歚，幾忘日將午。興來和墻詩，亂把毛錐舞。不是趁韻詞，
誰爲記里鼓。行行那得止，十丈沾塵土。吁嗟作客心，欲撫何能撫。甲辰三月，
模庵和韻。

過常思嶺

山風山雨晝冥冥，傍嶺人家户盡扃。踏遍榕陰無歇處，鷓鴣聲裏
亂峰青。

防口夜宿

南去北來此最衝，橋邊老屋倚孤松。欲呼野艇臨前渡，但指殘陽
認遠峰。小市人烟饒蟹蛤，空江星斗静魚龍。一宵消盡荒村夢，
回首雲山惜萬重。

抵家雜詠

白傳曾吟池上篇，杜陵也索羌村句。底事身如稗販忙，粉榆風月
等閒度。七年彈指暫歸來，竹柵槿籬都改故。入門踏破紫藤花，
滿地殘英落無數。竃嫗驚看面愈黧，奚僮乍唤情猶懼。三間松樾
未遮陰，幾架芸編將飽蠹。老妻笑頰抱孫來，新婦聞聲扶婢赴。
居然覷觍作家翁，初學癡聾頗有趣。平陽嬌女婿鄉回，帷車直入
花深處。異卉欣看并蒂開，喬柯且喜青蘿附。情話才聯密戚歡，

高軒又枉群公顧。肥魚大酒互招邀,寶刹名山幾朝暮。筍輿無地
得休停,刺紙沿門投急遽。孰知老輩剩晨星,一半無聲入墟墓。
吁嗟乎! 昔年心切嬰兒慕,拜別高堂淚如汪。白髮扶鳩自倚閭,
遙天斷雁懷征路。今日迎門稚子忙,牽衣也解家常絮。溺愛殊知
舐犢非,傷心已失慈鴉哺。少壯無成老不豪,毛錐竟把浮生誤。
世上黃金熊耳高,何如藜藿丘園住。

前意未盡又作五首

浪迹謝拘牽,魂夢在巖壑。歸來俗累紛,翻作數日惡。癡兒不知書,
門戶將誰託。山妻無遠謀,向我問囊橐。清風偶然來,驚起竹間雀。
老眼看分明,疏花猶未落。吾廬亦可愛,有酒亦可酌。底事背鄉井,
甘受塵網縛。縱教駟馬追,莫鑄六州錯。

其二

擔囊昔爲別,路人憐貌孤。銜杯今讓齒,推挽成老夫。親鄰半鬼籙,
童稚皆有鬚。覽鏡亦自駭,貌比枯禪癯。樘盧乃險技,忘命不惜軀。
況今軀不飽,流轉羞江湖。卑棲乏偉業,寄迹乖良圖。飲啄自有定,
暮夜胡爲乎。旁觀詎肯信,薏苡爲明珠。

其三

旌蓋揚塵來,喧呶打門急。童子將命迎,主人束帶立。握手平生歡,
然諾盡車笠。闊別憶歲時,遜讓勞拱揖。迹疏思合并,綆短求引汲。
攀緣類葛藤,稱貸及糧粒。填委胸臆間,毛舉以蝟集。置驛鄭公鄉,
或恐未暇給。奈何蓬蒿中,時有車馬入。

其四

阿堵雖濁物,何用視成讐。稼穡不知艱,揮霍良有由。十金買冠舃,
百金供輿裘。臺皂服紈綺,廝養策驊騮。華構炫金碧,峻宇窮雕鏤。
奇技及淫巧,磊砢盈道周。東南民力乏,凋疲何時休。狂瀾縱莫挽,
曲突當先謀。況有心腹患,永懷膏肓憂。

其五

戰場奮汗血,鼙鼓耳不聞。四蹄蹴堅鐵,一心輸忠勤。事定駑駘等,
俯首傷勞筋。鞭捶苟可免,何敢論前勳。吾生若電火,過眼成烟雲。

鵷枝有所託,那不懷鄉枌。衡門可樂饑,魚鳥堪同群。鹿門王官谷,隨地吾皆欣。鉛刀已解割,安用郢匠斤。

霽村六舅屬題拈花圖

圖作棕鞋蓑笠僧裝,左拈幽蘭,右拂松塵。自題云:"一入塵寰六十年,本來色相竟茫然。從今參透空中色,手把名花悟妙禪。芒鞋箬笠性天然,歷遍紅塵倒復顛。爲語蓬萊舊時侶,好教劫盡返真詮。"時在道光乙巳仲春上澣,癖花山人霽村氏自題。

紅塵迷路難,慧業生天易。識從幻夢中,了此真如義。拜瞻天人姿,想像法雲地。乘船大願登,行腳空山至。離垢詎非緣,拈花聊示意。善根不外求,結習在文字。況從海上來,時從閩安鎮去省。驚波助神智。蓬山萬萬重,縹緲著兩翅。花木物外身,人在花中寄。花與人同觀,色即空何異。固此金石軀,饒彼松鶴致。買山白雲深,日事青芝餌。澄心定有方,涉筆偶成戲。倘添弟子行,許我巾瓶侍。

賦脩軒移居

之子歸來遠塵俗,不畏囊空食無粟。賃廡居然自嘯歌,卜鄰何意近花竹。三間密室官以深,幾折短垣繚而曲。縱教屋後少青山,且喜門前對喬木。缾鑪杯罌硯劍琴,枕簟簾帷連卷軸。量移家具雖無多,奔走一身兼作僕。賓來不速毋能留,書著未成妹可續。下帷從此罷窺園,陋巷何妨在空谷。含華隱曜師古人,匿影銷聲安小築。人生居處那求全,環堵晏眠即清福。祇愁轉眼易秋風,拋別茅茨驚剥啄。行縢依舊走空山,烟雨長郵征夢逐。約其秋後仍來南州,故云。

開化寺觀唐貫休畫十六羅漢拓本 浙江聖因氏原本

城西繞湖湖繞寺,盡日湖光拓空翠。入門老佛正低眉,高坐蓮花恰如睡。香消篆冷午鐘間,風動旛飛群鴿避。諦觀兩壁寂無聲,十六阿難皆祖臂。龐眉古貌自莊嚴,散髮凹睛豈精魅。或坐或立或傴僂,或笑或嗔或弄戲。龍馴虎善具神通,石瘦松孤饒怪異。

長眉一老更多愁,紛紛似恐天花墜。貫休唐代本高僧,根慧不離
在文字。丹青真迹久無傳,墨寶留名猶可識。莫驚法地現森羅,
生天一一登忉利。有相還從無相看,炫奇豈是西來意。

新綠

嫩柳晴沙處處新,江村逐處逞精神。林光自潤疑含汁,草色全空
欲漲塵。換骨不曾刪舊葉,成陰還許蔭行人。烟痕雨迹都堪惜,
入畫分明仔細皴。

過泉州懷保榮堂恩明府

風雨輟遲音,山河邈莫尋。高風誰掛劍,劇治此鳴琴。丹旐歸魂遠,
青松結念深。朋簪餘我在,來憩舊棠陰。

舊館

舊館重臨勝到家,入門曾識護巢鴉。岩雲欲舞先迎鶴,砌草爭肥
不礙花。息影未容乘下澤,迴風渾似泛虛槎。殘更搗轉高牙月,
又聽鳴官閣閣蛙。①

蟬

吸露餐風得幾時,亂吟已在最高枝。饒他曳出殘聲好,閱歷冰霜
總不知。

雨後獨坐

濕雲扶月上,暗水穿階鳴。流螢飛不落,叢篠寂無聲。庭陰忽斂夕,
苔蘚凝光晶。不知夜氣合,但覺空烟生。微風悄然至,涼意盈軒楹。
孤懷自幽迴,坐夏如秋清。

---

① 　原批:"好句珠穿,供人把玩。"

不寐夜起看月　六月十八夜

爐香茗椀重纏綿,喔喔殘雞月滿天。掠草有光螢自照,搖枝無夢鳥空懸。孤懷偏觸三更後,對影常思萬古前。我是離人原少寐,姮娥何事也忘眠。

木棉庵懷古

道傍一片嶙峋石,姓氏偏從草木新。十字矜嚴同史筆,千秋唾罵任行人。身如早乞猶乾土,師豈難援誤閫臣。太息樊襄圍已急,湖山也恐漲兵塵。

其二

軍謠白雁下江關,鬥蟀堂深視等閒。儘有樓臺高葛嶺,誰知風浪覆厓山。閣中多寶金何在,井上新銘字尚斑。莫問循州途遠近,洛陽橋畔客初還。

附全椒郭仲和明府作應辰 戊寅恩科舉人,己卯恩科進士,點翰林,散館選將樂,調漳浦。

一龕古佛萬山中,立馬碑前感慨同。十字大書嚴斧鉞,千秋小尉劇英雄。鋤奸雖晚人翻快,雪憤疑私道自公。陵上冬青青已歇,夕陽猶照木棉紅。

其二

襄樊日夜盼援師,豈是湖山養樂時。遇葉可慚橋畔句,收花不悟鉢中詩。水清黯淡偷生暫,人到循州欲殺遲。朝野衆心方釋恨,東南半壁已難支。

送郭仲和應辰明府之詔安任

蓬萊曾住五雲邊,小謫依然吏是仙。竹馬歡聲騰衆口,玉堂品物重當年。身如甘雨隨方潤,人愛陽春著手先。仲和知醫。曾謂中牟無異政,但多馴雉少鷹鸇。①

---

① 原批:"起結得唐賢三昧。"

其二

拔薤栽棠廿載餘，輿歌聽遍古無諸。大名盡識汾陽後，佳句都傳
子美如。行部望風皆偃草，困情惟水得寬魚。環滁請緩家山樂，
蠻徼還教害馬除。

消夏偶成

出樹新聲試遠蟬，午風吹到綠槐邊。竹光弄水滑如洗，榴火燒空
紅欲然。攤卷最宜談野史，解衣權且學頑仙。臣心似水原無事，
轉愛濃陰坐小年。

幽廬

幽廬便習愛從吾，心迹雙清興不孤。風月偶來談是伴，烟波甘與
釣爲徒。癡心隴蜀難兼得，回首虁龍失壯圖。試問輕塵肥馬客，
此生曾否夢菰蒲。

却暑

林塘幽曠草芊綿，却暑居然別一天。掛壁有琴絃不上，閉門無客
榻空懸。人無風趣終嫌俗，事到紆迴誤在前。惟有黑甜鄉裏好，
纖絲不擾許高眠。

羲伯和前詩次韻復答

清詞麗句意綿綿，兩地依然共一天。半鏡漸窺涼月仄，一鐙同作
客星懸。愁爲何物消難盡，學到衰年奮不前。倘使能來投夜轄，
醉餘抵足共床眠。

白露將至黑蜟爲虐雨數晝夜暴漲稼穡爲之一空感賦

誰割垂龍耳，天瓢萬斛傾。懸空飛瀑布，匝野捲濤聲。漲異難尋尺，
渠開任縱橫。好山皆倒影，衆壑自喧爭。壓架瓜壺坼，當門荇藻繁。
蛙痕跳几席，蟻陣鬥軒楹。入室鮮乾土，登樓待放晴。出林高鳥静，
遠岫濕雲迎。乘汐因通港，移帆欲上城。樹隨沙岸陷，浪到石橋平。

瓦解全抛屋，茅遮暫結棚。人將化魚鱉，地莫豢蛟鯨。秔稻眠低隴，
樵蘇阻近程。駭心淪巨浸，斂手罷秋耕。那許狂瀾挽，真如落漈驚。
混茫無涇渭，瀁瀁類滄瀛。仁愛天終恤，漂流命孰輕。鑒觀懲隱慝，
梗泛惜群生。匡濟良才乏，瘡痍觸念萌。宜先謀雁食，且緩訂鷗盟。
粢餌風前送，壺觴水面擎。安危曾瞬息，饑溺本關情。釣易連鼇得，
航思一葦成。恫瘝誰在抱，寶筏善經營。

借病

借病得吟秋，疎窗適趣幽。琴書親有味，眠食淡何求。掃石風敲竹，
移花月上樓。近知清簡法，無酒也消憂。

病起偶詠

花陰行不到，落葉積幾許。窺檐斜日落，唧唧亂蟲語。秋深瘴亦深，
百病一身禦。踽踽無良儔，形影自爾汝。方書倩人抄，藥臼喚童杵。
偶移折腳鐺，汲泉竹間煮。一勺勝金丹，翩翩欲霞舉。

孤蹤

半耽詩史半烟霞，落落孤蹤自一家。長日掩關惟謝客，有時覓醉
且看花。羊腸世路行難盡，雞肋生涯志本差。果使移情丘壑裏，
甘心息影臥蓬麻。

其二

學道當年悔不深，海山何處契仙心。縱教易覓如瓜棗，祇恐難成
點鐵金。文到馬班終短氣，世無牙曠孰知音。行藏吾已清宵省，
一入迷途誤到今。

其三

拙鈍原非世所宜，菱花況照鬢如絲。自看老態終忘醜，但驗人情
每好奇。相馬底須求駿骨，巧妝翻恐妒蛾眉。毫端別有深情託，
嘔盡心頭血豈知。

其四

盡如人意事原難，冷眼從旁且靜看。無米不妨書屢乞，長歌毋乃

鋏羞彈。紅塵插腳今應悟，白水盟心久亦寒。畢竟薰蕕終有別，任他蕭艾比荃蘭。

中夜睡起

窗紙生微白，朦朧隱淡光。不知是殘月，但覺有清霜。鼠迹行空案，蛩聲透隔墻。久無神女夢，底用賦高唐。

除夕

黃封開甕酒生鱗，蠟燕絲鷄歲又新。照鏡鬚眉非故我，傾困肝膽向誰人。滄桑浮世原多幻，香火前因信有真。聊共梅花同守歲，清宵忍凍過閒身。

丙午

重題南州齋舍末章兼與王利之用賓太守話別

碧水丹山未果留，奇情幻想到瀛洲。明知彼土非吾土，差勝茲遊是壯遊。故館尊罍虛夜月，長亭風雨動離愁。鮫宮蜃窟從容去，浩蕩還應穩似鷗。

其二

層巒飛閣此園林，藉草眠花歲已深。下筆但聞蠶食葉，到門惟有鶴聽琴。金戈鐵馬驚心過，防夷時就齋舍爲軍需局。朗月清風抱膝吟。一十三年鴻雪影，眼中人海幾升沉。

其三

白蘋無計臥滄州，始信塵心尚未收。幻夢轉驚名易朽，雄文那有筆能遒。常談風月消長夜，獨愛雲山傍小樓。從此荒齋來是客，手栽花草各添愁。

其四

儉府蓮花不久妍，者番空唱想夫憐。推襟送抱徒留夢，換羽移宮又改絃。松長黃山雲作骨，月明滄海水如烟。相思豈止關文字，定有柔情兩地牽。

余將有赤嵌之行月舲亦歸金華作此贈別

伯勞語燕各分飛，縱慕丘園未息機。臘酒纔將新歲換，春風又送
故人歸。山中叱石成羊易，海上傳書覓鯉稀。同是離人惜流轉，
河橋青柳倍依依。

山行

林陰青向澗邊分，疊疊遙山起浪紋。破屋貯烟人半隱，空田啄草
鳥爭耘。缸香出店先評酒，客影衝寒欲裹雲。一陣晚鴉隨路去，
亂翻殘照自成群。

赴蚶江

泉山東向接滄溟，鹿港分明在户庭。流轉軍儲資利濟，簡清官事
久無刑。橋通遠岸長虹亙，旛掛寒村古佛靈。一片黃雲沙島外，
浪花吹起大魚腥。

村夕書事

小市浮殘蜃，荒林聚暝鴉。開軒臨巨浸，遠岸對明霞。舳趁風時弄，
村幽地自遐。縈迴皆島嶼，樹藝罕桑麻。候暖曾無雪，塵飛半是沙。
大魚多縱壑，鹹土少栽花。煮米兼薯芋，隨潮拾蚌蝦。錢刀殊作計，
網罟即生涯。利涉輕黿浪，敦龐效兔罝。軍儲看轉粟，客路待乘槎。
津要今分閫，烟屯約萬家。輶軒吾未敢，聊以紀征車。

和脩軒別南州原韻

立言何必定千秋，佳水佳山且釣遊。江上晚霞曾琢句，渡頭春水
共拏舟。袖籠彩筆偏題恨，鏡照長眉總善愁。最是朱門歌舞地，
生毛名紙莫輕投。

渡海歌

天吳海若寓言耳，傳聞紙上豈有真。何時得到蓬萊頂，手挽玉杖

看仙人。偶然畫鷁忽東指，決眥直窮扶桑津。四圍天水共一色，萬頃浩浩無涯垠。馮夷禦風馳颶輪，波臣踏浪來逡巡。鯨呿鼉吼互推挽，鮫人魚妾相殷勤。我時披襟發長嘯，陡覺肘腋生風雲。千川萬滙容納不見底，但見波黃濤白一氣洶湧搖蒼雯。舵師告我且安臥，黑溝即黑水洋過了蛟龍馴。九十九峰在指顧，快書錦字緘雙鱗。侈談舊事盡翻新，毘舍耶國紅毛分。細看封豕長蛇地，猶有殘碑紀戰勳。

月夕海上口占 二月十三夜

空明無際不揚波，但有微風曳縠羅。恰是我舟行過處，水晶盤裏一丸螺。

崇武舟中 二月十六日

開門面滄溟，屒山築郛郭。回帆懍長風，駕浪返巨壑。桅高插雲入，篷重壓水弱。終日舵牙鳴，不肯受束縛。漁舟環我舟，雞群立一鶴。回思險遇時，逸馬馭朽索。洪濤收遠聲，圓穹遮大幕。潛鱗避無蹤，亂雲淡有腳。得所心初安，夜夢或不惡。所夢知維何，逸興烟波託。

呂千戎脩甫大隆捧檄東渡其侄櫛方坦則省親趨庭者同舟喜贈

小阮溫文大阮豪，白藤書笈赫連刀。同心且喜聯征雁，隻手曾聞釣巨鼇。七略命才原矯健，六經便腹自風騷。而今合唱風波定，到看臺山海月高。

重寓蚶江官舍

吏寂堂空鼓罷敲，荒衙容我暫安巢。蒿深沒骭塵侵榻，禽餒凝眸火斷庖。破屋獨驚風雨夕，閒身且住水雲坳。莫嫌小市無兼味，魚酒猶能佐客殽。

其二

塔影凌空出一梢，波光搖蕩日相拋。沙田圻作魚鱗碎，港道環如

雉尾交。偶聚帆檣猶輻輳,每聞刀仗自喧呶。時有械鬥。應知此地
民生困,村屋能留幾把茅。

守風

飛廉爲祟商羊舞,十日蚩尤濃作霧。輕盈少女變成雄,舸艦迷津
逢彼怒。望洋嘆息可奈何,饑者呻吟病者吐。試看畫鷁各退飛,
雲昏莫見扶桑樹。初聞芳春不鳴條,海波鏡拭平如路。九天曾少
羊角旋,一帆定獲鴻毛遇。披襟不誦蘭臺吟,放眼喜同木華賦。
況余客子習風波,豈向臨流嗟窘步。洋洋濤送殊壯觀,獵獵飄馳
若神助。魚龍隱現了無猜,壺嶠誕登有佳趣。三朝五暮往復還,
萬苦千辛始警悟。如山黑浪壓船來,船向浪中自奔赴。舵師掩口
不聞聲,但鎖雙眉眸四顧。似疑衆客下鮫宮,卑濕翻愁無住處。余
于二月十三日開帆,十四日收回崇武。十七日開帆,十九日收回獺窟。二十日開帆,幾到鹿
港。二十一日夜,風暴大作,又復收回,船將傾覆,禱神獲安。二十三日,重抵蚶江官署。乘
桴有道今潛知,作楫無才宜守素。破浪休驚逸馬奔,好風終得輕
鴻度。牽船上岸住且休,石尤勸我應非妬。鹿耳鯤身指顧間,且
待晴天掛帆去。①

三月三日雨後觀潮憩倚南居書室

海氣連雲接混茫,遙山隨浪自低昂。不知帆力因風飽,但覺潮聲
帶雨忙。嫩菜挑來沽酒市,殘花吹上讀書床。未嫌野屋荒凉甚,
門外常通萬里航。

村行雜述

小聚成村砦,炊烟約幾家。社靈祈稻早,市儈賣魚誇。遠浦明殘靄,
春流拾斷槎。夕暉林際隱,空噪兩三鴉。
其二
野廟聞鐘鼓,髡奴自在眠。攜家難免俗,抱佛不知禪。筍蕨充厨少,

---

① 原批:"讀此數語,始知航海之艱,然非身歷其境者不能狀其形似。"

魚蝦入饌鮮。索錢佯語客，因果易生天。

其三

鳥銃鳴終晝，渾如越視秦。買刀藏室密，擔土築樓新。<small>兩家械鬥，各築土樓架銃。</small>忿怨睚眦細，流離井里貧。仲連今不作，排難果何人。

其四

深滬聯芝灣，中峰接鯉城。烟消遥島出，風定晚雲平。戍柝沉官堠，農歌擊醉甖。行行聊復止，歸詠慰離情。

野雀行

野雀野雀爾知否，爾何不棲在林藪。啄爾蟲蟻及草實，豈有不足餬爾口。胡爲乎朝朝飛鳴向户牖，唧唧喈喈卯至酉。哀訴饑腸人不知，土銼寒烟消已久。我思野雀生雖微，豈無夫妻與子母。太倉既罄籽粒空，施惠猶能竭瓶甄。吁嗟乎！雀饑猶自可，士饑愁殺我。船唇馬背年苦辛，幾曾得熱寒爐火。朱門十扣九不開，行來但見葳蕤鎖。

遊日湖 并序

日湖又名玉湖，在蚶江對垵渡水三里，而遥名爲湖，乃支海也。磧滷之地，獨出冽泉，甚可異。有東嶽廟在金釵山麓。元至元間，凌子恢甫建。明毀于倭。國朝康熙二十二年，靖海侯施琅督師過此，令軍士造石殿，舊址周數畝縮不及半，遂闢石塔于廟外，嗣修而復圮。道光戊戌，里人歐陽捷捐金重建萬壽石塔五級，即至元間與廟并造者。塔下石巖鐫“東海峴山”四大字，餘剝蝕不辨款識。塔後大墜、小墜二山對峙，海中視對垵祥芝灣咫尺耳。蓋蚶江以日湖爲門户，以大、小墜爲藩籬，實要區焉。舟人郭子招余，遊飲于其家，登山眺遠，風帆、沙鳥、潮汐往來皆在襟宸間，殊爲大觀。同遊凡九人，時道光丙午三月五日也。

恬波送柔艎，妥帖止莎岸。登崇未躋巔，心賞目先玩。大潮響噌吰，幻靄變青紺。三萬六千頃，具區此瀰漫。湖腹定相通，湖面忽中斷。疑是瘦蛟橫，界劃分兩半。遐情既旁蒐，多景乃屢換。快哉萬里流，濯足安可暫。掠魚鸑鷟低，泛藻葭葦亂。漁歌杳莫聞，風水自相喚。

其二

古塔高凌雲，四百有餘載。風帆示標準，經久不敢改。廟貌誰與新，丹艧煥精采。不惜金錢縻，居然闢幽堨。追念禦倭年，流毒遍濱海。所向靡不空，曾未遺矢鎧。奈何及沙門，衲子亦葅醢。至今殘佛身，斷胻餘尺骸同腿，股也。金經啓秘函，玉闕朝真宰。天香滿空山，靈異神如在。①

其三

村家具雞黍，此意猶古遺。相攜一壺酒，坐我花間扉。新月亦既上，晚鴉初未歸。款款自情話，不必聽者知。聚族欣一姓，鱗屋多傾欹。婦子日以面，井竈還相依。敦勸互黽勉，闊略無文儀。豐穰縱異昔，勤動毋忘時。緬懷田野樂，盍告津梁疲。栖栖念復念，吾道將安之。

又和脩軒遊日湖作

釼山名殊佳，未可嘲蕞爾。濟勝自有具，著力在笻履。來登翠微巔，坐看白雲徙。維摩散天花，琴高乘春鯉。靈風飄桂旗，碧血弔蒿壘。鑴崖字何人，造塔年有始。一一感廢興，俯仰情曷已。何如了靜悟，不脫古禪理。山人敦款洽，具黍列尊簋。百年無此客，此客竟儷鄙。一笑兩忘之，醉臥蒼烟裏。

附原作

人生貴自適，局趣胡爲爾。況當春日佳，詎惜登山履。行行陟層丘，景與遊目徙。斜飀下飛鳶，迴湍激伏鯉。精靈巢遺祠，髑髏泣故壘。浮圖凌五級，創造至元始。窮目盡遙巔，瀛波淼無已。泠泠泛天籟，移情聆妙理。薄暮叩柴荊，野人具觴簋。山家風味足，一醉忘陋鄙。返棹起浩歌，月上遙峰裏。

悶雨

小窗一夜聽分明，不與行人便旅程。斷港魚蝦通活水，滿庭蛙黽

---

① 原批："想見敗寺荒凉景況。"

閙春聲。望雲徙倚空惆悵，借酒高眠養性情。終日到門惟燕雀，荒村無客莫須迎。

寓齋無事染翰言懷拈四豪韻遂拉雜用之

未逢蘭杜長芳皐，滿地青蕪半是蒿。居野不嫌村裏俗，餘生方喜浪中逃。黃沙風緊飄成雨，黑水龍歸起怒濤。送過韶光還惜客，一林嬌鳥盡情號。

其二

料峭春寒坼敝袍，荒郊得酒且酕醄。薹心嫩摘鄰園菜，棗實香蒸小店糕。臺笠滿畦田水活，估帆回汐海雲高。時清知少萑苻警，村犬狺狺夜自嗥。

其三

不須山簌與溪毛，毚飯真堪飽老饕。遲暮年雖傷馬齒，扶搖風定送鴻毛。鵬遊鯤化莊生説，蕙夢蘭香屈子騷。多少雄文都抹却，祇宜隨俗競錐刀。

其四

寄簡時還託彩毫，苦吟兀自夜焚膏。無書那得將愁遣，有酒方能壓夢牢。人具短才終見妬，天生微命敢云勞。蘧廬視我身如芥，華髮臨風首重搔。

客舍清明

但買寒醪不買薪，依然乞火向芳鄰。村烟自冷非關雨，鄉夢先歸轉負春。岸上踏莎花引路，墦間焚紙鳥驚人。傾尊坐待黃昏月，還映柴門柳色新。

附家書後寄歸

婦不鳴機子不耕，小孫黃口是孩嬰。全家試問誰存活，此老安能罷遠征。湯火爲人拼死力，風濤容我喘餘生。金錢即是心頭血，莫似沙泥信手傾。

望晴

積霾沍重陰，尺地鮮乾土。金烏雲裏藏，黑蜮風前舞。昨宵猶聞雷，蟄伏動場圃。野老固已欣，征夫信多阻。忐忑搖心魂，方寸自參伍。若無曙雞鳴，昏睡直過午。山靄隱遥汀，苔痕滿環堵。饌惟甘春蔬，茶少潑新乳。衾綢蟣虱生，僮僕樵汲苦。素衣化爲緇，凌空乏新羽。小住非不佳，憔悴惜儔侶。暫鬱久或舒，前虧後必補。蒼天呼不膺，帝鄉杳何所。幾時赤輪躍，看我遠帆舉。①

尺水

尺水積堂坳，便有江湖意。魚游未可知，雀浴已先至。半浮苔礎青，倒映天雲翠。浩淼胸懷間，樂此如川媚。所以枕流人，無往不高致。

看霧

户暗恐忘曉，早起何所之。濃霧昏不醒，豈止三里迷。迎風轉蒙密，積素還霏微。玄豹隱自在，高鳥飛不知。林深恍裏絮，浦凍誰加衣。遥山淡如影，一抹浮修眉。村居失鱗次，隱約辨茅茨。偶聞人語響，隔面無由窺。海堧客獨立，縹緲情爲癡。忽思小米畫，用筆同此奇。

偶成

送春終日苦尋詩，夢裏詩成又忘之。醒後忽然新得句，落花趕與報春知。

重上船

暄和重上船，一碧消烟霧。蒲帆十幅新，輕風五兩送。我初抱書奁，人皆攜酒甕。一物不肯遺，所貴在適用。徐看畫鷁飛，不許巨鱗縱。溶溶萬頃波，向我桅樓擁。粘天水四圍，迸合青無縫。玄濤無底深，直過鮫龍洞。海神警我頑，鄭重思前痛。供茗復焚香，佛號心頭誦。

---

① 原批："眼前妙理如説家常。"

番仔挖海埔夜坐牛車登小舟待潮至鹿港

水涸海成路,泥膠船在溝。執炬照昏黑,村語喧鉤輈。車聲謷謷來,駕軛馴兩牛。束縛偶不檢,一蹶成蝦鰍。羽車不可得,驚患何時休。神疲智已竭,命賤將誰尤。四更明月出,潮來撼我舟。短夢亦既覺,載沉還載浮。不知片帆疾,但聽風颼颼。

贈平成齋妹聟

榴花照酒暫顏酡,廿載光陰一瞬過。鬢上新霜添歲月,眼中滄海盡風波。青氈舊物憐猶在,短墨欺人總耐磨。莫道鹿門隨地有,白雲終是故山多。

題林鶴汀上舍應祁詩詞即贈

弓衣繡遍古荊門,多少豪華問綠尊。名貴公欽廉吏後,艷情爭寫美人魂。鶴汀善詠香奩體。風濤萬頃游何壯,花月三生事莫論。想見汪波無畔岸,胸中雲夢已全吞。

其二

歸來空憶武昌魚,依舊榕陰暫結廬。閉戶豈無書可著,典衣翻惜酒難儲。人稱國士偏爲客,路到仙山合借居。從此高吟壺嶠外,襟懷不讓木元虛。

雨中

蕭蕭颯颯欲成秋,不見蘆花也自愁。海氣漲空沉遠嶼,潮聲挾雨上高樓。茗樽小注流泉響,花徑新添野蔓幽。莫笑堂坳衹尺水,盟心便可引鳧鷗。

再和鶴汀

輕裾肯曳到侯門,無限心情付一尊。舊曲聽殘斑竹怨,清詩吟出古梅魂。高人時亦風懷有,志士還從節概論。特恐一枝椽樣筆,蛟龍攫奪欲爭吞。

其二

世情空自慕緋魚，爾獨清幽愛爾廬。仲蔚不嫌青草滿，孟公當有
綠醽儲。世家喬木終無替，瀛海驚波本泛居。見說燕臺尊郭隗，
千金市駿價無虛。

坐雨

掩關謝褦襶，塵慮詎受侵。颯然好雨至，恍如佳客臨。芃芃禾黍活，
瀲瀲陂塘深。長林翠新沐，匝野清成陰。農歌起遥隴，黛色明高岑。
淰淰濕雲去，知是曾爲霖。炎歊才幾日，炙手誰能禁。一朝氣皦歇，
冷熱同人心。壺空沽既遠，絃潤彈無音。且倚竹床臥，凉夢宵堪尋。

積雨

海雨經秋不肯晴，濕雲盡日臥高城。漫空純是魚龍氣，捲地惟聞
波浪聲。倚枕有愁終到曉，提壺無客向誰傾。一泓才積盈階水，
幾個活東來自鳴。

次張耀卿同照旅懷原韻　四首存二

新詩格律媲陰何，擊鉢催吟祇剎那。京兆風流原不減，公麟墨本
久無多。平泉花木留芳蔭，賓館冠裳重禮羅。不惜相逢彈一曲，
瑤琴珍重日摩挲。

其二

風濤澒洞路漫漫，信有人間作客難。鮫女未迎舟自舞，龍師將勸
水爲餐。紀二月二十一夜遇風之事。飛魚異狀名誰識，番果生香味總酸。
莫訝蓬瀛是仙島，不如眠我蓼花灘。

再和耀卿　四首存三

端士渾如玉韞藏，野人休笑接輿狂。途雖異軌行終合，交是論心
淡不妨。歷下新詞推北海，隆中高臥重南陽。惟君風格當兼尚，
慎勿清貧厭此鄉。

其二

蹈海其如垂老何，楚材晉用暗騰那。客冬，趙少愚郡伯訂往榕州,忽易赤嵌之
行。閒愁碧草芟無盡，入手黃金散轉多。久敝自看東郭履，高飛莫
避北山羅。梟盧一擲渾難定，五木閒拈著意抄。

其三

頭顱如許枉稱豪，甲子何心記大撓。往事已教春夢過，空名宜學
醉禪逃。魚游尺水傷鱗鬣，鳳噦高岡燦羽毛。敢與昆吾談利鈍，
短才無用是鉛刀。

答江新吾　名銘臣,安徽六安州人。

較顏軼謝罕其匹，文通一枝五色筆。新詩脫贈光陸離，恰似芙蓉
照初日。江郎矯健人中豪，暍來海上看銀濤。爲親負米不嫌遠，
霜華拂袂寒征袍。相逢爲我通姓字，火色鳶肩人特異。清品知爲
瑞世珍，濟時安用登科記。論詩手眼殊大家，琴筑不許兼箏琶。
盧龍塞外有佳月，金谷園中無好花。穰苴未學枉談兵，笑我破壘
無完城。一篇秋柳偶傳寫，余舊作《秋柳》四律,一時和遍臺洋南北。謏彈甘
受詅癡名。心自蕭閒吟自放，錦段裁新憑巧樣。紅塵安得鍊黃金，
鑄我浪仙效高唱。爲牛爲馬任人呼，與君結交道不孤。但愁瀛海
風濤句，又入張爲主客圖。

附新吾原贈

浣雲先生今黃滔，文章一代追風騷。我見君詩士龍室，百讀不厭如醇醪。雷
轟電掣射牛斗，雲垂海立飛波濤。陰陽爲炭造化冶，紛紛百怪歸甄陶。我從
庚子來海外，七載不復能拈毫。鴉鳴蟬噪聒兩耳，何圖今日聞雲璈。于戲國
初多大雅，江左三家真作者。南有秀水北新城，愚山荔裳亦揚馬。隨園蔣趙
漸靡靡，自是等諸郎以下。先生砥柱立中流，欲挽頹波風格遒。穠纖詭僻掃
除盡，康莊大道馳驊騮。僕也稀苓本下品，藥籠乃復蒙相收。願乞還丹爲我
換凡骨，庶幾娜嬛福地亦得從敖遊。

題楊篠實源我我園

小小經營具妙才，短檐巡遍日徘徊。花如愛妾臨妝見，石亦呼兄下拜來。偶設藩籬編嫩竹，不施畚鍤養新苔。他時歸向湖山去，名構還從葛嶺開。

贈陸又峰崑三十韻

忽作乘桴想，龍驤百斛扛。潛虹疑導路，畫鷁暗移樁。帆飽千鈞弩，濤飛萬石矼。疾看馳羽鏃，靈仗護神幢。峰挹雞籠翠，潮迴鹿耳淙。誕登欣彼岸，脫險謝驚瀧。蓬蓽三間屋，符簶四面窗。安巢棲倦鳥，繞戶吠群厖。報到南中客，相逢海外邦。遺書留尺鯉，別夢賦香茳。國色曾窺宋，清詞久儷江。鏗然文擲地，卓爾筆如杠。大勇誰能敵，傾城衆所跫。丰標殊颯爽，氣骨本豐厖。岡嗟萍與梗，大類駏連蛩。日昃談移晷，宵分坐剔釭。偶聯長短句，同醉兩三缸。鄉思催黃葉，遊蹤憶綠鬟。烹泉評第二，鬥蟀技無雙。顧渚茶先品，崑山曲換腔。斯皆風雅事，時買往來艭。茲土何荒遠，方音極幻哤。撫綏曾不懈，凋邊實堪慺。颰颭時摧木，萑苻夜走橦。錢刀空計較，戈戟互錚鏦。窮髮行將盡，雕題俗易憃。未歸盤谷李，空羨鹿門龐。身似浮槎泛，心同亂杵撞。勸君兼自勸，晚計只耕樅。

移居鴻指園小詠

蹣跚雨徑濺香泥，綠靄穿檐衆木齊。樹古瘦如人骨立，花深靜到鳥忘啼。平章風月宜佳士，檢點琴書累小奚。忍把舊巢同屣棄，此身勞燕慣東西。

其二

坐嘯行歌雜醉醒，重門不閉草痕青。雲扶墜石苔無損，風掃閒階葉可聽。儘許驕鈴過上客，但需畚鍤即園丁。經營待試牽蘿手，還向花間補小亭。

其三

偶思縱目上層樓，檻外蒼茫半是秋。垂野雲光千狀變，無邊海氣一襟收。人從黑水來時險，地屬紅毛去後留。看到估帆如薺密，鯤身夜火自沉浮。①

其四

暫辟元規十斛塵，桂花香裏著吟身。早芟荆棘栽當路，喜對鳧鷗似故人。一室掃除原素志，幾家烟火聚比鄰。潛夫高論何由著，谷口惟尋鄭子真。時藍田同居園中。

園中雨夜漫吟

一宵新水漲平池，芹葉蘋花冒滿籬。嫩蘚圓生偎石翠，疎花寒損壓欄枝。木犀風緊凉先送，寶鴨香消静與宜。誰道輞川風景似，但添一塢種辛夷。

柳絮吟和韻

柔情摇曳憶長條，委棄曾非艾與蕭。但向東風團作雪，會看平地捲如潮。香閨夢訝離塵短，遠水流同斷梗漂。已報上林俱脱盡，晴橋野店也寥寥。

其二

闌珊幾處點苔磯，剩粉都疑壞蝶衣。顧盼每煩鶯眼送，遮攔偏傍馬頭飛。終憐皎潔心無滓，敢道輕狂質本微。行盡天涯春又暮，落花尋伴好同歸。

其三

高下紛飛態自然，豈因榆莢共漫天。吳蠶初出三眠繭，楚纊新鋪一段綿。糁入香泥霏玉屑，飄隨舞毳墮瓊筵。揚州城郭今何似，萬縷千絲已化烟。②

---

① 原批：“格律警健，不讓中唐家數。”
② 原批：“何等神韻。”

其四

滴粉搓酥散幾群，滿堤晴雪轉如蓬。行蹤小怯休宜雨，得勢何緣
定藉風。逐隊慣追征斾後，鈎簾時撲畫樓中。誰家庭院無扃鍵，
一任遊揚西復東。

其五

九十韶光去水濱，顰眉枉自鎖殘春。未聞羌笛先愁落，獨上瑶階
不染塵。鸝館疎蕪消舊迹，龍池鄭重問前身。東皇特意垂青眼，
第一風流駘蕩人。

其六

謝女吟殘景漸空，爲茵爲溷不須同。尚餘風致陽關外，依舊萍逢
灞水東。玉剪誤抛雙乳燕，絲鞭難繫五花驄。只堪淡月溶溶夜，
來并梨花愜素衷。①

贈蛙

夜雨燈前閣閣鳴，官私底用辨分明。我無仲舉真才思，莫擾空窗
夢不成。陳蕃字仲舉，有《怒蛙説》。

雨夜飲余慎齋妹聓寓即席口占

涼雨幽窗話酴醾，天風吹聚幾浮萍。青衫看我塵如染，中有魚龍
噴浪腥。

其二

廿載葭莩此夕親，形骸脱略不嫌真。醉餘讕語君應笑，米縱新春
穀是陳。

其三

跨海傳書使鶴難，年年紅豆記抛殘。離群同作征亭雁，我是孤飛
影自寒。

---

① 原批："柳絮何物而情致纏綿，寫得名雋乃爾。"又："此與《落花》詩皆
集中高唱。"

其四

劇憐兒女粲成行，斫桂炊珠底樣忙。無米自來憑巧婦，不妨典盡縷金箱。以下謂妹氏。

其五

姊妹花殘只半開，莫教風雨遞相摧。故園草木猶堪賞，都是當年小妹栽。

其六

直把蓬萊作婿鄉，神仙夫婦少劉綱。何如早打回帆鼓，安穩全家付艑郎。

五妃墓

北邙風緊白楊戰，蔓草空宮蕪一片。行人指説五妃墓，巾幗綱常泂堪羨。五妃舊侍甯靖王，剩水殘山遭國變。金陵無地返香車，玉骨何年埋海澱。一椀寒燈古^①殿幽，村姑麥飯來相薦。有時月黑出深林，燐光恍照明妝艷。王屬高皇九世孫，金枝玉葉樂清晏。一旦神州駭陸沉，鋒鏑叢中歷憂患。故國難期破卵完，全生敢畏滄波險。水面殘軍作散鷗，天涯浪迹悲棲燕。自浙自粵復自閩，一身抨向風濤旋。讓禄曾經謝國恩，浮家何忍拋仙眷。龍種還看破浪來，結茅竹滬依郊甸。妃能椎髻收釧釵，王亦甘心飽藜莧。紅羊小劫數莫逃，草雞大耳符真驗。牛角山河喚奈何，群雌粥粥翻相勸。王既畢命妾敢生，請先王終王曰善。撒手懸厓同日歸，膏澤猶馨三尺絹。有此王兮有此妃，孝陵地下容相見。恰憐握手費宫人，同割寸腸泪如霰。

輓丁皋仙

名鶴年，關中布衣。遊臺十餘載，蓄一妾，善鼓琴，詩畫兼精。蕭然神往，迹寄丘壑間。常^②鐫"天下青山骨可埋"印章佩之。易簣時，猶自書一紙榜于門，以謝客。

---

① "古"，原作"享"，后改爲"古"。
② "常"，應爲"嘗"。

三絕伊誰識鄭虔，朝雲爲伴劇堪憐。畫肥詩瘦存空夢，嶽色河聲別有年。殘研尚餘名士物，妙琴曾是異人傳。應知撒手懸厓去，只當青山自在眠。

題蔡香祖廷蘭明府滄溟出險圖即送之官江西

天風吹海浪，瞬息輒萬里。誰負大力趨，如挾鯤鵬徙。君身有仙骨，本住蓬瀛裏。隻手釣連鼇，層波踏赤鯉。狂颷偶相遭，退鷁安所底。浩浩無津涯，六合渾是水。漆流忽輕落，性命薄如紙。詎知蛟龍爭，轉得山川美。越裳雖殊方，九州共置理。方今聖化遠，瑞應叶翔雉。丹砂井尚存，銅柱崖未圮。間關十旬餘，新詩紀道里。歸來拜高堂，烟靄滿襟履。洪濤溯湃聲，時覺猶在耳。固知至性人，流行而坎止。神凝膽不寒，路遠心自邇。辦香久所欽，班荊喜伊始。行聽召棠歌，循吏兼孝子。

遥題沈蔭士姨丈新居次其自詠之韻

瀼西聞卜浣花居，笠澤何心論石渠。鄴架圖經今得所，輞川雲物不勝書。高能結駟門終大，窄亦盤龍室自舒。想見林泉多枕帶，戴花片石畫難如。

　　其二

茅龍恰稱小眠齋，可許篔簹萬個排。逭暑綠蕉容蔽檻，當春紅葉自翻階。謀詒燕翼垂良矩，念重鴒原篤孔懷。連欄早知崇簡樸，一門雍穆更無乖。

風夕不寐寫懷

沐冠堪笑學俳優，浪説綿駒客善謳。未遇成連空蹈海，轉傷王粲又登樓。流移雁户身如寄，細小蟲雕技豈酬。曾是俗工針紉拙，吉光難製翠雲裘。

　　其二

草澤狂歌未改初，豈忘胼胝謝櫌耡。江湖歲月人空老，鄂杜鶯花夢久虛。以帚掃愁聊縱酒，如城擁坐只耽書。靈心殆已消磨盡，短髮臨風半落梳。陸放翁詩："心枯驗髮稀"。

其三

新詩敲與老龍聽，結習渾忘似甯馨。萬頃波濤滄海迴，五更風雨
短檠青。辛盤暖近催春菜，丙夜眠遲坐落星。淺寫鄉心無妙句，
詰朝休唱到旗亭。

其四

莊舄依然作越吟，殘年多繫別離心。養生誰學陶宏景，結友宜交
支道林。情有不同甘草野，才非無用謝縹簪。請看匣裏龍泉躍，
夜夜寒光出寶鐔。①

迎春詞 十二月十八日

吹動朱旛少女風，瀛洲草色已葱葱。眼看翠陌紅塵起，旭日先迎
太守驄。

其二

帝澤淵涵似海寬，雕題椎髻俱衣冠。一尊春酒躋堂獻，父老皆能
拜漢官。

其三

貔貅驚散犬羊屯，血戰鯤身事莫論。謂削偽鄭事。今日醲恩深雨露，
村村花柳散雞豚。

其四

楊柳春旗一色新，小移鹵簿出重闉。輕衫細馬隨人意，軟踏城東
十里春。

其五

十五盈盈艷勝花，李娟張態并爭誇。分明水珮風裳裏，中有仙人
萼綠華。

其六

不識春情爾許多，鶯鶯燕燕奈愁何。鷗絃鐵撥沿街唱，也抵堯衢
擊壤歌。

---

① 原批："浣翁詩工于使事，集中佳句甚夥。"

鴻指園守歲用杜少陵韻

小住僅三家,寒園樹有花。門符新畫虎,楹帖飽塗鴉。夜盡年將判,
風多燭易斜。早眠無個事,幾忘在天涯。

第四冊

丁未

海外元日

出海雲霞接曙光,玉山深處本仙鄉。冠裳揖讓通三籍,島嶼縈迴
列萬航。大斗野人藏酒子,短裙番婦拜燈王。家家餉客惟方物,
半是檳榔半是餹。[①]

清明日祭水蛙潭義塚即景用程誠齋韻

誰家少婦踏春烟,榼酒攜來拜塚前。君已長眠儂未了,聲聲啼破
白楊邊。

　　其二

仙草蓁邊幾社番,竹園深處語爭喧。刀耕火種渾無解,糖蔗新栽
半畝園。

　　其三

鱗鱗白骨半陳人,昔日豪華問水濱。底事九原呼不起,百年空誤
異鄉身。[②]

---

① 　原批:"讀此,海外風俗如畫。"
② 　原批:"結語黯然。"

其四

十里迢迢去復回，筍輿穿遍白雲隈。春衫不覺黃塵滿，錯認看花紫陌來。

遊彌陀寺

小寺傍東城，彌陀古擅名。花飛禪榻净，風緩午鐘輕。布地金誰擲，時里人釀金，丹艧一新。通泉水自清。武夷僧去渺，留石記三生。康熙五十八年，武夷僧一峰到此修築。

戲贈耀卿

東鄰西鄰新嫁娘，香車百兩催成妝。鴉群立鵠偶見異，豈真一一皆毛嬙。綠窗有女寂無語，如花羞澀含春芳。照鏡惟耽隻鸞舞，研黛懶畫雙蛾長。頻年壓線損十指，天寒翠袖倚空房。亂頭粗服縱媚嫵，畏行多露重幃藏。好夢猶虛冰下語，風詩誰賦桃夭章。恰如懷璧恥自獻，婿鄉尚在無何鄉。麝蘭何必當風香，松筠有操凌雪霜。金張雖勝田舍郎，紈袴倩謝少年行。野雞毛羽殊輝煌，何如比翼棲鴛央。少待高樓明月光，吹簫鳳自來求凰。[①]

望雨

勻分溝洫莫相侵，待救蓬麻望澤深。下箸豈堪詢米價，駕犁何以慰農心。沉淵龍睡鞭難起，觸石雲閒散不陰。我縱無田情轉切，竚開湯網禱桑林。

喜雨

覆屋濃雲晝尚冥，遠渠分水響先聽。虹霓早慰千家望，草木欣看四埜青。高樹晚晴猶潤葉，小池新漲獨浮萍。平生愛想烟蓑趣，早謂今番乞社靈。

---

① 原批："妙語解頤。"

坐月

海月東上早,清光滿石欄。春風自峭屬,吹面不覺寒。籬疎藘遮密,
池窄魚行寬。露暉媚修竹,幽氣滋芳蘭。呼童移榻坐,戀此白玉盤。
坐久忽復起,彳亍忘夜闌。静趣在心賞,外騖安所歡。可惜净琴理,
孤調未堪彈。①

園中餞春柬耀卿又峰

韶光九十去,花事付流水。尊開客不來,孤負芳辰美。侵晨翠幄張,
持帚小園裏。傷心未忍看,狼籍萬千蘂。具詞告花神,唐突勿嫌鄙。
此非金谷園,有誰惜紅紫。寓公非高人,生涯託故紙。花開曾不知,
花落亦爾爾。幸有愛花人,同心我知已。我當呼之來,爲爾訴端委。
朱旛召風姨,皓魄臨月姊。殷勤送爾行,萬花壓行李。一酌神弗辭,
再酌神且喜。醉舞歌山香,如泥扶不起。②

再贈耀卿用其寄林鶴衫韻

渾穆之中見流利,擊節無人不快意。譬如久病得刀圭,一飲霍然
去癰痔。迴環卒讀更有情,排奡矜嚴并恣肆。是何學力是真才,
元白壓倒千百輩。始知造詣邁三唐,不復宋元相引類。昔君聲應
恒翕如,奔走弓旌千里至。風月場中人盡歡,金蘭譜裏名爭厠。
無端一念涉洪濤,赤手屠鯨嗟異事。誰知坡老失朝雲,海外玉山
埋尺地。猶欣姜被夜能溫,鴒夢不因寒雨避。禦風飄飄仙乎仙,
樂水洋洋智者智。請看破浪駕靈鼉,直似遊山乘小駟。近時暫作
大鵬息,習静觀空辨情僞。尊前白眼任人豪,世上紅塵非我計。
來諗惟聞將母歌,躬耕雅切歸田志。青州從事偶然來,醉後逃禪
聊一試。華胥鄉國自逍遥,底用朱門漫投刺。況當火繖空中懸,
白鳥咬人病成痦。何如石枕竹匡床,捫腹便便書在笥。鰤生竊嘆
無所成,先世愧爲清白吏。三徵七辟乏良才,五角六張因識字。

---

① 原批:"似六朝人語。"
② 原批:"流利自然,能不脱'餞'字意,故佳。"又:"山,疑作衫。"

羞言斬將與搴旗，舊戰場中曾折臂。菜把今承地主恩，食卓虛下門生議。朝朝粱肉供老饕，駑鈍安能成利器。喜君癯鑠瘦有神，矯健真堪松鶴比。蒼生霖雨事原難，泉石膏肓位其次。他時煮茗待君來，掃徑移花先倒屣。雄心老驥縱空嘶，息影倦禽終塌翅。同心黽勉話田間，門外不妨過荷蕢。長沮桀溺耦而耕，古人可師誓不貳。

夏日過篠石齋頭净几明窗瑩净可愛率成

敞屋陰濃午晝長，迎風獨鶴舞匡床。巡檐樹密衣生綠，落紙花飛字染香。俯仰豈真籬下寄，羲皇聊傲枕邊凉。過門襪襪還容我，拚共茶瓜戰一場。

獨遊竹溪寺 六月十九日

寺繞清溪溪繞林，遠鐘招客度遙岑。上方花木空非色，深谷烟霞静有心。竹影掩關和翠鎖，茶香分椀帶雲斟。山僧也解論興替，指點藤蘿慨古今。

偕同人奉丁皋仙栗主祀入水蛙潭義祠詩以代祭

送君歸佳城，惻然我心悄。一抔黃土深，萬事紅塵了。追思平生歡，雪印杳鴻爪。何堪時然疑，梁月夢猶繞。悠悠道路身，霜露迫人老。彭殤縱不齊，浩劫孰能保。試觀金石堅，似較蒲柳好。及其鴻毛輕，何若箕尾早。皋仙仙乎仙，心迹净如掃。有琴却無絃，有詩不剩稿。山青骨可埋，雲冷眠不曉。長此耽松楸，何異寄巖島。重關覆古茅，密壙雜寒篠。故交地下逢，類聚此豈少。林黑空燐飛，嶂高孤月小。君來穆如風，君去疾如鳥。再拜還告君，傾尊滿清醥。倘暇玉樓中，仍當來軟飽。

老少年

婀娜秋光勝去年，一枝紅到短籬前。似嗤素面朝天陋，轉效丹心捧日懸。冷豔爲催霜信早，濃脂誰染露華鮮。無香有色何曾遜，合遣芳名字絳仙。

示成齋　時代薦半屏館，不售。

門前車馬競奔馳，君在深山未得知。物色久經無范蠡，鴟夷何處載西施。

　　　其二

盡日寒磯把釣竿，直鉤終覺得魚難。好收笭箵暫歸去，春到江湖水自寬。

送耀卿之鳳山

分襟例有言，人皆鬥文藻。我腹空于瓠，脫口恐絕倒。曩君觀東溟，蠡測較我早。穩乘張騫槎，久住安期島。神仙縱不逢，顏容未曾槁。依然昔時豪，狂吟醉起草。信天固有年，力學詎知老。逍遙河上公，夔鑠甪里皓。晨雞膈膊鳴，征馬已離皁。送君莫暫留，揮手毋復道。青衫白髮新，丹嶂紅日杲。試看半屏山，何如皖公好。

賦海

直到扶桑東又東，歸墟神澲究何終。九州大地原無外，萬古洪流滙此中。壑宅蔡龍成巨浸，樓臺浮蜃麗晴空。木華一賦殊難狀，今見滄波浴日紅。

送林鶴汀上舍返福州

不從蠻府作參軍，歸去依然樂典墳。觀海此心如我壯，買山無力代人耘。芙蓉春鏡宮鶯夢，苜蓿秋風宛馬群。歧路底教重太息，會看雕鶚出層雲。[①]

秋祀水蛙潭義塚

迴飈飛黃埃，寒篠泣秋露。白楊聲蕭蕭，又踏北邙路。通誠酒三斝，

---

① 原批："妙于運化。"

讀祝香一炷。夜臺豈云遥,恍惚如有悟。長懷掛劍心,誰賚磨劍具。
不識泉下人,可有泉下趣。大地等浮漚,流光去脱兔。人壽豈金石,
何物得膠固。貉雖一丘同,錯早六州鑄。休唱鮑家詩,振觸斷腸句。

冬日

冬日照南榮,蠹窗一角明。影搖群蟄活,風勁餓鷗鳴。有酒醒能析,
無霜氣自清。偶從檐下曝,雅得負暄情。

客饋白菊花兩盎移紫色者四株翼之遂覺佳色盈庭足慰岑寂

四美因之并二難,肯教風露遽凋殘。香矜晚圃神逾澹,時過深秋
骨不寒。三徑轉嫌彭澤瘦,一尊能結杜康歡。駢肩姬媵如相匹,
秦號由來扈玉環。

大風

海氣盤空白龍舞,寒颷怒號撾亂皷。神兵百萬天上來,恍似錢塘
射潮弩。長林扐折無青枝,小樓墜瓦新參差。沙痕捲地幾遷改,
敗絮飛過東家籬。暮靄昏黃壞雲赤,猶聽空中聲辟易。瘦鮫忽死
石闌邊,吹落枯松長百尺。

楚藩參軍丁杏舲紹儀攜女弟渡臺歸于胡氏別十越星霜半線去郡僅二百里強亟思握手作此以迓之

客星光熊熊,浮槎炯空碧。快挾風濤飛,穩過蛟龍脊。長郵頌赫蹏,
傾蓋在咫尺。欲來猶不來,挑燈坐連夕。回首臨漳臺,雲萍散無迹。
薄遊雖我同,壯覽惟邁適。高唱大江東,誰共銅鞮拍。晦明一片心,
雲夢千里隔。君占歸妹爻,遠至鮫人宅。冰言託波臣,仙宴醉瑶席。
我識鮑少君,椎髻自婑嫷。囓盟永山河,述好重珠璧。羹湯亦既諧,
摻作不嫌迫。婿鄉得所依,兄事可謝責。寒潮嗽高風,短彴閡沙磧。
林投花下過,衝破淡烟白。漫詢赤嵌城,草竊據自昔。下拜五妃墓,
大節凜巾幗。鉤釘化犁鉏,祖跣盡冠舄。鯤室有春臺,浩蕩涵帝澤。

綠章近新告，沃壤喜深闢。瀛嶠樹令名，希君建奇策。

貽杏舲

腳底鯨濤萬派通，一帆如借馬當風。奇觀已入波斯國，碩果猶存曼鑠翁。時硐南東人猶在。絮夜尊惟傾綠螘，印泥人似趁飛鴻。谷音慰我忘言契，并合當酬海若功。

其二

敝帚伊誰享盛名，羞囊未足困豪英。但抛猿鶴消鄉夢，儘有溪山愜宦情。撥亂懷才終用世，居安垂老耻躬耕。龍華會上應虛左，合遣群仙抗手迎。

和聽秋聲館集中四老吟

臃腫原非柱石才，甘心枯槁委蒿萊。蟠拏恍似龍翻爪，休息還容鶴養胎。爲飽雪霜凝鐵幹，漫勞斤斧覓凡材。敷榮轉羨新桃李，不惜穠華歷亂開。老樹。

其二

蕭然環堵不遮風，剝蝕全虧版築功。畫墁塵侵蛛易冒，短墉宵冷鼠爭攻。一區獨立蒼茫外，萬仞徒存想像中。閟却桑梯無倚處，青泥零落斷垣空。老墻。

其三

天生礳砢足稱奇，曾受南宮下拜時。世運推遷傳艮嶽，藝林珍玩愛仇池。痕因溜雨凹猶在，勢欲排山屹不移。誰謂獷頑終易泐，螭文千載重穿碑。老石。

其四

堂構相維未忍遷，交柯喬木互參天。荒寒松菊猶三徑，典重圖書已百年。敝戶久無車馬至，食貧端賴子孫賢。行窩至竟非安樂，營得菟裘戢影先。老屋。

附原作（佚名作）

耐盡年年雨雪侵，等閒斧鑿漫相尋。勢孤自有神明護，才大還憑閱歷深。肯共桑榆争晚景,強留柯葉陰寒潯。却愁偃蹇難爲用,辜負人間匠石心。老樹。

其二

舊題詩處已成塵,狼籍蟲書認不真。近接樓臺曾幾日,苦當風雪又經春。漫思鄰女潛窺影,賸有枯僧入定身。聽説長城遺堵在,更誰憑弔論強秦。老墻。

其三

未得支機近日邊,蓬蒿埋沒已多年。聲聞寂後頭曾點,稜角摧殘骨自堅。話到三生原是夢,認來五色尚含烟。穀城遺迹今難問,可有星芒墮自天。老石。

其四

苦將門第競高華,敢笑前賢作計差。似我誅茅空有願,幾人因樹便爲家。一床書在誰同守,三徑雲封日易斜。好是年年舊巢燕,歸來無恙尚堪誇。老屋。

除夕作

忘言相對樹婆娑,占得閒園自嘯歌。浪迹忽驚髭已白,苦吟應笑腹空皤。未聞曉鼓年猶在,獨把寒杯醉不多。聽到潮雞鳴夜半,鄉心縹緲夢滄波。

戊申

汪韻舟明府和到皤字韻詩復有所振觸率呈

停尊起舞自婆娑,俯仰空餘醉後歌。三月鶯花催客老,百年夢幻誤人多。虛舟著我原同泛,華髮從誰肯不皤。恰喜此心曾罔競,靈臺如水瑩無波。

酒後雜吟示耀卿 時耀卿勾當公事至郡

汗漫身將歷九垓,求仙何必定蓬萊。遙心空寄歸鴻曲,短技原非倚馬才。幾見妻孥衣錦繡,但餘皮骨練風埃。因君舊是高陽侶,薄醉還容訴酒杯。

其二

謀生無異捉迷藏,誤我春婆夢一場。抱璞未妨先折足,揮金何處更探囊。芰荷衣冷棲山早,鴻鵠心高避網忙。從古長才還短馭,儘教補履用干將。

　　其三

濁醪滿甕自陶情，壁立安能困長卿。律己但憑爲善樂，出群休作
不平鳴。薄雲屢幻陰晴態，蠹簡終消竹帛名。惟有麴生容我傲，
周旋心迹共雙清。

　　其四

一曲韋娘夜未殘，誰家庭院不知寒。團欒月在春前好，綽約花疑
霧裏看。垂老纏綿天與健，他鄉并合事原難。分襟依舊歌楊柳，
莫向東風重倚欄。耀卿喜遊平康，故及之。

雨後

一夜釀輕寒，霏霏濕畫欄。雨拚花事減，春漲海門寬。雲户連陰沍，
風階聚葉難。滿園新綠早，挺秀竹千竿。

　　其二

新水未平池，疎苔易冒籬。樹欹扶石筍，墻短出花枝。畏客門長掩，
耽眠飯每遲。漫空純海氣，龍過未多時。

贈汪明府昱

瀟灑渾疑吏是仙，彈琴蒔藥想當年。魯恭自足徵三異，劉寵何須
選一錢。馴鶴得情因喜舞，治魚小試且烹鮮。折腰未必勝強項，
吾道終當矢似弦。

　　其二

一腔冰雪照塵襟，潭水桃花意自深。渤澥有人歌宦績，娵嬛從古
重儒林。果如拔薤鋤非種，終見傾葵抱此心。流播海邦風教美，
行棠無憩不留陰。

　　其三

漫將靴版笑羸官，鉛槧書生未改觀。痛飲莫忘爲客樂，焚香誰謂
告天難。身餘空齕貧奚礙，心在虛堂聽自寬。聞説堲南還堲北，
村謠童叟罄交歡。

其四

鄧尉靈巖花木新,故園無主若爲春。回槎倘就君平卜,折柬應招
角里鄰。沙馬風烟縈客感,草雞圖讖話前因。請看瀛海探驪客,
爭似耆英會裏人。

送朱美堂璐通守差竣內渡

飲水襟懷不染塵,出群誰識爾雲麟。皇華名重題輿客,喬木家傳
折檻臣。瀛海壯觀來外域,蓬山高會遇仙人。乘風穩唱歸鴻曲,
猶及櫻廚酌晚春。

園中晚春雜詠次前韻

了無灾害即神仙,底用金丹駐大年。讀史恰宜消白晝,買春原不
惜青錢。催歸鳥訴殘花落,望遠山含夕照鮮。徙倚却教增客感,
征亭芳草路如弦。

其二

一腔冰雪净胸襟,門外紅塵任淺深。但笑征輪同蟻磨,幾曾詩價
重雞林。提壺喚客醒殘夢,拄頰看山負夙心。榆莢未飄桃杏醉,
淡雲微雨又成陰。

其三

頭衛暫著作園官,蔬甲連畦大可觀。凍坼土膏抽筍易,緩和風力
養花難。蛙鳴新水池初漲,鶴展修翎地不寬。長日一篇無俗韻,
驩然惟與古交歡。

其四

茅徑風光日日新,餘花晚蝶亦爭春。青袍小結吟詩社,綠斾初添
賣酒鄰。奴僕憐才慚既老,鳶魚觀化悟前因。到門私喜賓無雜,
伶籍誰云是酒人。

蠹帆杏舲守齋私約于法華寺作河朔會余不與焉戲詰以詩

高雲沍重闉,晚雨動連夕。巳公茅屋下,蒼蘚濕鹿迹。蓮花静無言,

含情自脈脈。清風徐徐吹，凉意滿空碧。芳樽俯澄漪，對鏡啓瑤席。小結買夏緣，新破逃禪格。亭亭看紅妝，仙子出太液。延賞誰最多，風流毋乃劇。垂老省事遲，惜未躡雙屐。果其上方遊，或爲不速客。

海壖夏秋之交多風雨大暑至立秋颶母輒作復霪雨盈旬臥病蕭齋韻舟明府惠詩四章走筆漫和

昏墊應懷下土憂，天瓢傾盡海東頭。漫云瓠子流難塞，轉似昆陽戰未休。蕎潤瀉泉風接響，破茅掀屋夜添愁。獨憐露冷莎殘地，蟲語喑喑鳥語稠。

其二

浮漚滿眼浪花麤，臥户奚堪著病夫。山鷓亂啼驚噩夢，沼魚相失類亡孚。天如常漏憑誰補，客自難安豈爲孤。瘦竹一欄都折盡，春來何計養龍雛。

其三

滌净奇礧露碧巉，藤梢橘刺莫輕刪。滿園濕草凉凝水，鎮日壞雲遮作山。蛙黽忽遊茶竈上，鳧鷖爭聚稻田灣。滄波習慣渾無事，多少楊帆未息帆。

其四

看君策馬避旋渦，剪綫拈縄手自搓。畢卓宦情惟酒甕，志和歸思在漁簑。半凋秋色催寒早，小話離衷奈别何。若遣回潮通尺鯉，寄來俊語不須多。時韻舟有淡水之行。

題黄檗寺

《志》云：“唐沙門正幹，莆田人，吴姓，從六祖曹溪得法歸正，至福州黄檗山，曰：‘吾受記于師，逢苦即住，其在此乎？’遂即山建寺，是爲黄檗初祖。康熙二十七年營守備孟大志建，嗣大寺僧募修，復圮。道光二十年，鎮軍達洪阿鳩金重建，輪奐一新。”

畫郭俯禪關，塵氛遠市闤。草橋通徑入，花雨點衣斑。薄醉堪消暑，浮生偶借閒。爲詢初祖地，卓錫自閩山。

其二

未聽生公法，偏來問懶殘。閒雲先客至，古石當僧看。樹苦何年種，金多布地寬。題名凡幾輩，布褐并蟬冠。①

秋雨

早知秋雨橫，樹柵計多疎。井塌苔侵路，窗陰竹蔽廬。清宵禁獨枕，衆水任分渠。損盡欄蕉葉，朝來罷學書。

避世

避世何須金馬門，王官谷裏有烟村。梅花儘可琴三弄，竹葉還傾酒一尊。牛馬襟裾傷逆旅，公孤事業讓高軒。揮金幾似韓嫣彈，誰覓蛇珠解報恩。

殘菊

金仙一去不還丹，空對西風悵倚欄。淡月滿籬惟瘦影，清霜幾日已嚴寒。爲矜晚節終嫌傲，但惜餘香尚耐看。畢竟衰姿勝蒲柳，縱教枯槁不闌珊。

題莊西村吟草　徵，常州人。

擊汰溯江鄉，橈歌本擅長。朅來滄海外，奇句更清蒼。香草蘭爲佩，瑤林玉有光。更憐將母意，處處慎風霜。

其二

韋孟得陶理，高岑與杜儔。誰能兼衆美，君乃萃其尤。絲竹增豪感，江山未倦遊。雞林行自至，待價莫輕酬。

風夕偶成

北風五夜響刁騷，漸斂寒威入敝袍。落葉打窗疑是雨，空林如水自生濤。藏身底用營三窟，快意還思泛一篙。縱是無田歸亦得，

---

① 原批：“秀琢。”

昨宵有夢到江皋。

和守齋次前韻

君耽墳典我莊騷，硯瀋分來墨染袍。雪水流風思柳惲，竹林人物
重山濤。造車久已心忘轍，破浪何曾力用篙。異日雪舟庸見訪，
筍鞋桐帽在林皋。

答潤夫

作手曾誇賦廣騷，新聲佇唱鬱輪袍。清芬先世堂懸鏡，後起能文
筆捲濤。藜火照來光蠹簡，蘭舟摻去穩拈篙。烟波本愛瀟湘客，
芷綠蘅香憶楚皋。

其二

小詠何嫌雅變騷，憐寒我已感同袍。靈光殿壞悲梁木，謂磵南先生。
廣莫風高怖海濤。佛火有緣參暮鼓，龍門直上送輕篙。置身螭陛
君須早，莫讓賡颺稷與皋。

和守齋觸事書懷四首

溫雅疇其匹，經畬致力深。爾雲雖未騁，樹木已成林。鯉對趨庭日，
雞鳴起舞心。躬耕無隴畝，梁父莫時吟。

其二

濟世求長策，毛錐病小儒。出群當諤諤，撫髀莫烏烏。勊己同茹蓼，
旁觀羨處腴。如何成左計，投筆尚踟躕。

其三

犀照誰能遁，蠅營枉用讒。無心遭物迕，所畏在民巖。城府何曾設，
機關任巧緘。自盟衾影地，豈乏鬼神監。

其四

蟣蝨褌中處，鯤鵬世外觀。萬緣皆偶結，一息且偷安。往事烟雲過，
餘生稼穡難。酣歌行自適，底用板催檀。

次范健亭詠梅原韻

柴關風雪少人來，屋角吹香數點開。破凍不嫌新蕊小，橫枝應作早春猜。茅檐幾日寒猶淺，隴驛經年信乍回。正是衆芳消歇候，出群讓子冠倫魁。_{早梅。}

其二

忍凍初捻蠟未乾，凝酥旋綻蕊團欒。半林金液誰和蜜，幾點芳心自抹檀。梔子露濃園客折，梨花雲重道衣寒。不知種向孤山裏，可與瓊英一例看。_{黃梅。①}

其三

小雪輕烟處處凉，塵埃侵不到茅堂。驚心只怕吹殘笛，點額都教改淡妝。終日凍雲憐病鶴，滿林清影訝新霜。冰肌玉骨分明處，知是寒光是月光。_{白梅。}

其四

玉顏底事鬥風華，狼籍胭脂兀自誇。縞袂人偏吟絳雪，瑤臺仙亦飲流霞。桃源迷路知誰誤，砂井分栽願已奢。可憶紅羅亭上夢，豔歌殘醉月初斜。_{紅梅。}

其五

翡翠堂前聽雪聲，銅缾紙帳倍關情。未分淡影苔同色，却訝濃妝黛染成。供以柴窰誇異品，酌來竹醑共雙清。小窗祇隔雲藍紙，警夜時聞鶴一鳴。_{綠萼梅。}

其六

策蹇無心到灞橋，奚肩笑壓凍難消。傾尊莫唱黃金縷，籠袖先看白玉條。飛絮弄香全耐冷，空山留影倩誰描。情知姑射離塵早，幻出冰姿色相饒。_{雪梅。}

小雨

小雨孤燈未捲簾，半窗秋影動輕縑。菊花瘦盡梧桐老，知有新寒

---

① 原批："鏤刻'黃'字，巧不傷雅。"

夜夜添。

冬至夜作

獨惜長爲客，霜華已上顚。薄寒禁短褐，迅晷逼殘年。筆退還成塚，
囊空不貯錢。盍簪誰是與，我我自周旋。

其二

遵海良非策，風波費苦吟。霜砧孤館夢，錦字故鄉心。直道誰能諒，
斯文薄自今。無絃空掛壁，久已罷彈琴。

長至後一日元一峰^{榮均}別駕沈清如^{時熙}貳尹林詠荃^{彥芬}林衡麓^{心鑑}翁秪臣^{禹年}三學博小集露香齋夜酌即事

寒宵謀醉宜，小聚蝸廬窄。相逢半故人，良會在今夕。群公金閨彥，
明時抱良策。風濤豈不懷，畏此簡書迫。駕黿浮滄溟，蹴踏老龍脊。
片帆飄然來，迅若鳥奮翮。小斝怯風塵，巨觥論載籍。談遷彪固才，
一一吐肝膈。方今聖治寬，柔遠殊破格。犬羊性果馴，金繒擲豈惜。
所患在戶庭，荒遠異沙磧。誅求苟無厭，得寸復得尺。肘腋變莫防，
虎兕出誰責。花門未可留，掃蕩情乃適。民隱雖可思，天聽自不隔。
連帥馭封圻，獻替有柱石。何勞作杞憂，且許狎歡伯。灩灩玉缸香，
更盡一大白。

枕上作

未減清秋塞上笳，高樓寒笛是誰家。醒來虛枕曾無夢，落盡殘缸
尚有花。累我縫裳添嫁線，看人飛蓋出高牙。世途轉轂何嘗定，
魚化爲龍鳳變鴉。

和西村贈什原韻

相見無畦町，雲龍殆夙因。根心敦古處，大雅屬通人。道任千鈞重，
文羞一字貧。淫哇盈耳久，何幸得陽春。

其二

有用斯爲學，非時且抱才。暫吟東郭履，莫詠北山菜。霧重花全隱，

天空月自來。蹇脩辭可託，靜女豈無媒。

樗蒲行

劉毅一擲百萬錢，膽氣凌厲疑無前。十盧九雉夜繼日，日又相繼而窮年。稚子啼飯瘦妻餓，旬日土銼寒無烟。耶孃苦喚不相顧，形鳩面鵠殊堪憐。叫呶洶湧聚儕伍，科頭箕踞禮法蠲。晡既弗暇食，夕亦弗肯眠。龍馬精神不識何自出，但覺其中妙趣有口恒難宣。桓發賭神富并陶朱肩，般輸技巧無以先。似云此業實可以爲訓，兒孫奕禩傳綿綿。守經迂儒，握槧懷鉛。老死牖下，坐破青氊。老農荷蓧日亭午，驕陽曝背來芸田。推諸行商坐賈各各有執業，勞筋析體櫛沐經山川。何以樗蒲子，不學自精專。睹此阿堵物，燦若雲錦鮮。梟神鞠脮競效命，如羊就縛蟻赴羶。黃標紫標唾手得，千貫萬貫胥腰纏。胡盧大笑問彼不自解，牧豬奴戲人其仙。吁嗟乎！君子不以無益害有益，群居何必以此爲周旋。世風滔滔不可挽，投筆三嘆問青天。

哭治孫

衰祚感童烏，涔涔老淚枯。買書空爾羨，倚杖倩誰扶。草蔓桐棺薄，衣焚繡襁孤。嬉春騎竹馬，兒伴誤相呼。

己酉

賀范貞甫貳尹鼎亨新婚

憶從角卯識歧嶷，枕菲于今日下帷。寶樹每誇廉吏後，素書深繫故人思。北堂萱暖循陔早，南國花開合卺宜。誰意岱雲歸岫去，伏鸞曾未睹清姿。貞甫抵臺，硯南先生已卒八日。

其二

婿鄉遙涉海東湄，圓嶠方壺放眼奇。明月一丸澄碧澥，雙星兩地縮紅絲。潮雞聲裏甘同夢，榕葉陰中唱好詞。堪羨珠聯還璧合，百花紅處結香褵。

其三

種出瑤臺第二枝,左芬嬌小勝瓊芝。洞房香薦芙蓉褥,釀國春濃
玳瑁卮。引鳳共酬嬴女曲,驂鸞偏愛石湖詩。佳兒佳婦心皆稱,
報與高堂定解頤。

其四

筆尖橫掃遠山眉,京兆風流自一時。舉案恰從今日始,挽車曾見
古人爲。宜家紹遠看雲耳,大器昌年重鼎彝。從此行藏矜內助,
偷閒割肉許相遺。

哭平成齋妹聲　二月十九日申刻

侘傺人皆有,艱虞爾獨深。無家滄海客,多病故鄉心。名冷身先隱,
風高道自任。廣陵音已絕,何處聽瑤琴。

其二

溘然似朝露,撒手作完人。剩俸廉同鶴,浮生夢若塵。清齋曾斷酒,
讀史足療貧。成齋精熟《綱目》。地下曾修禊,鶯花及暮春。

其三

采葛思終老,前言願竟違。孤誰六尺託,事已一家非。遺貌描難肖,
招魂望早歸。憑棺腸寸斷,惟有泪雙揮。

程桐軒貳尹屬題攜琴佇月圖　名榮春,安徽婺源人。

萬籟此俱寂,清光生滿林。方將彈古調,聊以寄遐心。海曠秋懷壯,
庭幽夜色深。梯雲應有意,操縵盡仙音。①

送春曲示耀卿

瀛洲草綠東風暖,九十日春春不短。杏花才過楝花殘,又報春歸
春色晚。去年春晚惜花飛,小園置酒送春歸。送歸曾向春相囑,
重來如約休愆期。今年春來春不少,滿樹梨花鬧春曉。惹得輕烟
細雨心,萬種春愁一齊攬。客邸傷春春恨多,送春南浦傷如何。

---

① 　原批:"深情託毫素,雅與題稱,故妙。"

可憐留春春不住,杖頭買醉空顏酡。使君來,聽我歌,銀鞍白馬雙錦靴。六街軟繡春風和,五陵年少看人豪。烏飛兔走祇剎那,百年強半客中過。零星春夢消何處,羞照菱花鬢上幡。[①]

寄沛園舅氏用其與楊定甫秋懷倡和原韻

堂前燕子已無多,綠水名園尚姓何。老去醉吟猶不減,閒來猿鳥定相過。世家餘蔭思喬木,知己平生感逝波。花嶼藥欄隨地有,天留清福補蹉跎。

其二

汗青宗德頌豐功,韜略傳家有賜弓。天爵早修書卷裏,豪情都付酒杯中。年如絳縣增奇耋,詩愛秦風誦小戎。百丈虹光終夜吐,倚身長劍氣猶雄。

白荷花

玉質亭亭立,凌波比洛神。高花全出水,曉露不沾塵。品藻濂溪重,丰姿太液新。靈根何處認,玉井問前身。

酒簾

一旗高卓嫩晴風,水郭山村處處同。孤影半遮垂柳碧,遥天斜掛夕陽紅。壚頭香遠飄雲外,馬上人看入望中。賞却金貂沉醉後,滿身花撲玉缸空。[②]

花擔

紅腔高下唱無聊,繞出東風巷幾條。曉影露濃遮篛笠,柔聲風軟和餳簫。綠窗夢覺人爭喚,小市香移路轉遥。料得六街春似海,園翁矍鑠一肩挑。

---

① 原批:"筆姿婀娜,章法絕佳。" 又:"麗語當以錦囊貯之。"
② 原批:"寫題如畫。"

納涼林氏小園　六月十九日

詰屈穿幽徑，籬開已到門。草香泉自活，風定樹無痕。靜坐似太古，
清談孰與言。飄然塵想外，軒冕詎爲尊。

其二

徑誤憎花密，行遲礙竹深。剷泥香破筍，掃石淨張琴。夏木千章古，
涼雲一片陰。短吟誰得侶，無意學高岑。

驟雨

晚雨來何驟，堂坳恣拍浮。戲將魚可縱，濕已鶴先愁。薄酌剛宜夜，
新涼欲近秋。枕流非漫語，屋小本如舟。

孤懷

華髮不勝簪，孤懷入夜深。涼秋交短晷，獨客易悲吟。病與雲俱懶，
狂惟酒借箴。微塵身已悟，空有濟時心。

飲朱丹園司馬廨舍醉後題壁

空亭聳翠晚山蒼，時有涼颸拂野堂。愛竹居緣人不俗，知魚情與
水俱忘。琴書過雨皆生潤，花草迎風各自香。吸盡長川曾不醒，
未知誰似次公狂。

醉後

斗酒藏之久，銜杯獨自娛。徇人非所好，樂聖是良圖。管樂才難繼，
般輸巧并無。覥虞今涉世，如捋虎牙鬚。

其二

靜觀饒物鑑，守道重經郛。何必魚緣木，毋妨兔待株。澄懷同雪月，
結習愛菰蒲。莫觸雄心起，狂歌擊唾壺。

小闌

竹踈烟出罅，荷綻風傳香。苔錢過新雨，個個生翠光。榕陰覆仄徑，

蘭箭抽空廊。雜花并羅列，嫵媚如嬪嬙。小闌韻事多，當畫詎覺長。
拓窗玩不已，相對情俱忘。種花費畚錁，賞花耗杯觴。三年刈蓬藋，
此願今始償。愛花祝花壽，風雨休披猖。朝朝住香國，肌髮皆芬芳。

碧雲

碧雲舒卷自悠悠，一片銀河淡裏收。花氣漲空香浥露，月光凝水
夜明樓。烟霞幻骨誰能識，鹿豕同心願與遊。拾得沙棠雙短楫，
也應棹遍五湖秋。

雨後玩月浩然有懷

娟月出新霽，清光豁兩眸。太虛無纖翳，碧天如水流。徙倚石闌畔，
涼颸拂面柔。高寒瞻玉宇，瑩澈懸晶毬。不知吳剛斧，巧斲何時修。
回思昨夜雨，傾瀉百丈湫。空堂自搖兀，涼意生衾幬。小童腳不韤，
狎弄同鳧鷗。慘舒一夕改，人願天能酬。冰輪影既滿，仙桂香先浮。
橫空來海鶴，獨唳當清秋。泠然御風去，我欲從之遊。

檐鐵

幾片蕤賓鐵，錚鏦百響生。塵秋風有力，破夢月同清。偶觸即相感，
其鳴疑不平。倘教童子聽，又誤是秋聲。

野眺

平野迥秋心，蒼茫動客吟。亂山波浪疊，叢樹畫圖深。潮急鳴寒葦，
雲歸帶夕禽。不隨暝色沒，殘照在楓林。

豆棚

種向南山下，支棚趁晚風。折枝驚小鳥，引蔓上青蟲，箕落燃休急，
筐盈摘不空。古今無限事，閒坐話村翁。

瓜架

地接梁亭美，纍纍滿道旁。欹防秋雨塌，敞受午風涼。異種求冰谷，

炎鄉剖蜜房。東陵人既杳,空倚看斜陽。

樹人觀察邀遊澄臺斐亭各題一律奉呈

眼底蒼茫俯大荒,萬家浮郭納秋光。潮聲爭撼黿鼉窟,雨氣空涵薜荔墻。客健捫蘿盤石磴,官閒舞鶴上虛堂。芭蕉分綠桃榔碧,都是他年召伯棠。<small>右澄臺。</small>

其二

戞擊琅玕自賞音,萬竿濃翠迵亭陰。拂雲已具參天勢,棲鳳終虛覆物心。掃籜地寬森畫戟,撲簾絃響觸瑤琴。祇驚夜半波濤起,個個青龍化作霖。<small>右斐亭。</small>

偶成

殘荷已少花,香氣著在水。涼雨不成秋,亂打蕉窗紙。石欄寂無人,四顧空烟起。草根一蟲鳴,天外落日紫。

秋熱

大火已流西,炎威不肯退。白汗日翻漿,驕陽來炙背。客久骨堅頑,薰灼猶可耐。小童苦疲茶,廢事及盥頮。老屋抱榕陰,几席映流黛。修竹三兩竿,綠影搖破碎。繩床臥其中,茶瓜頗可愛。奈何一蕉衫,疑似披重鎧。誰爲蘭臺賦,涼颼噎大塊。安得玉關遊,雪山看遠塞。或使赴天閶,身到瑤池內。細嚼冰雪桃,潤我肝與肺。清風如高人,偶來不可再。披襟井梧旁,恰向碧山對。

吳氏園水榭讌集

特借名園閱酒兵,群仙都約到蓬瀛。穿林人隱鬚眉見,隔水風傳笑語生。石冷茗香傾雪液,枰空花影靜棋聲。天然領得濠梁趣,身共游魚鏡裏行。

登高眺遠輒有鄉思

暝鴉拍翼日初沉,幾縷殘烟掛遠林。傍水亂村多海氣,入雲高鳥

有仙心。病無健僕看雙劍,醉去閒眠枕一琴。莫向寒濤問消息,
九秋空聽老龍吟。

齋夜雜感

延覽安能遍九州,片帆倏指到瀛洲。長風破浪徒虛語,末枝雕蟲
豈遠謀。上界本難容俗骨,浮生渾似泛輕漚。早知人事紛如此,
悔不逍遙五嶽遊。

其二

持論真難口舌爭,勞形枉自費經營。濟時欲借風雷力,擲地原無
金石聲。但掃蛾眉終見妬,縱售馬骨亦無名。鬢毛早被清霜染,
畫餅幾曾一事成。

其三

鋏魚生計不輕彈,食味何須擇馬肝。嫉我焉知非錯愛,負人本已
愧屍餐。誰言魚目珠堪混,試上羊腸路即難。見説弄丸來妙手,
好籠雙袖作旁觀。

其四

生死交情只自知,一棺蕭寺返何時。招魂暗灑臨風淚,完局難收
打劫棋。屬纊有言猶在耳,空齋無夢轉成疑。望雲敢賦歸鴻曲,
爇桂炊瓊總不辭。時全碉南寄棺法華寺。

其五

仲蔚門庭半冷蒿,祇堪酌酒讀離騷。賓來風月談皆少,身在塵霾
興不豪。投老爲誰爭鷿食,驚心猶覺駭鯨濤。黃冠草履他年事,
預辦名山醉綠醪。

其六

錦緘重疊寄天涯,淡墨書來字半斜。大抵米鹽皆瑣計,遙知兒女
解當家。雲鬟玉臂郴州月,魚妾波臣海客槎。太息欲歸歸未得,
三春開盡故園花。

其七

雲光波影兩相涵,日上高臺眺遠嵐。方物半皆通浙粵,居人不見
有彭聃。腥風逐臭塵迷路,比户藏嬌屋似龕。落日估帆收港後,

長街魚蟹雜螺蚶。

其八

凌晨挾纊午單綃,暑雨祁寒判暮朝。未審歧黃偏善病,偶談韓孟
每通宵。鳴蛩穴草秋將盡,瘦竹迎風戶自敲。坐到四更山月吐,
萬家雞唱海門潮。

其九

寶玉于今罄此鄉,幾人返棹只空裝。歸田漫賦張平子,縮地難尋
費長房。三載及瓜應有代,崇朝一葦倩誰杭。關潼白猷容相見,
膜拜先參百谷王。

楊篠實殁已經年其子效裴茂才景度由浙航海來臺扶櫬因風訊不便勸其少待即書其吟草後

渡海衣如雪,清齋日忍饑。祥琴雖可撫,羽翟未曾歸。腋少裘難集,
梟輕烏自飛。哀吟憐爾瘦,字字戀春暉。

其二

頗恨相逢晚,因君廢蓼莪。殊方慎寒暖,古意寫謠歌。憑式靈如在,
經營事若何。石尤秋後橫仄聲,暫且守風波。

擬題畫六言

行不與人共行,夜靜孤舟月明。兩岸葦花如雪,漁燈影落江清。

其二

坐不與人共坐,怪石長松皆可。偶然手倦拋書,懶笑青山似我。

其三

住不與人共住,費却幾番調護。半間先讓梅花,庭外還容鶴步。

其四

臥不與人共臥,夢被白雲驚破。幾竿殘竹鳴秋,錯認一窗雨過。

重九守齋備酌于薛楚畹學博衙齋集同人奎光閣登高耀卿詩先成即次其韻 薛名錫熊,壬辰舉人,羅源縣人。

巾袍瀟灑白雲儔,讀畫來尋顧虎頭。登閣不嫌塵拂面,看山已覺

翠盈眸。星臨酒國人爭醉，濤送天風海欲秋。誰謂鄭虔官獨冷，
攀嵇交呂盡名流。

其二

雲烟落紙孰堪儔，合避斯人出一頭。摩刀衆皆驚巨手，輕鎞我已
刮雙眸。莫抛紅豆傷爲客，且對黃花過好秋。笑指蓬萊今已淺，
膠舟容易閣中流。<small>時余與耀卿同賦閒。</small>

守齋贈菊

一擔新脱贈，滿院盡秋光。共識霜中傑，還添雨後香。酒宜澆渴吻，
詩又索枯腸。縱未成高隱，離騷讀幾行。

其二

晚節談何易，因知鄙我深。傲當饒逸韻，冷爲固秋心。夕照淡如許，
西風瘦不禁。柴桑歸去好，三徑重追尋。

贈查小白<small>元鼎</small>至自福州

斷鴻秋影散如烟，小別臨漳瞬五年。舊句尚憐瓿<small>音蒲</small>未覆，高風應
有榻爭懸。重談天寶渾如夢，得到蓬山或遇仙。黑齒雕題真異
俗，請君來誦裸人篇。<small>孫元衡有《裸人嚘笑篇》，王漁洋謂爲創獲，必傳。</small>幾向龍
宮作外臣，更生仍是未閒身。風濤原比巖墻險，鉛槧還餘歲月新。
畫扇放翁成棄物，鑄金島佛本詩人。論文且喜重攜手，酒甕先開
若下春。

九月二十六日颶風達旦悸不能寐走筆作此

飛廉噫氣凌蒼穹，一夕海岸號長風。斷虹飲水昨駭見，<small>斷虹飲水，諺稱
爲"破帆"，主風。</small>固知跋扈來無窮。激沙破石不足已，催枝直撼門前
松。萬家鴛瓦化鱗甲，元黃野戰奔群龍。小齋三楹皆洞户，碧紗
紕縵窺玲瓏。閒時静坐怯搖兀，況復適當馮夷衝。僮僕囈語短檠
燼，駕鵝悲嘯迴長空。甌甒鼠門小庬吠，藤蘿架坼蕉欄鬆。其奈
封姨更賈勇，如列兵仗交相攻。霹靂傾崖聞虎吼，支祁脱鏁翻鮫
宮。不知多少笙鏞磬柷一齊作，連搥亂鼓撞洪鐘。紙窗冰裂夜如

水,布衾瑟縮寒侵胸。肌革慘凜及毛髮,通宵無夢惟惺忪。玉雞催曙出户視,扶桑未掛銅鉦紅。枯樹已作醉人卧,重茅飛去鄰家東。天時人事互感觸,愁鄉何地舒歡悰。蘭臺賦手果誰擅,披襟讓彼談雌雄。我惟搵酒喚客共,快飲先治雙耳聾。

觸事書懷

雪壁明燈照病身,瘴鄉留滯果何因。搏風鳥豈情忘倦,負版蟲猶力自辛。任事艱難徵薄俗,論交貧賤究誰人。黄花又是持螯候,典却秋衣敢説貧。

一夕

蕉露清和竹籟清,碧雲如水月空明。草根初歇亂蟲響,天際忽來孤雁聲。寶鴨餘香消午夜,錦麟沉字繫遥情。殘楓冷槲蕭騷甚,一夕能教萬感生。

和查小白消寒四詠

交紅枕畔枉情長,斷愛旋抛有有娘。却月瘦容慵覽鏡,傷春餘恨夢啼妝。銀鞍客已移芳宴,金縷衣猶疊寶箱。昔日繁華驚逝水,不堪回首舊平康。老妓。

其二

未肯含羞效倚門,每將衫裹搵啼痕。雛身顧影猶憨態,度曲聞聲已斷魂。他日居奇憑阿母,一朝物色待王孫。東風揉盡章臺柳,生小情絲定有根。幼妓。

其三

芳蘭竟體悄橫陳,恰是雲英掌上身。結客自來耽翰墨,出群安肯事風塵。香隨蜂蝶氍中散,名入烟花記裏新。惆悵薛濤消歇後,掃眉才子屬何人。韻妓。

其四

涼覆衾羅爲怯秋,花間熱趕一時休。藥爐火冷頻呼伴,歌扇聲停懶下樓。勾起艷愁憐獨夜,別來情種憶他州。個中人已添憔悴,

莫怪雙蛾畫不修。<small>病妓。</small>

鴻指園卒歲感詠

茶疉安扉餞夜闌,銜杯垂老強爲歡。隙駒歲月驚心過,幻蜃樓臺
冷眼看。百鍊幾回成繞指,一腔何處更披肝。空山冰雪無人見,
修到梅花也自難。

其二

欲去還留慎此行,忍寒白水負前盟。與人家國原難事,久戀風波
總不情。陽羨無田歸亦得,柴桑唯飲可留名。笙歌隊裏紅塵熱,
臥向松關夢轉清。

和少溪歲除雜詠

裁出紅箋小,題名字似鴉。拈來春在手,散到客誰家。路遠投難遍,
僮癡問每差。禮煩情自簡,官樣仿京華。<small>拜束。</small>

其二

膼糜研一斗,側理劈輕丹。寫出堂皇句,憑將遠近看。高門增富麗,
比戶頌平安。笑煞雷同語,家家帝澤寬。<small>春聯。</small>

其三

風緊爐三條,膏明暖一宵。祭詩人靜對,鬥酒影先搖。年去心仍戀,
花開焰自消。青紅兒女態,照出可憐嬌。<small>歲燭。</small>

其四

霹靂隨春至,千聲併一聲。飛花紅影碎,匝地翠烟生。結束身材小,
飛騰霄漢輕。兒童競餘響,炙手尚爭擎。<small>爆竹。</small>

第五冊

庚戌

郊外寺遊

海氣洹城根，黃埃蔽野昏。春回枯樹醒，村小暮雲吞。牧竟騎牛去，
僧惟抱佛尊。桃符都換盡，猶有古風存。

東林詠荃彥芬林衡麓心鑑楊陶徑春蕃三學博園中小酌

儉庖無以餉群公，雞黍猶能效古風。誰撥銅絃誰鐵笛，不妨來坐
月明中。

其二

話舊偷閒偶一時，相逢忍放手中卮。推襟海上良非易，多少風波
愴別離。

其三

露柳風桃春事稀，小園延客正花飛。長筵未就觴猶冷，獨立空林
看燕歸。

其四

不遣長鬚火急催，蓬門早已爲君開。休嫌老懶無陪客，麴部新邀
一秀才。

輓潘麓楓葆

追憶臨漳夕，幽窗坐雨時。縱談天下事，高詠古人詩。長別竟如此，
吾生亦可悲。屋梁殘月落，空使夢魂疑。

其二

覿面杳無期，傷心看鬢絲。恐抍滄海淚，難慰九原思。親在魂應返，家貧事可知。長歌聊當誄，即此寫哀詞。

二月二十一夜風暴

鼎沸聲喧夜不眠，蛟龍攪夢到窗前。驚心得免爲魚後，回首餘生已五年。

沈序東庠小恙戲贈

瘦損一分肌，春寒竟爾欺。文園原善病，曼倩豈長饑。破悶書爲上，療愁酒莫遲。詰朝霍然起，不必問靈蓍。

故園

本無奇策不干時，偶惜芳辰賦小詩。交友轉容垂老拙，讀書真悔此生遲。濤聲捲雪生遙海，花氣融春滿綠枝。正是紫茄兼白莧，故園風物總堪思。

其二

舍己耘人計本癡，暗中霜鬢換青絲。心餘衔石空填海，事等炊沙豈作糜。子影每憐明月裏，好山未買白雲陲。掩關且自傾卮酒，門外紅塵總不知。

簿書填委歲月云徂息羽無期積愁成痗前詩意有未足因而復吟

窮年兀兀守吾癡，寒暖緣時總未知。浣遍襟痕衣染墨，磨穿石髓研留皮。清談偶約金荃友，小病常參玉版師。製就嫁裳還自忖，可能尺寸稱時宜。

其二

昧于擇術悔何遲，療得全家八口饑。羈紲竟如身在圈，粗疎安見客無疑。黃昏燈火情如渴，黑海風濤命似絲。眼見尫羸皆痼疾，奏功休易覓盧醫。

其三

日日郵符下所司，圈硃點墨語崟嵜。風來偃草行何速，事過尋珠記轉遺。獨力每難排衆議，異才誰肯佐清思。爭先得路余猶否，低手依然未善棊。

其四

勇決行藏不待蓍，衡門擬葺舊茅茨。盍簪豈藉推移力，覽鏡終傷老大時。一物不知原可恥，百年過半尚奚爲。人心恰似春潮活，消長何曾有定期。

北港進香詞

籜帽芒鞋颱曉風，腰巾斜插小旗紅。看他舉國狂何似，抛却春農幾日工。

其二

蟻聚蜂屯走陣雲，風餐露宿結同群。就中也有閨巾幗，輿左懸燈蠟點紅。

其三

村店青蔬價沸騰，通誠黃紙寫無憑。金錢收盡香厨飽，邐迤迎門幾個僧。

其四

侵晨早見市場開，轂擊肩摩入廟來。瑣語不嫌神褻瀆，求貲乞病問田萊。

其五

堪笑村氓個個癡，神天杳遠訴何知。翻身可向家門問，翁媼高年未啖糜。

蕭齋雨夜與二三子拈韻偶作

小雨疎林濕卧鴉，荒池通水已鳴蛙。行鞭石礙穿階筍，交影燈搖隔檻花。爲借清談資郢説，苦將險韻難方家。時與守齋、少溪有七碎之戲。觸屏童子呼先睡，獨爇松肪自煮茶。

附守齋和韻

邯鄲學步笑塗鴉,小見真同井底蛙。冥索蠶叢抽秘繭,鬥奇葉底覆名花。聊將儷偶爲能事,敢訊風裁繼作家。好是春深時雨後,欲清詩思且烹茶。

重和守齋仍次前韻

幾行潦草類風鴉,唱出烏烏雜蚓蛙。顛倒天吳誇巧繡。剪裁雲葉製生花。爐錘一字施全力,飣餖千般陋小家。鬥盡心兵緣底事,夜來空費幾爐茶。

送仝伯封魯藩歸山西平陸

太行山背馬頭塵,回首滄瀛夢不真。特愛天南好明月,七千里路送歸人。

歸去

謀道不謀貧,平生一念真。論交誰可久,惟德自成鄰。志豈渝金石,人難識鳳麟。何如居牖下,長作葛天民。

其二

到海天涯盡,何從更問津。腐羞同草木,倦亦悔風塵。負耒多餘樂,扶輪合讓人。昂駒與蹇衛,各自有丰神。

其三

祇合盤中隱,難爲席上珍。雪蛆休語夏,桂蠹自知辛。餹月妻行隴,樵雲子負薪。毅然歸去好,留此歲寒身。

寄陳羲伯鳳書

鯤沙隔海門,之子憶天末。分襟五六春,何以訴契闊。自知老態增,特未壯心歇。輸忠舌尚存,習苦腕未脱。小園半畝餘,徙倚烟霞窟。沼蘋躍纖鱗,庭陰翳廣樾。有時臨高臺,縱覽盡溟渤。偶亦蓬徑開,雜賓詎敢謁。思君如清風,又如海上月。音暉縱堪親,奮翮焉得越。聞君謝塵事,却聘堅不發。惠安鄧君聘不往。閉户善養疴,雞犬避喧聒。

一琴綠綺彈，半研紫雲割。有詠似莊騷，無營即懷葛。至性人必端，端人天必活。驅除二豎去，遠竄如兔脫。清齋閒酒鎗，優曇供花鉢。尋啖度索桃，長生重換骨。

養疴

心定不生魔，無聊且養疴。拓窗邀月入，拂石坐花歌。家遠情難已，春歸客奈何。聯吟今亦廢，同調恰無多。

其二

雜坐水雲稠，翛然萬慮收。蓮香波自綠，篠密徑先幽。砭俗存空念，圖艱少共儔。人生一俯仰，陳迹易淹留。

池上

池上風光愛嫩晴，午陰濃處綠雲生。萍絲忽動纖麟躍，花片閒兼落毳輕。新水漲痕量石在，夕峰斜景臥簾明。薰風漸有南來意，荷葉先抽四五莖。

贈從侄鑄人　名在鎔，鳳山庠生。

吾宗子弟鮮能文，愛爾潛心究典墳。中歲離家偏蹈海，明時挾策易凌雲。遠來且喜談三雅，努力猶當張一軍。門户艱難生計拙，無田聊且代人耘。

其二

追維先德誦清芬，賴爾時收翰墨勳。綆短誰能長袖舞，膏焚端要下帷勤。絕塵空闊駒千里，顧影飄蕭雁一群。余共祖弟兄，凋謝殆甚。惆悵嵌城分袂去，傾尊何日話鄉枌。

附鑄人和作

先世當年善屬文，搜尋五典與三墳。代遙書半侵紅蠹，調古音難續紫雲。喜有舌存同季子，勉將繻棄學終軍。高曾矩矱仍須守，竇研良田到處耘。

其二

諷誦佳章齒頰芬，佇看吏治奏奇勳。立殘冬雪時雖促，坐向春風課最勤。未必郄生甘守幕，果然伯樂竟空群。如今譜序萍蹤合，重話天南社是份。

贈家晴江 名雲中，陸豐人，淡聽粵籍庠生，亦係同譜遷居臺地。

之子吾宗彥，論交兩意融。盎然書滿面，粹矣道持躬。寄迹何年至，
名山此地崇。安居依壑北，特秀媲河東。貽燕看繩武，修羊憶養蒙。
已教衣染汁，佇見馬乘驄。鵠舉雲千仞，英光玉一籭。蜚聲名定噪，
致力久彌工。晷向三餘惜，經傳一貫通。文章華國選，竹帛後時功。
良晤雖嫌晚，輸言敢效忠。槐當徵九列，松亦兆三公。天意酬貞白，
家風卜阜豐。有才鳴盛易，振翮上高穹。

鑄人囑和試題四首

湔濯功須日日新，靈臺不許著纖塵。飲冰澡雪成虛語，幾見蓬萊
換骨人。洗心。

其二

千金之子戒垂堂，性斧情斤忍自戕。修到彭籛原自少，人生無地
不巖墻。愛身。

其三

避位逃名計豈非，夷齊甘守首陽薇。一椽半粟墻爭鬩，偏向同懷
較瘠肥。興讓。

其四

鈎釘犁鋤換頃俄，客來四境盡弦歌。漫言梗化苗難格，猛虎于今
已渡河。移風。

晴江囑和試題 四首存二

浪聞栗里會金仙，老圃簌中態自妍。疎影淡橫三徑月，繁英冷浸
一籬烟。酒容易怯西風瘦，琴理能傳晚節堅。插得滿頭還自笑，
噙香吟遍九秋天。陶淵明愛菊。

其二

誰說山孤客亦孤，逋仙高隱愛西湖。但將明月和梅種，不問寒林
得雪無。抱影有時偕守鶴，看花何必定騎驢。長鑱一柄功非小，

開遍冬心十萬株。<small>林和靖種梅。</small>

松濤

遠涉徂徠翠幾重，飀飀入耳盡笙鏞。虬枝欲舞蒼髯脱，黿吼曾無白浪衝。未許穩眠驚夢鶴，特疑晴晝嘯群龍。賞心祇有陶宏景，百丈來聽最上峰。<small>梁陶宏景特愛松風，庭院皆植松，聞其響，欣然爲樂。</small>

麥浪

萬穗如雲看拍浮，才過壠坂又盈溝。雙歧已兆豐年瑞，一望先欣野老眸。漲處青還迷曉雨，泛來輕欲瀉清秋。鳩鳴燕乳村村秀，風定依然水不流。

春去偶懷

雨絲風片互匆匆，九十韶光一瞥空。馬上紅塵羞熱客，甕中美酒羨村翁。忘家那得心如石，近海偏驚夜有風。昨日占晴曾不爽，又將人事攘天功。

看雨

看雨先憐竹，移柯屢墮禽。院空誰響屐，書漏并移琴。未得安禪法，聊爲倚醉吟。蜀葵紅卧地，物候又驚心。

赴酌夜歸

踏月歸來户半扃，竹光如水濕流螢。迎風忽有香生户，知是荷花睡已醒。

其二

清簟疎簾一味凉，月華夜夜上閒堂。分明子半潮雞唱，猶有花陰在短墻。

偶成

但留舌在莫寒號，不遇般輸技枉高。肉眼本非成佛相，脅肩誰肯過情褒。由來暗地須防箭，相勸逢人少捉刀。等是嫁衣翻樣製，針工雖巧也徒勞。

次耀卿寫懷韻

漏永燒殘絳蠟低，無多殘酒更傾卮。任談狐鬼同消夜，莫念丘園苦詠詩。人自深謀稱勝算，我看泛著盡閒棋。個中縱有牽絲者，何必夤緣遇始奇。

與少溪談詩

各自成家要揣摩，六經子史盡包羅。心如善用何妨密，句但能傳豈在多。妙手偶然成絕唱，窮途未可慣悲歌。水流花放皆奇景，消得賒靡一斗磨。

其二

古今輩出幾才人，蹊徑重開少效顰。大氣鬱蟠龍夭矯，英姿颯爽鶴精神。突圍不破終無力，飾貌能工轉失真。書卷撐腸山水助，好教肝膽吐輪囷。

對酒

何必雲門與若耶，尋雙草屩即撈蝦。虛舟涉世原無定，對酒當歌豈厭奢。藥物偶儲蒼耳子，鄉心空憶紫藤花。平生雅慕東陵叟，六月涼風自賣瓜。

嘲榕

不巢翡翠不藏鴉，經歲何曾著一花。負質祇餘身臃腫，干霄空作勢杈枒。難成大廈材終棄，長臥深山願已奢。多少松槐斤斧盡，百年容爾傲烟霞。

池荷盛開暑夕作

白羽輕搖溽暑時，一花一葉浪題詩。年年儉府憐爲伴，愧我才非庾杲之。

其二

尺水風回瀲灩波，碧篛留客喜相過。江南舊夢消何處，不記吳姬
蕩槳歌。

其三

亞檻玲瓏面面移，四圍花裏坐俱宜。曉仙捧出無瑕玉，恰似瑤池
浴露時。

其四

滿院林陰夏日長，小欄風定水猶香。懷歸倘結廬山社，買種柴桑
五柳旁。

晚雨初霽霞光燭天守齋少溪登樓眺玩余老不能從漫成十韻示之

恰有餐霞客，披襟嘯暮天。高臺凌縹緲，空水映澄鮮。綺已迎風散，
光猶濯錦妍。建標城自遠，回汐海無邊。片片催殘雨，絲絲曳晚烟。
更從孤鶩外，直送斷虹前。杯未飛仙乞，樓初冠嶺懸。丹裳原是幻，
赤幟又頻遷。定卜詩情好，兼消旅思牽。軒軒共遠舉，應識筆如椽。

幽居

幽居易覺暝，一雨送黃昏。新翠滴藤瓦，亂雲封竹門。當關無報客，
獨座有清尊。覓得漁竿去，姓名何必存。

苦熱偶詠

瘴烟慘綠火雲紅，堀堁飛揚日翳空。濁浪自鳴空潊雨，垂天時見
破帆虹。地餘黑水歸墟外，人在洪爐鼓籥中。安得此心冰雪净，
林茶花下待清風。

暑夜坐月口占

捲起湘簾月未斜，竿燈紅處是鄰家。誰知仄盡高牙影，蓮漏聲聲
出隔花。

其二

半空海氣漲如烟,繞郭濤聲到枕邊。料得鯤身停網處,老漁猶有
未歸船。

其三

鼎沸遊人散似鴉,神弦簫鼓兩三家。來朝遇著旗亭客,笑指檳榔
衣上華。

其四

玩月通宵不惜眠,清光于我最周旋。瓊樓玉宇知何處,可許梯雲
住一年。

六月十九日作詩命童子

尊客問何來,柴扉莫亂開。任他風露下,小立損青苔。索酒償遲日,
售琴遣即回。主人尋不見,早在白雲隈。

和查小白元鼎作

彼澤青何有,離離葉已空。織成煩野姥,搖出笑村翁。絺綌消清暑,
萑苻失舊鞃。蕉衫桐帽客,愛爾共高風。蒲扇。

其二

側理紋猶在,仁風已奉揚。障塵原不到,揮雪自生光。暑却襟懷爽,
詩題翰墨忙。由來稱孝行,待枕有黃昏。紙扇。

其三

巧製輕羅薄,冰絲變夏寒。看花曾撲蝶,入畫又乘鸞。尺素空圭角,
佳名喜合歡。心知明月好,偷樣與誰看。紈扇。

其四

健翮久鏖風,還收禦熱功。綸巾誰與并,白羽自翻空。頓覺蒲葵陋,
誰疑鷹隼同。迎秋休遽棄,陸賦詠方工。羽扇。

送蔣繼堂明府律武罷官歸鉛山

微官何足惜,歸去不嫌遲。一片鬱林石,千秋峴首碑。經葩芬寶桂,
道氣養商芝。選勝匡廬近,奚囊更貯詩。

其二

舊讀藏園集,知君家有師。大江宗匠哲,舉國奉槃匜。泣研情猶昨,
傳薪樂不支。謝庭多寶樹,挺秀幾孫枝。

白鳩 產澎湖

島上飛來雪羽輕,桑陰濃處見分明。應知不似閒鷗鷺,催起春濃
盡勸耕。

遊安平紅毛舊城慨然有作 六月十九日

火雲照眼晨光顣,銀濤一片翻波花。迢迢七里海爲路,不知鮫室
淤平沙。雙鹿卓立門限設,七鯤連綴藩籬遮。紅夷曩此作窟穴,
倚山環砦憑參差。當年摶土燒丹砂,赤標遥矗看成霞。圓方範形
類壺嶠,曲折複道藏褒斜。鬼工別具慧巧力,般輪有技奚敢誇。
何年撼斷六鼇足,分稜破瓣如裂瓜。時多地震,城俱殘破。我來登眺渚
潮退,兒童摸蚌翁撈蝦。流雲噓蜃出縹緲,古樹虯曲垂鬖髿。淡
烟著處老漁屋,一罾懸影横艁艖。百年回首感興廢,犬羊徙去來
虺蛇。草雞大耳偶符讖,居然竊據開耕畬。王師一戰示薄伐,版
圖以外收荒遐。林林總總已生聚,戟麾專闑森高牙。重闉鞏固天
險扼,百廛匯萃津航譁。聲威萬里岡弗屆,雕題鑿齒歡麕麚。春
臺熙熙歲月賒,相競逐末殊浮華。萑苻時亦逞封豕,幾使斬薙除
萌芽。銅山消融有時盡,膏壤展拓曾無加。利市三倍在何所,箔
蠶簇簇哀鴻嗟。養生由來貴樹藝,當思活計勤桑麻。亟除吸髓燃
脂物,自足鐘鳴鼎食家。

安邱故廣文張俊升先生維垣姬人貞烈徵詩

蓼蟲食苦葉,葉盡身亦僵。貞媛誓從夫,夫死甘自戕。齊州有高士,
名閥清河張。巍科綴虎榜,講學開鱣堂。之官挈家去,苜蓿秋風涼。
大婦調琴瑟,小婦治酒漿。相莊欣白首,暖老對紅粧。一官雖云冷,
驥足終騰驤。奈何玉樓赴,才大命乃妨。維時兩髫髻,兩泣相徬徨。
白日黯書幌,陰風回齋廊。長吉召何速,鄧攸理莫詳。迢迢數百里,

靈輀歸故鄉。入門增慘裂，四顧徒悲傷。長卿祇環堵，阮籍無羞囊。
堂中一遺掛，室內雙未亡。媵也前致詞，一言願告將。妾命薄如紙，
留妾多不祥。願從君地下，猶得侍巾裳。含哀尚未已，畢命繐帷旁。
皎鏡忽自破，寒衾猶在床。親鄰各悲詫，道路爭傳揚。烈烈此巾幗，
鬱鬱松柏蒼。其心石與鐵，其志冰與霜。由來忠義氣，日月同爭光。
大書某某氏，萬古凜綱常。

彥士婿寄舊秋薦卷來閱還綴以長句

簌簌如聞落葉聲，秋風毿毿舊知名。豈無虎觀談經日，聊慰龍門
點額情。有待不妨藏晚器，虛榮已自異群英。爐丹九轉功還早，
莫訝飛仙頃刻成。

八月十九日磵南先生靈輀登舟慨吟以送

風旗獵獵泊檣烏，丹旐爭看父老扶。衆口尚傳爲郡美，全家只剩
一孫孤。島雲拂影飛庭鶴，汾水先秋拜舄鳧。惆悵七千餘里路，
崇封能卜一抔無。[①]

秋夜

虛幌明燈坐夜深，無多秋氣已蕭森。忽來小雨難終夕，獨和殘蛩
成苦吟。人事萬端多變幻，餘生百感易升沉。湛盧一劍猶藏匣，
拂拭難償少壯心。

送梅吟五慶圖歸通州

小就才偏屈，東遊計已差。爲貧輕涉險，有母定思家。陸賈餘空橐，
張騫返遠槎。江南風雪裏，到日正梅花。

行樂

行樂到花欄，斜陽半未殘。晚烟消迥野，遙汐響晴灘。滋綠竹爭長，

---

① 原批：“次句潸然淚下。”

焜黃葉自乾。秋光如許麗，負却病中看。

病後謝慰問諸友

瘴鄉風雨自年年，每向秋來結病緣。總爲熱腸多錯迕，轉教屭骨
累纏綿。田無陽羨難爲客，室似維摩且學禪。知我不妨重問訊，
一尊來醉菊花前。

落葉

墜地本無聲，因風激使鳴。驚秋自搖落，入夜更淒清。解脱知禪理，
飄零動客情。橫窗林影瘦，先照月華明。

題退軒

塵净初移研，風多欲避燈。琴尊皆静友，圖史半行縢。小住聊爲適，
求安恐未能。此中惟静坐，萬慮自然澂。

月艤新治郡署後廢圃遍種秋色籬柵一新留飲草亭醉後小詠即書其師蘭友竹之軒右壁

一樹蒼虬嘯碧雲，高秋警露鶴先聞。仙家籬落無凡卉，淡日簾櫳
愛夕曛。幾費經營成畫稿，轉因蕭曠遠塵氛。荷鋤我亦平生慣，
扶植群芳獨讓君。

其二
小塢長畦次第栽，秋光都對曉窗開。霜痕不辨迷紅葉，雨力全經
養緑苔。洗研烹茶皆得地，通泉疊石也須才。嵌空休訝峰巒少，
幾片晴雲爲補來。

其三
可容膝處且閒閒，亭扁額名。消得榕陰半畝寬。學圃偶尋爲客樂，買
山誰謂卜鄰難。香深簾護風三面，夜静檐窺月一丸。畢竟牡丹憎
富麗，賞幽芳草愛荃蘭。

其四
蓮社流風感自今，幾回琴酒想低吟。結茅已覺勝江上，抱甕翻勞

笑漢陰。風月清談容我輩，雲泉小隱識君心。蓬麻菅蒯雖纖芥，眼見他年盡鄧林。

柬耀卿小酌

雲碧天空待鶴來，滿庭花影幾徘徊。小厖吠處風鈴響，月下柴關已早開。

　　其二

澹泊談心醉瓦盆，青衫塵土莫重論。江烟岫霧休重浣，留向天涯疊酒痕。

　　其三

滿罦爭看卷白波，君榮休說量無多。鶯聲也有鄰姬唱，可是江南子夜歌。<small>時聞鄰曲。</small>

　　其四

一醉移琴作枕眠，玉山頹後任逃禪。藐姑仙子知逢未，夢到蓬萊淺水邊。

嘲俗 十首

紅樓深處沸笙歌，拋却金錢爾許多。明日蕭郎成陌路，西風冷透茜裙羅。

　　其二

頰上紅潮鬢貼花，晴天扶傘過誰家。相看應訝皆羅刹，白晝行屍走夜叉。

　　其三

白足如霜走不疲，擔囊縛柵事皆宜。留珠棄櫝情何忍，親見花媒寫券時。

　　其四

經營巾幗自多才，收得釵金滿鏡臺。試聽東鄰新哭罷，賣兒償盡子錢來。

　　其五

贅婿分明不久長，床頭金盡費商量。雙雙合巹杯猶在，又疊金箱作嫁娘。

其六

蘭陵美酒未開尊，忽報乘輿已到門。張熊李娟渾不問，淺斟低唱
已銷魂。

其七

相邀古刹去燒金，擲珓神前各用心。但願弄璋休弄瓦，謝旛親繡
美人針。

其八

蹣跚壓損阿娘肩，紈扇佯遮不敢前。看罷梨園約鄰母，倩他重整
墜花鈿。

其九

貧家生女要人知，義旦聲名一日馳。爭説天仙來上界，半空鸞鶴
馭瑤妃。

其十

誰挽頹風舉國狂，陳詩太史要端詳。墻茨有詠從刪却，請著關雎
第一章。

聞笛

一聲裂石碧雲流，驚起蒼龍出水遊。風過獨翻新度曲，月明誰倚
最高樓。幽懷綿渺當清夜，斷夢零星惹舊愁。落盡江梅猶未已，
鄉心懸向海濤頭。

答王澍生霈惠寄之作次韻

金玉貴遐音，如頒遠使臨。艱虞知物力，康濟見仁心。僻壤才難展，
研經蘊自深。聞君精于易理。哦松風致古，明月朗衝襟。

其二

空谷跫然喜，雙鳧爲我臨。葭情饞刮目，蘭契佩同心。杖履年來健，
雲巒望處深。重吟冰雪句，一浣舊塵襟。

即事

也如雁户易遷除，傳舍居然少定居。在野但爭秋及穫，臨淵誰識
釣無魚。心師廉讓人終鮮，舌費儀秦事總虛。剪却邪蒿扶瑞木，
輪困焉有不材樗。

小雪近矣菊花數十本猶倚闌豔開寒香遠襲幽韻迺然序東詩有聞倚小窗聊比擬綠衣黃裏衛莊姜之句勉和解嘲

繁枝低護海雲涼，傾得芳樽醉幾場。眾美聚將金屋住，殘秋吟到
墨池荒。瘦餘清影猶扶月，澹欲忘言總傲霜。我已年時才思減，
那堪邾莒比姬姜。

和巴叔封留別臺陽諸交遊作次韻

浩蕩胸藏萬頃秋，蠻鄉無地著名流。勝遊已到毘耶國，歸計今乘
般若舟。重九風高波激箭，初三雲淡月懸鈎。一杯未勸離亭酒，
擊缶嗚嗚且自咻。

其二

真仙原許住蓬萊，裂士慚非羊角哀。分手又驚攀驛柳，酸心何忍
詠江梅。已無李杜思蜚將，幾見夔龍炫大才。漫道打包行腳去，
前身金粟本如來。[①]

其三

都從憂患耗聰明，骨鯁空餘兩瘦生。寒我一袍同范叔，答人百劄
重樓卿。得歸田里斯爲福，少待年時定有名。一樣勞薪先戩影，
自耕終勝代人耕。

其四

卅載名場畏送迎，華顛垂老百無成。征衣屢向塵中浣，毛紙猶留
刺上名。兒女書來緘錦字，笙歌筵散對寒檠。轉思一事深慚惡，

---

① 　原批：＂＇裂＇字恐訛。＂

黃娟詞才不及卿。

其五

枕葄渾如飫百羞，剪瞳秋水射雙眸。文心花已三春粲，賦手樓還五鳳修。水乳自然皆莫逆，針磁何處不相投。雲端多少鵷鴻路，須要人謀并己謀。

其六

板輿奉母合家歡，對酒輕箏續續彈。花映玉琴情愜益，詩聯石鼎句偷韓。二分水竹芳鄰近，幾架圖書舊日安。門外寒潮傍江郭，得魚留客話宵餐。

其七

襪襪新披自治田，強于入市買鞍鞭。青衫塵土多成泪，紫圃瓜茄那用錢。暫契烟霞遊豕鹿，休輕軒冕棄貂蟬。傳家世業青箱在，莫負平生翰墨緣。

其八

打鼓回帆事事宜，筆床茶竈總堪施。鯤沙浪穩晴如畫，鷺島雲開淡似絲。碧瀨望空人既遠，黃花扶醉日相思。音繁節促情偏苦，權當離歌非贈詩。

附叔封原作

滄海曾經十七秋，芙蓉綠水擅風流。梁園夜月聯芝蓋，澤國春風戲綵舟。玉帳談兵看舞劍，金罍賭酒試藏鉤。浮華易醒三生夢，休戴南冠逐楚咻。

其二

亦曾華廡亦蒿萊，興廢因人亦可哀。世味備嘗同嚼蠟，酸鹹歷試等調梅。無求終竟難成志，有恥多因是不才。陳榻莫須分上下，幾人能不食嗟來。

其三

丈夫不獲賦承明，便合漁樵混此生。那得浮沉逐魚鳥，頻勞奔走謁公卿。生無媚骨能諧俗，豈有文章可得名。左計吾今嗟已晚，舍田空自爲人耕。

其四

不知要結不逢迎，懶慢迂愚屬性成。濫廁詞章稱搢客，恥將標榜作聲名。頻年漫滅懷中刺，此日拋殘屋角檠。一事思量差免俗，從無書札上公卿。

其五

年來飲啄亦懷羞，懶向雞群去轉眸。爪喙不矜鷹隼利，羽毛惟養鳳凰修。伶俜孤鶴形同瘦，冥漠飛鴻網不投。任爾盤空詑俊鶻，此身不作稻梁謀。

其六

小人有母缺承歡，豈爲無魚鋏始彈。貧賤不知安畎畝，詩書滋愧業申韓。長分鶴俸供甘旨，曷若雞鳴侍寢安。歸去蓴鱸秋正好，北堂充饍奉晨餐。

其八

得歸好種郫鄲田，富可求歟恥執鞭。他日定多招隱賦，及時合辦買山錢。風和隴畎晨驅犢，露冷茅檐夜聽蟬。此後若逢車笠契，雲泥分隔話前緣。

其九

迂疎多不合時宜，多謝群公禮數施。適館頻叨增食俸，授衣長荷益緦絲。謂曹懷樸及胡裕堂二司馬。雲天此日懷高義，風雨他年繫舊思。感遇陳情兼誌別，鴻泥留迹數篇詩。

附家書後寄示兒輩

一紙書成重省愆，整躬每愧未能先。空甀婦莫求餘粟，閉戶兒當守舊氊。至性常存惟孝友，舉家無恙即神仙。篋衣典盡吾何病，肯使人間作孳錢。

其二

閱盡紛華四十秋，新霜侵鬢更何求。虛名已似羊公鶴，約體惟思晏子裘。澹泊虀鹽甘暮齒，艱難稼穡念先疇。一鞭款段騎鄉里，便是當年馬少游。

其三

巧宦危登百尺竿，無才何必強求官。熱中多見紅塵好，失勢旋遭白簡彈。誰謂伏鸞非吉士，漫欣走馬遍長安。十年卿相槐南夢，煨芋何如就懶殘。親友書來，多勸入貲出山，故及之。

其四

鷹隼摩空鵰退風，升沉那得盡人同。讀書終要三餘惜，用世還憂五技窮。局外靜觀皆幻蜃，胸中奇氣貫長虹。丈夫自有千秋業，不在金魚紫綬中。

寄懷汪伯年鏒

鄞山莫問舊吟壇，白社風光已改觀。池草但餘秋雨蔓，郵楓空照曉霞丹。十年襟抱迴腸久，萬頃波濤覿面難。太息河梁成往迹，蘋花如雪不勝寒。

其二

鮎竿爾亦滯微官，世路真看上百盤。苦憶每教衣帶緩，重來莫放酒杯寬。鯨鼉雜處嗟浮俗，翰墨何緣結古歡。回首壺蘭朋輩少，祇餘湜籍尚交韓。

覽鏡感作

如此鬚眉愧壯夫，行蹤猶泛水中梟。餘生未許拋雞肋，時事真同捋虎鬚。却愛閒情營五畝，更無名作賦三都。樵漁那解談軒冕，只羨園桑八百株。

贈小白

侏儒飽死臣朔饑，天所付畀當無私。鶴長鳧短乃前定，樂生奚必多歔欷。吾儕食貧固其分，古人曾採西山薇。逍遥五嶽豈云遠，一筇一笠隨吾之。憶昔歡遊漳水湄，踏花鬥酒相娛嬉。爕蚳親暱互憐愛，水乳融洽消猜疑。騷壇偶爾建旗鼓，我爲後勁君前麾。隨州長城縱屹立，也許秦系攻偏師。分飛勞燕纔幾日，浮香青滿春江籬。填膺離恨向誰訴，綿綿脈脈無窮期。別今星霜凡五易，人事牽率音書稀。熟知并合在海島，意想不到心偏怡。蒼顔漸減鬢上綠，征袂仍染塵中緇。全家更作鴟夷泛，旁妻稚子咸相依。筆床茶竈亦精雅，瑣屑檢點靡纖遺。牽船上岸暫作屋，閉門覓句旋哦詩。儈父訕笑高士喜，得君爭恨交何遲。翩雲天馬具神駿，那可羈絡拋青絲。典墳饜飫甘如飴，含貞隱曜無人知。天生此老自奇倔，庭趨況又多佳兒。荀龍薛鳳罕有儷，燕山五桂森瓊枝。崢嶸頭角各呈露，他時一一皆龍夔。

臘月菊

晚香終輩出，何必定爭秋。豈只寒能耐，依然淡自幽。得天原有壽，高隱已無儔。好與梅花共，迎年更少留。

理舊藁

雄心耗向此中多，坦率都成擊壤歌。敝帚本爲無用物，打鐘時有未降魔。若論派別差能識，欲賈才華奈老何。堪笑詅癡緣底事，覆瓿音蒲投溷總消磨。

辛亥

咸豐 [①] 元旦作

萬彙及茲始，履端肇嘉辰。一人踐靈祚，六合同熙春。曉鐘已初動，出曙雲霞新。燈火曜白日，衢巷霏芳塵。雜沓車馬過，祝聖趨重闈。羈身笑海客，一葉同浮蘋。流槎不知返，扃戶孰與親。豈愛此間樂，疇能諒我貧。爆竹競繁響，賀柬分四鄰。殘罍醉椒醑，酣歌存吾真。

郊行

酒賦琴歌久寂寥，偶尋芳草到江橋。晴雲欲動連山翠，斷港才消昨夜潮。香市盡人爭抱佛，烟村迷路失歸樵。蹒跚笑踏東風去，也學楊花任意飄。

贈相士

草沒塵埋幾鳳麟，封侯燕頷果何人。須知有相還無相，誰識廬山面目真。

---

① 　原批：“二字可去。”

送序東之半屏

送客及春杪,落花如許深。縱非千里別,終繫兩人心。力學追前古,離群感自今。夜看池上月,爲爾一沉吟。

　　其二

紛奕非吾好,孤絃讓爾彈。食貧儒者分,獨立古人難。琴罷聊高枕,風多莫倚欄。希君如勁竹,日日報平安。

詠馬

碧眼拳毛盡駿才,追風可有古龍媒。誰知伏櫪無人識,曾度流沙萬里來。

新夏

松棚竹塢仿山家,偶闢荒畦學種瓜。老去尚能親畚鍤,閒來聊以傲烟霞。纏筋古樹初牽蔓,出水新荷未著花。多少春光新換得,綠陰如幕一簾遮。

　　其二

静裏聞喧未覺譁,一林鳩燕半池蛙。却嫌岸幘人非古,漸動輕紈熱已加。記夢有詩吟轉忘,憫農無雨望偏賒。癡心已辦驅炎術,冰椀濡毫賦雪車。

製藥吟

瘡痍生滿眼,造物何太苛。炎風扇朱夏,遐邇皆沉疴。居人昧治理,齋醮延僧伽。偶亦事鉦鼓,大類鄉人儺。慨予檢方藥,至味苦不多。白骨能回生,邈矣無華陀。選擇頗精審,寒燠毋偏頗。要皆慎佐使,一一歸沖和。親鄰互相乞,昨呻今則瘥。輾轉不脛走,昨泣今也歌。憫時偶一試,矢願靡有他。家家霍然起,敢謂心同婆。

晚夏偶吟

空庭如水晝生陰,繞竹圍蕉暑不侵。習懶廢書琴借枕,清談無客

鶴來吟。世無青眼供誰役，秋到黃花識我心。一事忖量須早計，
買山應到白雲深。

輓管芝舫明府 七月七日巳刻，年五十四歲。

品藻從今月旦空，遺徽何處挹清風。化梟太覺離塵早，馴雉還思
治術工。賫志可憐才未展，求醫無定命偏終。陶安龍并王喬鶴，
誰遣爭迎一夕中。

秋病

十年九病畏逢秋，獨對清尊暫遣愁。良夜偶知耽水月，餘生豈復
問田疇。但觀往古皆殷鑒，枉自謀人抱杞憂。笑有奇方能却死，
函關老子借青牛。

驚秋

多病易驚秋，長宵數緩籌。一槎猶海外，萬鏃在心頭。短氣難爲客，
空囊不掩羞。劇憐方寸地，紛擾自戈矛。

其二

世道褒斜似，平心自坦夷。問津原有路，出險豈云奇。畫虎癡容我，
屠龍技定誰。却慚無媚骨，未足解人頤。

殘荷

幾夕綠雲殘，無人繞畫欄。但聽疎雨響，不覺小池寬。萍净跳魚上，
烟空浴鷺寒。眼看零落盡，野老製衣難。

即事

又報皇華出禁林，鑾弧西指向梧潯。遊魂易掃跳梁醜，安堵先收
負耒心。湯網從天頻下詔，商巖符夢孰爲霖。白蓮非種聞猶甚，
鉏盡邪蒿莫使侵。

和王澍生磺溪道中有感之作兼述鄙况次韻二首

蒼松勁挺自年年，古貌人疑晉宋前。清苦轉教成獨樂，虛榮原不
在優遷。心存菙屋茅檐裏，夢到汀花渚鳥邊。如此宦情真雪淡，
任他爭著祖生鞭。

其二

浪抛駒隙過華年，不見王前愧士前。人海風波原自險，名場陵谷
也頻遷。嘗深苦味黃薑裏，耗盡雄心白髮邊。那得絕塵思騁步，
駑駘今已不堪鞭。

蠡帆遷居有贈

堯夫處處有行窩，卜宅何須定澗阿。琴劍即今欣得所，烟雲原許
日相過。鄰如可請先沽酒，心但能寬且放歌。一曲莫彈商婦怨，
門前車馬正嫌多。蠡帆好客，座上常滿，故嘲之。

壽王澍生 乾隆丙午八月廿六日生

閒官無藉著奇勳，老驥誰知自逸群。絳縣有人推甲子，祇園惟佛
淨聲聞。斸材久已儲琴料，摩壘誰堪敵酒軍。小住紅塵休暫去，
此身已是出山雲。時來郡即欲赴塹。

其二

秋衣在篋未全貧，松下能哦趣亦新。矍鑠正如龍馬健，蕭閒常共
水雲親。季真自著稱狂客，梅福爲官本異人。待脫朝衫尋草屩，
與君同作太平民。

次少溪秋夜書懷韻

疇患英名不四馳，文章得失自心知。蜚聲縱使成材易，大器何妨
任運遲。纖弱自榮含露草，飄搖先折受風枝。牢愁恰是戕生物，
莫使耽吟杜老詩。

其二

紛紛世局本如棊，勝負休爭一著奇。司馬豈無題柱日，終軍曾見

棄繻時。蟲雕小技終非學，鵬搏高飛要自爲。儘有聆音能賞異，
爨桐焦尾不須疑。

獨吟

木葉丹黃秋氣深，暝雲不雨亦成陰。宿醒未解常高枕，古調誰同
罷鼓琴。一息未忘耽翰墨，百年何處寄胸襟。闃關坐待青林月，
倚榻無人獨自吟。

送家自堂郡守引疾歸蜀

浣花溪上客，久宦在閩中。豪氣輕湖海，官聲匹崋崧。平生聞叱馭，
一病唱歸鴻。試向賓僚問，高風孰與同。

其二
謬愛交嵇呂，經今十數年。登龍空有願，附驥轉無緣。幕已芙蓉冷，
情猶葛藟聯。黯然知己感，此意永綿綿。

其三
失計來瀛海，重逢意更親。縱看鬢鬚改，不失性情真。骨鯁容臣戇，
勞薪識宦貧。村村新雨露，有腳頌陽春。

其四
捍患思當日，燎原勢若焚。扶危憑隻手，迅掃勝三軍。止沸薪抽急，
治絲緒理棼。迄今童與叟，何日得忘君。甲辰冬，彰化匪徒分類，自翁回任，
旬日即平。

其五
黑祲曾爲虐，千村水沒扉。憫生同己溺，厚恤免調饑。轉粟勞輸輓，
歸耕聽指揮。奠居塹南北，所在念民依。己酉在塹，水災議賑。

其六
美績枚難舉，離歌唱轉哀。召堂留舊憩，萊柏憶親栽。匆遽言無盡，
流連酒遞催。相思明月夜，馳夢到琴臺。

紀用廉行

相依已是十年餘，百事艱難總累渠。扶病每隨花外杖，談文漸滿

篋中書。爲諧佳耦歌將母，莫廢躬耕守故盧。歸去勿遲來要早，杏花重盼燕飛初。

夜吟

斜月入簾仄，不知宵已殘。枕虛濤撼夢，衣薄露添寒。病骨三秋怯，灰心萬事難。算來祇學佛，身付一蒲團。

變侯

陰陽自冰炭，變侯理難推。晴後多兼雨，秋深尚走雷。戶櫃新出菌，床簟久生苔。檢點書中蠹，呼童日幾回。

其二

又見破帆虹，應知有颶風。未霜先耐冷，無火自燒空。人作炎涼態，天虧橐籥功。安能逃域外，還過大瀛東。

次耀卿內渡留別原韻

西風葭菼滿滄洲，陡觸鄉心話倦遊。海上同飄萍一葉，山中好種橘千頭。高人誰識陳驚座，結客今無孟伯周。孟嘗字伯周。笑是書生談骨相，年年封拜管城侯。

其二

留得相思在草堂，架花籠鶴莫移將。已愁入徑無求仲，轉爲亡琴惜季芳。指又卿新逝。老馬問途多舊歷，斷鴻失侶不成行。含生同似陰厓草，黍谷回春或向陽。

其三

不受人憐只自憐，吾儕心事豈終偏。缽猶可托貧何害，羅本難張恨莫牽。勸盡酒杯歌緩緩，拋來詩句意綿綿。從今收却任公釣，得失知君更信天。

其四

射烏城下記遊蹤，瞥眼三山盼又逢。幾處春光憶楊柳，一年秋色醉芙蓉。休驚歲月非青鬢，還仗風濤洗蒂胸。報與高堂顏有喜，緘魚遙寄莫教慵。時耀卿尚有母在。

閏中秋夕酌同人于露香書屋耀卿時將言別即以當餞得句示之

戀秋恐秋去，今年秋忽增。中秋得逢閏，稚叟相誇矜。銀蟾倍皎潔，一輪碾輕冰。初猶海上隱，繼乃雲端升。巡檐欲與語，嫦娥不肯膺。到門二三子，豪健如飛鷹。酒膽比斗大，吟情如雲興。引滿各無算，數典羅家珍。中有別離客，薄醉疑不勝。誰知拔劍舞，壯氣猶崚嶒。百年苦溺俗，束縛如纏藤。孰能恝然置，擺脫忘風塵。遊情繫丑嶽，禪悅思三乘。空譚已非易，實踐嗟誰能。奚如適時樂，得月邀良朋。尚論及今古，迭忘爲主賓。瓊樓邈何許，攜袂梯雲登。桂花折在手，香夢期重徵。

挑燈夜坐滿院秋聲拈韻成吟聊以破寂

旅客最驚秋，秋聲處處留。毋煩童子聽，先惹老翁愁。空闊來疑驟，蕭疎韻轉悠。愴時黃葉落，寄恨碧江流。屋小容相撼，林稀隙易投。乘虛吟洞戶，遙響入高樓。雁急衝雲過，蛩多聚穴幽。和鳴雙蛤蚄，悲嘯一鵂鶹。激箭鷗常餓，翻盆鼠暗偷。緊敲檐鐸未，悽斷戍笳不。屬耳聞殘柝，平心數緩籌。岸楓方瑟瑟，野篠更颸颸。都覺從天下，何曾到曉休。錚鏦真動魄，搖落豈勝憂。萬感爭相應，單棲悔久遊。篝燈閒自照，罍酒強誰酬。好夢知難續，清謳孰與儔。舂撞猶弗已，雞唱五更頭。

山石

愛此數拳石，相親已有年。不須袍笏拜，常伴水雲眠。瘦或堪稱叟，飛誰識是仙。後來休賭却，留結到公緣。

平臺

俯瞰滄溟小，梯雲上碧霄。地疑窮髮盡，人覺步虛遙。落日淡平楚，寒風起暮潮。羽仙如可至，舉手或相招。

聞蟲言有述

亘夜不終寐，起看月在軒。披衣對月坐，一蟲吟牆根。初疑漸有訴，久乃暢所言。世途亂荊棘，誰不守籬藩。何恃粲花舌，人寂爾獨喧。肝腸匪可熱，湯火匪可奔。貝錦易萋菲，陌路惟寒暄。接物嗇爲儉，博施濫非恩。機關豈輕示，爾何罄所存。縞紵亦恒泛，爾何矢弗諼。爾蒙罔有覺，爾生空煩冤。既爲有識哂，誰借偏師援。我聞長太息，斯道安所論。國香伍衆草，志士聲潛吞。逐臭固不屑，抱佛豈足尊。歸田事畎畝，清白規兒孫。瓦盆傾緑醑，赤腳騎烏犍。餘生樂吾樂，菌縮安邱園。

街頭見菊花

寒香壓擔重兼金，擎出疎枝瘦不禁。行客但憑歧路問，高人空寄故籬心。隱來小市聊諧俗，售入朱門孰賞音。莫向殘秋傷墮落，晚榮終見道根深。

瀛壖汙下無日不風几榻間塵沙灰土坌如也客即拈此四字爲題索詠

野馬飛揚本藉風，陋他得勢便騰空。捲蓬易作輕盈態，經雨旋消踐踏中。縱覓靈犀難遠辟，暫棲弱草又相蒙。潔身惟有幽居好，門外都無十丈紅。塵。

其二

博浪空椎偶失驚，洹河纖芥數難清。唱籌巧説還軍好，炊飯誰能煮石成。臥出明駝寒有印，射來暗蝂悄無聲。天生漠北多霜磧，荒徼看人萬里行。沙。

其三

終歲甘爲竈下沉，有時吹上看花襟。未銷浩劫千年黑，已冷寒爐一寸深。晝荻庭閒風自掃，飛葭室暖氣先侵。從看萬事俱消滅，渾似高僧入定心。灰。

其四

白墳赤埴判崇低，畎畝村村氣不齊。磽瘠豈能成沃壤，皐陵偏易變深谿。塞垣秋築高千仞，耕垡春勻綠萬畦。更爲東南民命重，河流端賴壅長堤。土。[①]

齋頭遣興

滿院花光照晚秋，榕陰如水欲交流。重扃掩翠藤纏瓦，細路通幽竹蔽樓。掛壁新圖分列島，到門行仗謝鳴騶。名心消盡槐南夢，祇愛宗文日臥遊。

其二

看燕移家惜寄巢，借花寫照當詼嘲。閒看鬢雪身猶健，靜鬥心兵句自敲。無競久師虞芮質，不終真愧耳餘交。寓言解得無形外，一卷南華未忍拋。

與穆庵夜弈戲詠

敗局嘗知一著非，分明野戰不成圍。爭關奪隘存虛想，鬥角鈎心算入微。低手惹人嗔笨伯，回頭悔我失仙機。小窗坐到殘宵月，恰笑新從間道歸。

遣懷

山海奔馳四十秋，一肩擔荷爲誰憂。本無經濟惟安命，未解周旋況寡儔。墨短耐磨新炙研，尊空時典舊藏裘。忘饑憶到衡門樂，漱石何妨更枕流。

冬曉

高林初日曉盤鴉，海霧昏昏沍遠沙。萬頃寒濤空際碧，一村紅葉望中遮。籠鵬未放終凋羽，籬菊無香不賞花。却憶昨宵殘月落，悾憁偏有夢還家。

---

① 原批："寫題大雅。"

早起

水竹自成交,柴關少客敲。孤花寒斂夕,衆鳥急離巢。有味耽書史,
浮蹤悟幻泡。未諳身進退,占易玩羲爻。

懷歸

敗葉墮簷風,驚禽嘯林月。幽窗一燈殘,客心自搖兀。伏几縮秋蛇,
説事筆爲舌。撫髀傷少壯,歲月去飄忽。羸牛苦鞭笞,戰馬出汗血。
旁觀那盡知,肝腸獨自熱。腰無騎鶴纏,手無擊蛇笏。尺寸安所施,
窮年徒矻矻。鵬飛非不高,鳩藏未爲拙。安身隴畝間,懷歸當勇決。

登斗姥閣遠眺

高閣瞰洪流,天空一覽收。無山城作障,得水樹多秋。雲湧龍移壑,
沙寒雁聚洲。遠帆看滅沒,鼉浪欲吞舟。

初冬六日逆匪于内山聚衆豎旗滋事丁述安明府曰健率領兵勇即時撲滅寄贈長句

鼙鼓軍聲動地來,兵符絡繹費心裁。栽花滿縣真名士,倚馬能文
見異才。芟盡萑苻清盗藪,登來袵席坐春臺。而今召杜兼頗牧,
莫作書生一例猜。

輓沈半霅 閏八月初六日卯刻,卒于漳州郡寓。

廿年蠻騶久同心,梁月今餘夢裏尋。大節不慚衾影少,豪情曾似
海山深。焚灰詩剩囊中錦,留篋書堪座右箴。從此廣陵成絕調,
凄凉應碎伯牙琴。

其二

握算持籌鬢易皤,殞生都爲亂愁多。象賢差喜喬生梓,歸隱猶虛
薜與蘿。淡墨數行成絕筆,奇方無計起沉痾。天風大海洪濤急,
何處招魂賦九歌。

獨行

握手即金蘭，無言不膽肝。蟠胸藏利刃，飾貌岸危冠。《南史》："蕭昱異服危冠，交遊冗雜。"肴酒追歡易，恩私得助難。三千朱履客，休厠一孤寒。

其二

莫謂膠投漆，終防越視秦。龍門登有價，狗監屬何人。情以多金密，盟誰瀝血真。獨行雖自隘，堅骨守清貧。

縣齋冬至夜酒後作　時兼縣館

一牛有餘力，使之耕兩疇。朝南而暮北，亦足恣遨遊。今夕爲何夕，各在天一陬。搏沙偶然聚，主客如鳧鷗。新詩有鮑謝，作賦比枚鄒。催花撾急鼓，飛盞輸前籌。一勸既再勸，有勸復有酬。兩軍適勍敵，不勝不肯休。藏身在人海，附隸同懸疣。迂疎既不可，曠蕩誠何求。天寒歲云暮，尋樂懷故丘。縮地一朝返，邀我田間儔。開軒面藂篠，掃榻登高樓。桑麻話青綠，花木娛清幽。珍珠滴紅豔，缸面酒新篘。橙梨及棗栗，肴核紛雜投。圍爐盡長夜，鯨飲如川流。縱談千古事，脫略忘拘囚。梅花噴香氣，吹送樓西頭。客去山月落，我醉還獨謳。

赤嵌雜詠

海外無霜雪，蓬麻被隴高。嚴寒誰墐户，垂老未縫袍。沙坂犁頑鐵，魚旗稅遠艘。招魂憐戍卒，冷骨葬波濤。

其二

氛祲漲還消，么麼慣聚囂。兵符馳羽檄，民氣動風謡。俗敝官常窘，年豐户不饒。亟除槍上火，莫使萬家焦。

其三

昔販三杯米，能通九府錢。市航今罔競，關吏亦無權。私鈔全攜紙，春耕不燒田。催科無定籍，雁户徙年年。

其四

茶塈招夷舶，礦山弛禁文。冶容真比户，遊手半募軍。反側原無定，芰夷豈不勤。仍聞風鶴警，戈馬走如雲。

其五

幾日奏膚功，居然命世雄。頭銜容我白，頸血任人紅。也有回天力，能輸報國忠。入貲新薦達，名在綠章中。

其六

緩急從徵調，分屯較技能。挽弧時射鹿，緣壁善抽藤。角力誇賁育，懸居散谷陵。鷹瞵雙眼碧，恍訝似胡僧。

其七

上清蝌蚪字，童子怪能嫻。偶拾金光草，旋登玉筍班。大都膺祖德，遑問濟時艱。淪落單寒泪，顛毛忍盡斑。

其八

島嶼南風緊，萑苻處處生。聯艅驚掠港，縛柵急連營。戰艦后同漏，戎裝冊有名。早知蛟可斬，擊鼓聽鼉鳴。

其九

酒綠燈紅後，龍馴虎又馴。合群全入夢，操券定誰贏。但博殘宵樂，渾忘四壁貧。垂頭歸去也，猶自咒錢神。

其十

屐響曾無雨，竿鳴已有風。聚漁潮漲夕，迷瘴霧漫空。赤瓦連村砦，元裳雜婦翁。哀音如畫角，小輋出牛宮。

其十一

靛户移山易，罖人踏浪忙。珍禽多翡翠，嘉樹盡檳榔。流寓巢銜燕，生番血飲麞。邇年餘埔窄，熟地又重量。

其十二

土物聊從略，民風紀特周。前賢原有制，善政孰爲修。雨露中天渥，屏藩外域周。拊循兼保障，未可緩良謀。

宿縣齋感詠

符籙四面坐如篷，圖史衾幬共此中。竹影占窗虛讓月，松濤圍屋助高風。請纓堪笑爭投筆，鑿井難期并得銅。《風俗通》：龐儉之父先逃，儉隨母流居鄉里，鑿井得銅致富。顧我年時同涸鮒，西江無水豈終窮。

贈古海初炳乾員外 粵之鎮平人，子名宗弼，光祿寺署正。

僬直朝中舊，觀濤海曲來。川梁經兖冀，詞賦重鄒枚。居竟長安易，
人稱衆妙該。出群知雋品，獨秀抱奇瑰。郎署迴翔久，京階器量恢。
司平煩削墨，任俠每輕財。朵棫咸爲用，輪囷少屈材。槐登膺鶚薦，
菲棄失鴻裁。玉剖猶藏璞，珠新未孕胎。大鵬六月息，斥鷃一時猜。
波自瑩千頃，塵將履九垓。趨庭丹桂馥，結社白蓮開。痛飲情逾畢，
高吟句敵崔。花拈心比佛，梨凍色如孩。嶽瀆曾登涉，江淮又溯洄。
邃巖披露蘚，野店訪晴梅。濟勝非無具，雄談總善詼。名場皆倒屐，
山客亦深杯。光霽人如畫，肫誠世共推。班荊于我幸，撰杖爲君陪。
薄植思翹楚，同岑不異苔。鄉衿留鳳諾，帝簡鮮遺才。小別毋傷也，
詢年實壯哉。時七十餘。風雲黿背闊，重送上金臺。

少溪病柬問

遊仙一枕静爲宜，祇可清齋莫詠詩。藥臼搗花驚鳥散，松關辭客
冷雲知。禪心定入通元後，愁事閒拋破夢時。寒竹自孱梅自瘦，
天生骨格不須醫。

重宿縣齋

踞踖曾無十笏寬，但容一席且偷安。心如槁木參禪易，身欲塵風
展翮難。隙地儘容蓺竹占，殘泥莫補舊巢寒。長鑱未辦歸猶早，
操縵臨風且自彈。

序東移居鴻指園斜對戲贈長句

衡宇相望喜結鄰，鷗儔鷺侶易爲親。揮金已盡忘吾老，抱璞難售
累爾貧。萬事烟雲空變滅，一門風月自清新。迂生拙叟真堪匹，
山谷休文兩後人。

第六冊

壬子

殘春書感示篯生

枉從金谷問芳菲，話到瀛洲事已非。迷路幾曾花簇簇，空梁惟有燕依依。蜩螗沸後薰風入，蝌蚪生時夜雨肥。留得蠶桑能幾葉，漫天野蛹已紛飛。

村雞

人鑑誰能別，難尋照水犀。群材多竉養，熱客少巖棲。燕石珍同玉，秦珠賤若泥。鳳凰經鍛羽，不及一村雞。

早起

衝曉山禽出，千聲併一聲。疎林多畫意，平野暢吟情。殘露珠猶孕，初霞綺不成。誰家檐鐸響，衣桁已占晴。

俗慮

俗慮芟都盡，幽懷淡若僧。迂疎原寡合，簡拙愛無能。客至琴三弄，花開酒數升。不知身世外，遷幻谷為陵。

訪篯生

出門意不愜，信足到君齋。高論聊存俠，悲歌各寄懷。尹邢從古忌，秦越幾人諧。願得娜嬛地，藏身與爾偕。

殘客

殘客散如鴉,流螢上檻紗。夜橋明市火,戍鼓亂村笳。春盡寒猶重,吟豪興轉加。數聲蛮語歇,孤月正當花。①

月夜高臺登眺

海氣流虹亘,山容泡露清。帆檣通外島,鼓角動連營。村遠烟如畫,潮虛響入城。徘徊風磴上,遥待月華生。②

經行營塚葬弁兵處感詠

瘞旅纍纍半國殤,青燐殘夜閃寒光。英風想見兜鏊影,斷脰猶持半段槍。

其二

白骨時驚野蔓侵,泉臺豈少望鄉心。澤枯喜有新恩詔,又選遺孤入羽林。

其三

城隅落日照殘蕪,幽箐無人鳥自呼。猿鶴沙蟲皆舊事,仆碑閒坐話樵蘇。

其四

而今祠宇有輝光,報國男兒姓氏彰。春薦桐樽秋菊斝,一齊來享大官羊。南門桑仔林舊有昭忠祠,久圮。庚戌,徐廉訪鳩金重建,製有碑記。

輓霑村六舅

老去參戎幄,談兵每夜分。為貧勤作嫁,赴召竟修文。蓋篋無長物,清門念舊勳。渭陽情迫切,空自愴離群。

其二

說劍慚非學,為儒惜未終。斂才常隱曜,旅食易飄蓬。酒德豪中雅,詩心悟後工。而今長已矣,何處溯高風。

---

① 原批:"中晚佳句,隨境而出。"
② 原批:"虛字幻得妙。"

其三

逝水流難返,拈花識早虛。乙巳^①夏,晤于省門,囑題僧裝拈花小照。此生收
筆來,何忍過樓居。蔭遠樓,舅之故宅。但化多同輩,遺言重省初。歸
來珍手澤,鄭重問圖書。^②

夏日同人集腋送趙方如塋周秋卿焜旅櫬返浙余送之海安宮舟次焚詩以奠

二子平生歡,此鄉同作嫁。孰知石火光,瞬息皆羽化。人壽乏百年,
蒿歌足悲詫。骨肉既暌離,才名自凋謝。憐爾雙槥新,停向僧房借。
渺邈山河容,慘澹霜露夜。羌舸乘遠濤,履坦及朱夏。南風五兩輕,
激箭去如射。但欣釀金忙,遑惜買棹價。江關載爾歸,衡宇認桑柘。
故山好松楸,樓託勝傳舍。得所深窆藏,吾儕責可卸。魂從剪紙招,
淚欲傾珠瀉。一尊當歌驪,三揖請稅駕。

粵警

桂管連烽火,三年動鼓鼙。折衝誰是禦,浮議本無稽。霓望情難副,
風行令不齊。養癰遺患大,肝腦痛黔黎。

其二

風鶴驚三省,強梁未倒戈。蔓延兼水陸,飄瞥勝妖魔。厝火藏非小,
邪蒿種轉多。旄頭星又落,天意究云何。吳甄甫中丞陣亡。

其三

四鎮化沙蟲,孤軍力漸窮。餉遲途又峻,師老將無功。巴峽通秦塞,
江潭尚楚風。如何空杼軸,無計效公忠。

其四

幾見魚游釜,終于虎負嵎。分軍收羽翼,堅壁斷薪芻。特慎干城選,
旋看草木蘇。沛然時雨降,亡命盡歸俘。

---

① “乙巳”,原爲“巳巳”,徑改。
② 原批:“情餘于文。”

待菊

年年儲酒餉金仙，今已深秋信杳然。炎海漫疑霜不到，荒園休使月空圓。歡同舊雨原難恝，盟共寒芳定有緣。殘燕欲歸賓雁至，不禁振觸短籬前。

書簏生詩卷後

爲儒貴通方，博聞勿自隘。高文無歧趨，所見乃在大。君能兩兼之，逸情特超邁。譬諸瑤林仙，朝朝咽玉瀣。今窺冰雪文，脉絡別流派。澄如瀹古泉，細若析纖芥。味回諫果甘，氣襲芳蘭外。穠艷非所欣，颯爽固稱快。神凝叔寶清，巧乞天孫賣。俗眼誰敢窺，餘慧儘許匄。世人強區分，硜硜唐宋界。頓忘正始音，彌墜魔道壞。苟有大雅作，芟薙去葽稗。君之①一篇出，琳琅耀金薤。蓬中偶生麻，藐躬本菅蒯。謬託松柏交，遂接珠玉欬。今年無六月，涼颸挾雨屆。君時來小園，褻服每出拜。茶瓜互餉酬，松風動天籟。鼓掌聽滑稽，推枰忘勝敗。驚筵更雄談，已病足消療。始知邊韶腹，曾效郝隆曬。何年歸故山，償爾烟霞債。衝寒驢背騎，沽酒牛角掛。閒將柴桑吟，絢作雲林畫。雖遠不我遺，尺鯉從紹介。②

少年行

不嫌呼蕩子，愛聽管絃聲。紅粉年宜少去聲，黃金擲易輕。簾衣愁月小，酒室對花傾。明日黶桑餓，空存舊俠名。

篆香

一縷縈迴裊似絲，細添石葉爇來遲。不須禪定思參佛，恰好心清待有詩。餘火未殘留字半，隔簾相對坐花宜。酒闌棋罷還重省，正到中邊透徹時。

---

① "之"，原作"其"，後改。
② 原批："語語情至，愧不能當。"

答友問事

豈堪垂老走名場，滄海無情滯七霜。閉户豈能真合轍，入時何苦
鬪新妝。身難任道安貧賤，事到平心少激昂。自審妍媸休覽鏡，
由來嫫母勝王嬙。

其二

插架圖書聚古香，一腔冰雪净溜腸。聖賢已各成千古，物我于今
亦兩忘。不識金銀差免俗，止談風月未爲狂。卞和抱璞終遭棄，
炫技何如且善藏。

其三

塞翁得失衹尋常，底用旁觀詫短長。知我豈真無鮑叔，阻君何自
有藏倉。茹辛老桂翻遭蠧，學步生駒敢謂良。昔掃千軍今怯敵，
避人衹惜鬢毛蒼。

其四

紫瀾銀汐隔黿梁，三徑松荒菊又荒。不必定縈兒女夢，此生真愛
水雲鄉。名園日涉雖成趣，片石輕移欲辦裝。泯盡毀譽無限好，
脱巾買畬學栽桑。

偶作

典籍何曾誤豎儒，多忘軌範愛歧趨。迷離慣看朱成碧，摹擬偏將
鶴作鳧。壁壘森嚴誰作手，雕鏤纖巧豈吾徒。逢人相率深藏舌，
莫話研京與練都。

世味

世味難勝道味腴，窟身海曲未嫌孤。門無名紙朝常静，室有藏書
老足娱。飲酒豈須金鑿落，看花特少玉盤盂。匏尊一勺濃醺後，
仲蔚蓬蒿喜不除。

即事　七月廿八日

結市燈如晝，歡聲處處皆。繩竿催伎戲，絃管亂春懷。蠻婦持紈扇，

仙童飾寶釵。居然城不夜，踏遍鳳頭鞋。

　　其二

絳纚醉流霞，前身萼綠華。臂金明翠袖，跌雪坐香車。欲下雲中鳳，爭看錦上花。玉簫吹緩緩，十里幔亭遮。^①

　　其三

又向河橋去，蓮花簇萬燈。殱幽啼故鬼，解厄仗高僧。火獸噴星炬，冰山蠱劍稜。佛光如月滿，覺路引金繩。

　　其四

牛鬼蛇神去，銅琶鐵板來。若狂真舉國，同樂幾春臺。璧月連宵朗，銀花萬樹開。清歌還妙舞，重進鬱金杯。

秋夜偶作

林際窺人月一彎，清光都上舊柴關。空中忽有飛星過，誤作流螢去不還。

　　其二

圍花小屋似茅亭，露冷無聲草自馨。照出幾竿修竹影，讀書窗裏一燈青。

　　其三

濃熏睡鴨篆浮烟，高捲湘簾客未眠。忽聽鄰家弄長笛，胡床移向石欄邊。

　　其四

圖書笑我幾時閒，筍束何曾手自刪。偏有小奚來問字，燈前學語鳥關關。

　　其五

綠尊空後菊花殘，獨自清吟夜不寒。若問同心真臭味，不知何處覓荃蘭。

---

① 　原批："豔麗不減青蓮。"

鄰有親喪延僧誦經懺作梵戲永夕喧聒擾不成寐

逃儒入墨違聖教，以佛事親奚謂孝。髡奴邋遢豈解禪，鐃鈸鬨然
徒取鬧。魂升魄降人既亡，四生六道分途忙。酆都黑獄果何有，
主宰可是閻羅王。冥鏹千百真兒戲，黍殽酒胾皆虛費。紅塵撒手
萬緣空，那管生前無限事。苾芻擊鼓重披裟，一聲悲嘯揚清笳。
蛇神牛鬼各盡相，綠章高榜書瑜珈。飛杯噀水作龍雨，斫地劃劍
飄霜花。笙簫管笛一一奏，更弄鈴杵環矛叉。重參天堂遊地府，
禹步翻爲長袖舞。翕闢但見口喃喃，紙馬速焚催鬼去。詰朝依舊
總帷空，遺掛音容想像中。瀧岡阡表重教讀，養薄如何祭以豐。

重陽病中

風雨柴關怯病軀，一枝椰栗倩誰扶。十尋高柳空殘葉，一片寒烟
漲綠蕪。斷飲偏逢人送酒，無田不畏吏催租。奚童報我重陽到，
但問黃花開也無。

風夕感事

老樹風高夜起濤，孤懷如水易蕭騷。已非壯歲纓難請，空有雄心
首自搔。豐北雁鴻多在野，巴西禾黍半生蒿。支祁未鎖欃槍出，
誰奏膚功答聖勞。

贈林漢卿學博建章送其調赴淡水學

秩滿仍留品自高，天生李白豈蓬蒿。枕經葄史人爭重，換羽移宮
事偶遭。斗室塵談傾綠蒘，黌門鵠立半青袍。閩南九牧多才俊，
不敢因君賦彩毫。

示官局諸友

得從翰墨亦前緣，深愧曾無筆似椽。誰道丹成休九轉，漫疑楮刻
已三年。未窺中秘原非學，難遇維摩與解禪。策遍駑材皆下駟，
祖生何處著先鞭。

其二

十行一目世殊稀,雙管而今已并揮。能事豈宜棲促迫,此身原不
羨輕肥。依人自覺居常賤,末技時招衆所譏。雞肋生涯應棄却,
歸山飲水也療饑。

侵曉

侵曉林光露未收,一群山鳥聚啁啾。晴嵐紫翠都如畫,古木蒼黃
半是秋。對影有情惟菊澹,觀空無事但雲留。殊方何必尋皮陸,
得句還應自唱酬。

喜菊

秋來寂寞少裁詩,一見寒英又費詞。昨夜夢中新得句,陶家風月
冷東籬。

白菊花

雪色無瑕瘦自妍,分明一隊羽衣仙。繁枝誰濯金莖露,古豔堪題
玉版箋。久許芳盟交淡雅,天生素質抱貞堅。出群轉被園梅妬,
孤潔名高讓爾先。

其二

三徑晶瑩照眼新,籬邊風景劇清真。未調冰椀吟騷士,却避瑤簪
近美人。伴月有痕曾縞夜,傲霜獨立不沾塵。羅含舊宅今何似,
珠戶瓊窗豈患貧。

其三

璀璨疎英那忍餐,涼暉相對更憑闌。若教度臘真迎雪,豈有禁秋
不耐寒。素女丰神妝自淡,貧家本色畫原難。蘆簾紙閣情俱好,
底用銀屏燭下看。

其四

琪花種出絕纖埃,全向金風換骨來。地净翻嫌紅葉污,心清疑借
白雲開。傳神香國遊冰窟,留客芳樽潑玉醅。一自柴桑停妙詠,
滿畦晴雪委蒼苔。

郭外暮眺

墟落聚空烟,人歸晚渡前。遠山皴入畫,碧海漲遥天。野市多漁客,
沙村少秋田。柑林半黃綠,夕照自生妍。

其二

巨壑龍曾徙,長堤草尚腥。當年沉水府,此日祀村靈。茅影明山屋,
潮聲上野亭。淡雲猶隱月,已見幾疎星。

與董鈞伯別駕正官別歲星一周今冬來自噶瑪蘭話舊談心情緒洽然率贈長什即送其返蘭

揮手與君別,曩在漳水湄。兵塵漲未已,羽檄如星飛。村聯築堡砦,
列戍耀旌麾。告君慎前路,餐宿審所宜。君言勿復畏,良覿當有期。
丈夫貴膽識,碌碌安足奇。迢遥山嶺隔,杳渺鱗羽稀。孰知頌召杜,
萬口無參差。政成奠一方,化盡豺與貍。躋堂獻羊酒,吹豳陳歌詩。
大廷書上考,蔀屋懷去思。軺車既命駕,叔度來何遲。揚帆達海曲,
遠入蘭山陲。三年不得晤,何以慰渴饑。一夕接襟抱,觀洽甘如飴。
相看舊時貌,蒼瘦添霜髭。此邦久凋瘵,四野多瘡痍。藉君用針砭,
肱折稱良醫。紀綱凜秋肅,童耇欣春熙。漢廷循吏事,乃復見今兹。
回溯十二載,羲娥交奔馳。人生幾回面,痛飲休停巵。清談未十日,
職牧還所司。咄嗟無以贈,簡陋難爲詞。慈惻衆之母,淵雅士之師。
歲寒松柏操,具瞻鸞鶴姿。

海醮詞 有引

　　自夏徂秋,颶母疊作,航海商賈多沉舟失利,咒神祇不爲呵護,建
　　醮禳之,頗爲愚妄,因賦此詞。

乘龍怒起舞,黑蜧飛上天。雨師及風伯,效命敢弗先。橘秋溯榴夏,
變候日以遷。虹雷非時出,箕畢恒離躔。狂颷四面至,大海浩無邊。
洪濤瞬滅沒,見水不見船。舡郎魚腹葬,柁客蛟宮眠。人鬼異俄頃,
貨貝捐重淵。張角實遭此,技力何有焉。胡爲海若咎,計拙心乃偏。
僉言翕衆志,瀆告抒長篇。築壇臨吉曜,製曲歌神絃。鐘魚任紛列,

繳卓先高懸。蚖膏千炬火，麟脯五鼎筵。中人十倍產，耗此無名錢。
巫厞飾奇術，夸誕稱神仙。愚蒙希瑞應，抱佛誠且堅。其事固爲創，
其理頗有慂。綠章達雲表，白鶴翔壇前。斯行果足信，符驗看明年。

凉夜讀書

客舍清如水，心閒讀我書。漫云無百歲，且自惜三餘。嘗鼎難忘味，
耕畬本舊鋤。偶然欣一得，瓦礫比瓊琚。

其二

風露滿林于，窗空月映虛。長檠真老伴，一榻勝匡居。子影成孤鶴，
前生合蠹魚。忘情應自笑，滋味似兒初。

梅叔先生招飲席間談近事感賦

沅湘消息未休兵，群盜如何尚縱橫。已有羽書來海嶠，兩次徵調閩兵。
可知烽火達神京。堪稱頗牧人餘幾，從古荆襄地必爭。莫把閒情
付杯酒，流亡多少未歸耕。

梅英 鄰家小婢

小婢喚梅英，雙了挽未成。乍離阿母膝，未識主人情。污袂宵擎酒，
窺簾客問名。泥中詩解答，牙慧自天生。

赤嵌行 效元白體

赤嵌遠在東瀛東，遁逃藪澤螫若蜂。十十五五結儔侶，遂至千百
無終窮。不耕不貿好遊手，靴刀帕首爭長雄。殺人如草恣劫掠，
飛蝗落地禾苗空。一旗豎姓氏，兩旗頒秩封，三旗四旗相繼出，僞
師僞帥僞先鋒。東村騍可借，西村粟可舂。出山似饑虎，亡命爲
裸蟲。風餐露宿極矯健，樵丁漁子皆脅從。揭竿而起吹筒至，截竹
爲筒，吹之烏烏，賊爲傳號物。甘心作賊羞爲農。里正倉皇走相告，懸官
失箸無歡容。將軍桓桓召士卒，披堅執銳還櫜弓。兵與賊遇賊知
禮，佯避三舍恪且恭。一朝對壘兵渙散，乾餱那得饑腸充。我兵
易退復難進，居然獲醜貪天功。縛老殺幼來獻納，始終顛末何曾

供。爰書囫圖定首從，駢誅流徙皆朦朧。綠章奏可得俞允，文武
一一皆酬庸。大武壠，南北衝。布袋港，崔苻藪。林深菁密多窟
穴，山菿水屖堪潛蹤。岡山設險若不予偵邏，羊腸草地^{謂鄉村爲草地}
無往而不通。安不忘危在平日，急時抱佛徒匆匆。五更三老今不
設，惰民無教成愚惷。吾願長官才，興學莫興戎。更願長官德，草
上偃以風。鋤莠植稂貴早審，度阡越陌勞其躬。艱難稼穡爲本計，
自然四野無哀鴻。沉冤亟照覆盆下，清心乃映冰壺中。榛狉化盡
刀劍賣，羔羊朋酒歌年豐。

題仇十洲漢宮春曉圖

國初畫手仇十洲，雅善人物窮雕鏤。影落縑素即神妙，筆不嫌瑣
心能柔。以此膾炙在人口，大江南北無其儔。傳今幾及二百載，
兼金重價不可求。我來海上得真本，故家珍賞誰藏留。漢宮女伴
百餘輩，群嬉春曉消春愁。龍樓鳳閣複道周，珠簾畫棟香雲稠。
瞳曨旭日映嘉樹，博山爐火濃烟浮。珍禽翠羽恣翔躍，雕甍繡栱
蟠夔虬。落花三月亂紅雨，御溝流水多鳧鷗。蒙茸細草扶輦碧，
三十六所皆宸遊。宮官簇擁妃嬪至，宮女玉貌花見羞。迎風舞袖
殢殘醉，遏雲歌管爭清謳。餘事琴棋亦遞及，鞦韆架畔東風遒。
妍蚩肥瘦各盡態，傳神阿堵惟雙眸。十洲心到筆俱到，研精點細
工摹偷。奇技至此蔑以加，直參造化通冥幽。黃琮蒼璧當秘寶，
世間贋本紛紛售。

和元人齋中雜詠十首

爨下希誰遇，量材短不辭。賞音原有待，抱質豈終虧。傾耳殊凡響，
移情得妙師。中郎淪落感，一曲自心知。^{焦桐。}

其二

終卷少完膚，經年鎖舊厨。高文誰不朽，飽食更無餘。糜爛同秦火，
然疑難魯儒。一鴟無可借，補闕待抄胥。^{蠹簡。}

其三

三灾曾自訟，一擲爲誰捐。悔使金星裂，難終石友緣。墨痕留舊漬，

銘句待重鐫。怪底終磨鐵,桑生善守堅。_{破研。}破研。

其四

剩水殘山外,烟波欠畫船。白雲空自沒,芳草盡無邊。神物難完璧,
名家有斷箋。顧厨終化去,何用獨求全。殘畫。

其五

碧血掩寒芒,休云百煉剛。青萍誰長價,紫電久無光。酒熱猶能舞,
囊封且善藏。鉛刀吾視汝,補履用相當。舊劍。

其六

照影全無我,何嘗面目真。虛靈原不昧,拂拭自常新。去垢功非淺,
多磨事可珍。須知負局者,入市有高人。塵鏡。

其七

墙角愁相見,膏焚已燼時。堂廉曾共照,瓦礫竟同遺。罷讀寒雞寂,
安眠點鼠疑。投閒吾自適,心熱更何爲。廢檠。

其八

卅年相爾汝,風雪著時看。何忍吹毛棄,猶勝擁絮寒。綻煩針女紉,
貰得酒錢寬。誰識嚴陵叟,披來把釣竿。敗裘。

其九

在昔穹窿日,唐陵漢寢中。分明礐有字,鄭重頌^①誰功。荒塚經殘
燒,危亭仆晚風。更憐今作礎,棄置傍牛宮。斷碑。

其十

久罷蒲牢吼,苔花蝕有年。撞停僧飯後,懸憶佛香前。大力誰能負,
多時不講禪。草根殘雪裏,猶伴石幢眠。臥鐘。

癸丑

新正五日安平道上作

草埧烟屯七里遥,家家樂業事耕樵。密編荊竹青藏戶,遠接平蕪
綠上橋。社鼓共爭迎石佛,村娃都出舊茅蓊。應知臘酒濃如粥,

---

① 原批:"'頌'疑作'勒'。"(批語用一紙條貼上)

紅著山翁面不消。

春筵詞

笙歌排日細烹鮮，奚啻何曾十萬錢。恰似幔亭峰下宴，武彝高會聚群仙。

其二

蘭殽蕙黍小排當，玉鱠金虀次第嘗。調出五侯鯖異品，儒餐真陋踏蔬羊。

其三

六鼇雙鳳迓春城，好趁新年日日晴。酺樂還容童叟共，始知官爲頌升平。

見有臨多寶塔碑字絕佳于戲目者慨然賦此

心正能兼筆有神，端莊流麗迥無倫。如何鐵畫銀鈎字，付與金迷紙醉人。

其二

大才小用古來多，厄到文星奈若何。莫笑山陰狂道士，右軍書只換籠鵝。

送魏潤夫茂才承標歸衡州

春風回雁後，有客返衡湘。宜慎兵氛惡，相思驛路長。征衫慈母綫，書笈故人裝。此去風濤壯，還當盡一觴。

其二

滄海同爲客，君歸我尚留。終縈薇芷夢，頓失鳳鸞儔。按劍羞儒術，彈冠豈遠謀。何如師栗里，琴酒足消憂。

題馬雲伯貳尹克惇詩冊

汗漫幾將遍九州，移官忽又到瀛洲。宦情淡似春江水，詩品高于白雪樓。昔度雄關輕出塞，今思砥柱遏橫流。哦松心事吾能說，方寸常縈隴畝憂。①

其二

荏苒論交已十年，春風吹鬢各華顛。空囊雅稱丞毋負，過海何曾客是仙。康濟不嫌官在小，艱虞始信任能專。種棠拔薤皆餘事，憫俗知君有後篇。②

寄謝杏舲贈書籍

賤子無他嗜，潛心愛異書。秘藏希二酉，娛老足三餘。糧豈貧時饋，生猶癖未除。累君勤物色，何以報瓊琚。

鈞伯別駕自郡回蘭載途歌詠錄冊見示即題詩後以當贈言

春風花柳趁回車，寫出胸中萬卷書。寓物有言非月露，生機隨處盡鳶魚。才堪展驥原無匹，名重題輿久不虛。一卷清吟冰雪淨，瓣香疑誦建安初。

客來

客來逢驟雨，小坐且彈棋。已報晨炊熟，應嫌買酒遲。飯粗惟脫粟，肴儉恰烹葵。相款還相贈，無聊得一詩。

二月十五日作

消得春光一半過，幾番細雨長青莎。小園花事何曾少，翻得新泥已種荷。

春陰

非雨亦非秋，疎雲澹欲流。終朝凝薄靄，獨客動新愁。石氣濃于染，林光迴自幽。簾櫳遮幾處，不覺有高樓。

---

① 原批："佳句。"
② 批註："格律渾灝，自是高唱。"

覺衰用柳河東集中韻

沖頤葆吾素,老醜何由侵。孰知支離子,時至來相尋。勞薪四十載,
筋力豈足任。新霜已著鬢,灰我壯遊心。氣雄旭日出,運蹇流星沉。
鑒觀從古有,循轍遂及今。計惟漉我酒,一壺常自斟。掩關謝俗客,
小坐臨花陰。對影且相勸,慨舊聊復吟。舉首海上月,已升青楓林。
悲歌彈一曲,浩浩風濤音。

贈卜伶

聞歌曾自廿年前,人物凋零散似烟。今日相逢談往事,落花風裏
聽啼鵑。

黃昏

門掩蒼苔客過稀,黃昏深院半斜暉。隔花簾幔呼童捲,蛺蜨一隻
高下飛。

寄余慎齋

何處更吹竽,惟當守舊株。中流無砥柱,滄海有遺珠。身健貧爲福,
文存道不孤。謀生休識字,筆硯任荒蕪。

其二

種桑無十畝,且以賦閒居。斗酒得常醉,羞囊休問餘。絕塵終識路,
通水自成渠。我亦歌空鋏,何曾食有魚。

題畫

小艇撐烟出柳堤,斜陽已過斷橋西。落花不管閒愁重,載得春流
紅一谿。

夜起感詠

又驚殘柝又聞雞,起視天河已漸低。短夢乍回春雨曉,落花都在
小窗西。中懷曠蕩曾無畔,前路蒼茫兀自迷。流轉此身同螵磨,

歸田何日更扶犁。①

投閒

寂坐渾如退院僧，投閒且喜百無能。久觀世變同雲幻，靜養心靈
似水澄。事到危時難用鶴，飽看鶻去盡如鷹。夏蟲誰説冰堪語，
緘口還宜問不曆。

曉起池上坐

曉起池上坐，清露滴我衣。地偏不嫌寂，魚鳥來相依。風塵自擾攘，
此心時忘機。殘花落成陣，堆滿青苔磯。偶被輕風掃，化作頹雲飛。
獨憐病羸怯，寒嫩容相欺。山童約我返，甌粥療晨饑。

客舍

客舍成村落，黃泥護短垣。籬通鄰犬至，林暖午蜂喧。塵拂琴移薦，
花開酒滿罇。有時知欲雨，海氣已先昏。

其二

永晝無來客，門羅罷不張。榻空雲共枕，檐近鳥窺房。署號名花隱，
藏書仿墨莊。蒼龍如許瘦，離立未成行。

偶成

風葉蕭蕭似雨來，柴關無客掩蒼苔。殘花落盡無人掃，任啄山禽
上石臺。

贈曾懷谷_{其海}

敬恭念桑梓，薜苢欣得朋。西江溯文派，知爲南豐曾。詞倒三峽水，
心澈一壺冰。即此覘蘊抱，所學無模棱。曩者吾家駒，與爾同師承。
_{謂家晴江同研。}奇疑互賞析，道誼相規繩。擇交獲二妙，賤子所服膺。
端爲邦國彥，瞬步青雲登。虛榮未足慕，實踐斯可憑。歲寒重松柏，

---

① 原批：“幽秀。”

世態羞谷陵。

綠陰

駢葉交柯沉不清，幾曾蒙密看分明。迷離乍醒蕉邊夢，淡沲新暄柳外晴。羃路烟籠平野迥，踏花人散遠塵生。篁風莎雨消何處，換得黃鸝幾樹鳴。

其二

竹閣玲瓏蘚徑通，誰家碧瓦轉空濛。遥林不辨重重翠，薄靄能教處處同。含雨園亭全設色，護花鈴索已無功。橫琴倦後眠初起，猶自氤氳夕照中。

其三

晚筍餘花盡此辰，千章夏木及時新。似疑將雨催先暝，莫誤微波起薄鱗。遊子衣裝成慘綠，困人天氣戀殘春。畫圖移得青簾舫，芷碧蘅香傍水濱。

其四

翁翳依然四面稠，柔颾吹聚欲成秋。洗梧半冒新淘井，拂柳空遮舊倚樓。潑黛漫疑天亦染，凝虛誰訝地全浮。化工狀態渾無盡，付與南薰一曲收。

久晴得雨偶詠

欣看衆綠出庭柯，側耳旋聽隴畝歌。人意漸如磐石定，天心猶覆片雲多。窗含濕影憐幽竹，池綻新花愛小荷。我只安眠無遠計，閉關辭客謝煩苛。

出園　五月初五日

蠡屯揭竿來，豕突斬關入。婦子登陴守，木石交擲急。園丁走告予，洶湧勢將及。遂同巢禽移，暫效坏蟲蟄。幽房稍鋪茅，濕甃怪流汁。蹐躅囚其中，逃生在呼吸。愧予不知兵，空負白藤笈。今當買寶刀，改裝著袴褶。

買刀

盈盈若秋水，一見即神王。膽氣雖不豪，得此聊自壯。月夜虹影高，晴天雪花漲。舉世却無讐，殺賊不肯讓。有用須斂芒，無情莫相向。且以衛吾身，亂離爲保障。

對酒有感

甕頭濡首足稱豪，閉户安心學醉陶。舉世相逢多白眼，同心誰是舊青袍。吟邊歲月耽韋杜，幻裏功勳讓鄂褒。抵掌不須談戰略，此身久已視蓬蒿。

高南卿明府輓詞 名鴻飛，高郵人，辛丑翰林。

溯君自束髪，以及完平生。讀書凜大節，爲政多有聲。理繁如櫛髪，此心常持衡。處腴不肯潤，畏人知其清。是以凡所涖，黽勉殫厥誠。上不愧朝寧，下乃孚民情。癸丑夏四月，妖星明欃槍。邪蒿茁滿野，隻手鋤之平。同行無宿將，募勇反助兵。血戰夜繼晝，病衆皆咿嚶。後援既不至，孤力難爲撑。大星忽隕落，靈爽猶憑城。號咷哭萬姓，如喪彼父兄。云官既盡瘁，何以甦吾氓。成仙豈無説，其説頗足榮。生前捍灾患，身後爲神明。屍解即怛化，高步上玉京。驂鸞未堪羡，裹革斯有名。拜君總帷下，涕泪時交并。韓歐誦遺筆，召杜聽輿評。①

夏日題壁

弓刀隊裏屬閒身，蠻觸何心閱戰塵。草野矜情非盡賊，韜鈐熟讀果何人。才堪撥亂求宜亟，網可從寬示以仁。銅馬黄巾皆致禍，行兵端要速如神。

其二

籌筆非關畏薾書，早知身似不材樗。頻驚遠夢歸猶阻，久耗雄心

---

① 　原批：“數語皆當日實録，讀之使人嗚咽。”

技轉疎。海上看雲多幻蜃,山中拾橡愛群狙。年時不羨從軍樂,
但羨松風一枕餘。<small>當道邀予辦理局務,却之。</small>

歸園　五月十二日

虺蛇既暫徙,蘿薜重相尋。譬諸出山雲,返仍思故岑。流離靡所騁,
鎩羽如驚禽。衆生同一劫,慨念勞我心。坐我舊時榻,撫我几上琴。
痛定再三鼓,悲澀不成音。內省豈無疚,牢落殊難禁。江湖不歸去,
焉用囊多金。

城上

柝聲如雨月如霜,絕少啼烏上女墻。永夜不眠山屹立,萬人齊執
綠沉槍。

其二

蚖膏千點亂燈明,恍惚如臨不夜城。畢竟太平無事好,殘更鼃鼓
卧羸兵。

募勇詞

嵌紅尺半布裲襠,赤棗木柄鉤鐮鎗。蛇矛鳥銃刀牌槊,問藝一一
皆精良。年逾二十及三十,曾充健兒走四方。自稱擊刺技無兩,
攀幽縋險誇身強。重值應募到郡縣,僉名入冊標丹黃。得錢買酒
各酩酊,大言殺賊如探囊。詰朝結束出城郭,聞賊吹角催心腸。
但願此行不見賊,歸報社公刲豕羊。

漫題

誰弄潢池起禍胎,生靈荼毒信堪哀。前驅盜脅平民走,畢命官餘
毅魄回。<small>四月二十八、九等日,臺嘉高、王兩明府先後遇害。</small>築室泛謀非上策,
長城足恃要雄才。危機持重籌全局,潦草軍書莫浪裁。

其二

厝火何如早徙薪,風謠誰謂竟成真。民窮已入膏肓疾,兵少還容
子弟親。里黨有情爭任俠,龔黃無術莫療貧。眼看執棒登陴者,

盡是茅檐蔀屋人。

其三

點點飛燐鬼火青，連宵陰鬥瞰無形。<small>聞殺伐聲而不見人，謂之"陰鬥"，必兆刀兵之事。</small>報來慘切冤相結，喚起愚蒙夢不醒。草野小人甘作偽，朝廷大法迅如霆。增兵轉餉非難事，借得帆風海若靈。

其四

南北分軍肅鶉鵝，犁庭掃穴勿嫌苛。休留異種生萌蘗，亟拯殘黎出網羅。文武兼才儒吏膽，<small>謂洪、楊、史、鄭諸公。</small>海山無寇路人歌。遺蛹净後嗷鴻静，細論功勳若個多。

楊

六經無楊字，夾漈著方詳。遍野乘炎熟，連擔入市香。膚猶凝石綠，質已剖金瓤。搗作蓬萊醬，無人不喜嘗。

軟霧

似瓟訛爲霧，方言譯未通。倒垂同薤白，淺暈帶梨紅。露軟香生液，風搖樹不空。唐山<small>臺人稱福州曰"唐山"人罔識，</small>指點問番童。

池上白荷開十數花攀折殆盡殊覺惘然

小池亦足樂，菡萏開多花。一塵不染滓，群玉無纖瑕。問花頗解語，似訴羈天涯。孤標縱獨立，囂俗偏相譁。拗折日三五，褻玩良可嗟。濂溪久不作，品藻毋少嘉。託迹非得所，何以寄幽遐。語花勿復道，遭際有等差。逼處與衆伍，敷植在槐衙。莫邀客筈飲，先聽吏鼓撾。請看太液池，綠葉如雲遮。亭亭若仙子，孰不羨清華。

送梅叔司馬募勇合北軍治寇

據鞍真夔鑠，墨経獨從戎。袍鎧僧騰客，壺歌國士風。時艱扶大義，事集恥先功。敢詡追韓白，無心訝許同。

其二

猶是宰官身，來蘇舊子民。直將家事辦，況悉賊情真。謀將原奇士，通侯有快人。魏明帝褒嘉郝昭爲快人。此行誰不重，符劍佇清塵。

對雨　六月初四日

好雨颯然來，濯枝出繁綠。蓬篠皆生光，亭臺净如沐。對案琴可張，
攜樽客可速。桃笙夜更凉，幽夢斷還續。念彼荷戈者，露處在谿谷。
井渾不得炊，茅濕不得宿。長夜苦漫漫，脱粟豈充腹。人生無貴賤，
所要在知足。未必定雄飛，始覺異雌伏。世事有推移，天心無反覆。
亟與洗兵塵，藉免萬家哭。

又雨　六月初七日

昨雨情既欣，今雨意彌愜。炎歊頓减威，凉飈與交接。移磴坐花欄，
吟廊響詩屧。心裏有瀟湘，身外即苕雪。偶思杖頭錢，還喚渡口艓。
從事在烟波，日涉忘疲苶。敏扈來佳賓，報我南軍捷。北軍亦獲醜，
凱唱在眉睫。斬馘抱恫瘝，兇頑貴震慴。勦撫知兼施，天人自和協。
一掃氛翳清，田野樂耕饁。

寄序東　陷賊月餘

盡人登鬼籙，惟汝獨生存。所失何須問，能來且共論。妻孥同棄物，
道路易訛言。城火池魚及，冤真抱覆盆。

其二

封豕猶屯壑，驚禽暫出樊。艱虞增閱歷，涕泪自朝昏。世本多危地，
天惟護善門。更生爲爾慶，有酒待開罇。①

延建漳泉永各州郡俱寇警鄉思悽然

勞師宇内沸蜩螗，烽火今臨到近鄉。妖鳥偏逢昌運出，欃星曾見
亘天長。山中空廢耕菜地，海上難尋辟穀方。屈指月圓圓復缺，
離家已是八年強。

---

① 　原批：“二語頗似工部。”

其二

鼓角連營礮火紅,此生悔不早從戎。奇灾將見川流血,歉歲還疑麥化蟲。萬事艱危空撫髀,半生牢落轉驚弓。奮飛縮地俱無術,願借裴航一葦風。

其三

草薙何妨盡刈鉏,是誰寬議只擒渠。能于先事綢繆少,但見求全倉卒餘。執盾貧羸多失伍,投壺整暇自安居。翻憐文吏談兵法,黃石從新授素書。

其四

佳水佳山惜舊遊,五兵何忍動連州。棚民嘯聚多藏莠,畬客燒荒易結儔。<small>閩中深山種菰、種靛之棚民及種山客作,面生可疑,類多窩匪。</small>搗穴自須募死士,運籌還要策群謀。搗虛批亢誰堪任,莫使燎原抱杞憂。

街柝

殘星落月短長更,不礙墻高聽自清。柵鎖半開猶夜火,寺鐘遙和及平明。事非創始遵官約,人許同心察盜情。恰有數聲風送到,外營刁斗亦爭鳴。

漢宮秋 <small>即黃色老少年</small>

初訝花無葉,誰知葉是花。不扶偏自直,有色莫先誇。娟態新塗蠟,秋心陋艷霞。昭陽尋舊伴,來訪道裝家。

寄友

北雁南魚信鮮通,家家都在亂離中。傳烽有客難安枕,市駿無人不執弓。逐臭販夫爭道路,成名豎子各英雄。憐他槐國功名念,丘垤居然敵華嵩。

其二

鶗鳩聲中歇眾芳,憶君頻望暮雲蒼。兵氛欲辟歸無及,鄉信難通慮轉長。檻獸釜魚雖易制,溪丁峒戶已成荒。早知杼軸千家罄,偏我還留隔宿糧。

其三

僇力殲渠尚未遲，養癰猶患在秋期。名儕渤海誰爲政，事等春陵偶紀詩。有用良才應後起，無端孤憤漫相宜。蓬山浩劫曾親見，寫出危城血戰時。

涌

海氣欲宣泄，出地類鑽孔。天風相盪摩，激汰謂之涌。其聲嗚嘈嘈，其勢奔洶洶。每至秋夏交，無客不神竦。嘯吟晝少輕，澎湃夜彌重。波瀾自壯闊，視聽乃怖恐。千軍渡滹沱，萬馬赴邊隴。掀翻龍戰爭，叱咤虎威勇。稍殺一鯨呿，倏躍六鼇聳。縱非浪吹豚，漸亦病呻尰。細又若茶烹，清疑若梵唪。輕若蟬曳枝，散若蜂辭桶。縈迴若結環，走瀉若流汞。衝沙既若崩，滯壑復若壅。若去未暫停，若來不旋踵。因知天地間，至静有至動。氣化静之機，萌芽動之種。無聲斯有聲，盈虛理不曚。賤子聊瞽言，或可息衆詾。

園居

風雨高齋納晚凉，緑雲圍我坐幽篁。敢云世外逍遥樂，暫謝塵中褦襶忙。事簡恰宜稱退士，心清底用謁空王。茶烹石鼎香添篆，即是園居習静方。

其二

匪慕風騷愛雅嫻，不才奚自濟時艱。羈身且使藏人海，空手何妨入寶山。聞亂鄉心頻突兀，長貧詩力總清孱。鼓鼙無預棲幽事，許占林泉一味閒。

大風雨達旦不寐作 六月十七夜

誰激飛廉怒，銀河一夜傾。捲濤入墟井，吹籟滿軒楹。屋漏移何所，林枯折有聲。建瓴高蓄勢，噴瀑亂争鳴。攪海疑能立，排山欲倒行。鮫鼉遊迥野，鼓角隱嚴城。有客難安寢，通宵對短檠。破窗生噩夢，伏枕待平明。花徑泥新滑，松棚架尚擎。雀隨殘瓦墮，萍漲小池盈。神蝀潛還出，商羊舞又成。剥膚傷不已，擐甲苦連營。

數畫夜風狂雨驟海涌有聲萬竅齊鳴百端交集復踵前吟成古詩一章

箕畢恣所好，喧豗未肯已。天吳反厥常，大戰洪濤裏。萬感共蕭騷，千川映清泚。鏜鞳嘈呿聲，無時不盈耳。天心善鑒觀，人事多譎詭。姦宄日以生，仁義日以死。古風不常存，薄罰乃有此。竄竄麏鷹驚，紛紛蜂蠆起。勾連自朔南，荼毒及婦子。誰知寇盜來，風雨愈不止。野蔓縈旌旄，農未生荊杞。衡茅千百家，宛在水中沚。嵩目念時艱，饑溺儼在己。書帖無丙丁，聞呼有庚癸。不嫌屋如禪，誠恐船入市。縱如筍脫魚，難免塗負豕。誰當訪高僧，咒龍罷行水。著枝使不鳴，潤物細堪喜。更訴東海君，速駕琴高鯉。潮汐少狂瀾，風日自清美。暘谷一輪升，陰爻群象弭。和甘致嘉祥，幽怪盡遷徙。

和楊篔生即事原韻

九府刀圜匱不支，鴉軍敢謂已分馳。民生漸作溝中瘠，仙力終輸劫後棋。斬馘果誰能仗膽，搜求無術救燃眉。書生紙上雖空論，却愛雄飛勿守雌。

其二

兵法何嘗忌詐虛，但須神速勿紆徐。洞如觀火纔收賊，智不隨方枉用書。力戰或能三日捷，空倉何有九年儲。兔罝豈乏干城選，刃血還看碧濺裾。

書事

不受軍符迫，甘將聘幣辭。捻髭翻覓句，揮汗更敲棋。長睡閒中得，加餐病後宜。由來貧益健，造物自無私。

草花

草花不識名，滿地爛紅紫。得氣每鬖生，迎風自矜美。蔓纏古樹根，英落嫩茸裏。別遇尋芳人，採擷勝蘭芷。譬如論姬姜，應讓名花比。下此降等觀，奚即自鄙止。色香雖不同，幽秀已堪喜。婷婷青衣中，豈無佳侍婢。

送范貞甫貳尹鼎亨之半屏

干戈蝟起捧新符，知有才名播海隅。論學自然丞不負，談兵休恥
士爲儒。盡鋤伏莽須全力，學繡天吳仿舊圖。後樂先憂家範在，
凋殘民氣待昭蘇。時賊未平，難民尚未歸莊就撫。

軍營人來問水勢

瀰漫洲前水，山腰綠與齊。戎衣飄葦渚，櫚劍臥芹泥。夜火移空帳，
晨炊飯野畦。一林人聚蟻，幾與鳥爭棲。

其二

吹浪風生縠，平疇化作谿。鼓停潮愈響，旗暗霧全迷。壁壘傾重整，
壺觴冷自攜。兵塵清尚未，頭上片雲低。時雨未止。

露香書屋静坐

山石嶙峋聳碧巉，一庭凉意陰松杉。開窗恰有峰當户，鐫句誰題
竹滿巖。天籟偶聞仙藥至，世緣誰肯俗塵芟。掩關終日無機事，
閒看飛花鳥自銜。

静慮

運籌兩逾月，兵氛尚四衝。戰守俱乏策，群議多于蜂。危城半傾圮，
風雨相撞舂。戍火互明滅，斥堠傳宵烽。賊來兵已怯，兵去賊還攻。
焚掠村破碎，仳離民怨恫。河伯更助虐，魚葬千饑鴻。殘黎逐波浪，
盡入馮夷宮。死者罹災害，生者困樊籠。倒懸不亟解，抱赤誰懷忠。
一貧容百懈，事勢成養癰。倘祇視眉睫，後患將無窮。

其二

朝廷慎名器，豈可濫施與。狼子久野心，烏足固吾圉。奚以信不疑，
謬託爲心膂。彼將肆狂吠，引類來狎侮。修我戈與矛，整我師與旅。
登降勿憚勞，津梁豈能阻。枭飛行當先，作氣在一鼓。水犀踵厥後，
餘勇定可賈。結網自得魚，入穴始擒虎。烹醢快人心，百年無此舉。

宰官職匪輕，安危繫疆土。牧民如牧羊，捕寇如捕鼠。專詠水底叢事。

輓劉芑川家謀學博 壬辰舉人，六月二十五日子時歿，年僅四十。

義府辭林早有聲，歌詩雅樂重平生。談經未輟琴猶在，剩俸無多橐自輕。少待年華終大器，轉因氣數惜群英。及門頗多。楹書此後還誰借，忍見空瓶愴舊情。芑川時向余借書，遺箋多存。

鳳山林廣文詠荃俸滿將歸寇阻月餘來郡晤贈

返哺情何急，非因薄祿縻。早經歌諗養，偏值事艱危。宦況盤中月，年華鬢上絲。與君良會少，況是亂離時。

其二

拚得筋骸在，還餘歲月多。看花雖老眼，對酒且高歌。世變爭蠻觸，山深隱薜蘿。祇愁烽火近，鄉國又干戈。

初霽客至

鳥聲出林樾，花影明雕欄。重陰忽開朗，萬象歸遐觀。鶡冠客驟至，訴彼從戎難。行李委草棘，坐帳生風湍。士卒似鳧雁，朝朝水上餐。讕言告來客，外事吾何干。吾惟適吾適，求吾所自安。竹石爲勝友，書史成古歡。跼蹐雖一室，嘯歌天地寬。縱不免疎放，無畏人譏彈。若云眼前事，事事增悲酸。願客勿終述，使吾催心肝。

立秋後夜作

炎洲葉不落，秋至猶敷榮。征客獨有覺，蟲語先淒清。微雲亂河影，翳此孤月明。雲過月自皎，悽惻生遙情。遙情在何所，迢迢榕州城。骨肉久分坼，滿眼皆刀兵。寄書隔滄海，觸耳多商聲。一隙方寸地，萬緒何由縈。世事既如此，一身何所營。拔劍惜非壯，奇氣空縱橫。

海上從軍行

生不出玉門關，龍堆雪窖何曾知其艱。力不用弓刀石，肥魚大酒終日樂遊般。只須細書姓氏年與籍，衍波三寸投空函。上言資斧容自備,下請軍械由官頒。零星募喚幾丐隊,老者既老孱者孱。
梟渠堪以重賄得,買賊始破慳囊慳。上諸功簿彙章據入告,頃刻
翎飄翠羽頂以珤璪嵌。借人頭顱作榮寵,恬不爲怪嬉戲遊人間。
更有移花折木不用一錢耗,妙機神巧暗中爲轉環。或張冠而李戴,
或此益而彼删。得者手加額,失者泪潛潛。問其人則無不英雄蓋
世舉鼎而拔山,問其事則子虛烏有兒戲若等閒。不知書而可以居
民上,無藝勇而可以加頭銜。朝寧名器視若此,泥金藥榜曷用高
高天門攀。趨之若鶩,蕩檢逾閒。自詡得計,入聖超凡。殊不知
適爲有識者唾而棄,才人智士豈甘戀此軍功班。臨民異日握符璽,
那不人鄙爲寒酸。縱然封侯至萬戶,豈對衾影無慚顏。吁嗟乎!
豈對衾影無慚顏。_{言者無罪,問}①_{之足戒。}②

遊東城重過彌陀寺

晚霽斷虹銷,登樓入望遥。人烟何太冷,草樹欲先凋。村暝群山合,
泉爭獨井澆。連朝笳鼓競,入市少漁樵。
　其二
鳥陣寂禪關,齋僧尚未還。竹深塵不到,花落石猶斑。空竈殘雲入,
長旛夕照閒。沙彌來語客,曾識舊時顏。

初秋遣興

小池暑退已殘荷,秋氣空清入室多。得酒不妨傾緑斝,歸山猶未
辦青蓑。園中佛地清凉界,門外軍聲勅勒歌。笑我孤雲成冷客,
不容車馬問藤蘿。
　其二
養疴正好閉柴關,吟稿拈來手自删。不辨官私蛙作鬧,無拘行止
鶴同閒。當風老樹如山緑,過雨斜陽照水殷。最是日長無客到,
呼雞談對坐窗間。

---

① “問”,應爲“聞”。
② 原批:“今之居民上加頭銜者,比比然矣。時事至此,尚何言哉!”

對酒書懷

門前戈馬甚紛紜，笳鼓回軍日已曛。對酒短歌聊自慨，殺人如草不堪聞。千家碧血消塵劫，四野黃埃化陣雲。鉅萬生靈同一哭，沙蟲猿鶴究誰分。

其二

初起萑苻禍未深，肯教一戰盡梟擒。遷延轉似僉謀慎，鄭重難知將略沉。毒草搖風終作瘴，枯菅惹火易焚林。茅檐膽氣祇如芥，威望纔安眾庶心。

其三

霜臺執政避誰嫌，露冕風清況具瞻。定分若容忘畛域，外觀何以重堂廉。但違我法刑无恤，欲整官方律要嚴。際此行軍須霹靂，大開憲府肅楓鈴。

其四

學少殊難見道明，純剛豈即翕輿情。任勞縱使民如子，不戰何能自守城。事乏定謀終潦草，人無卓識費經營。兵機神速非兒戲，那得徐徐按轡行。

其五

狼奔豕突在須臾，詎料援無衛亦無。清野心堅鋤伏莽，衝雲力小墜仙鳧。萬家涕泣存遺愛，一代忠名重古儒。猶幸嚴城資保障，靈風人見雪髭鬚。

其六

窮檐疾苦幾曾知，屍位誰云木偶非。臥榻病深常不起，司閽權重轉無疑。黃金籯滿遺當路，白木棺輕裹腐屍。太息危機甘自蹈，直招豺虎入房帷。

其七

風雲壁壘本能軍，隻手奚當獷獠群。遍地蒿萊分力剪，告天香可此心焚。存孤任恤情何摯，破格除姦志孔殷。念厥壯猷仁且勇，好從碑口細論勳。

其八

美髯垂腹貌堂堂,定論翻從歿後詳。仙隊慣歌金縷曲,戟門長冷綠沉槍。連錢猶識元戎騎,七寶虛藏小婦裝。此日桐棺憐一炬,潸然兒女粲成行。

其九

曲江家世自翩翩,記室丰裁憶曩年。貧宦敢嫌清俸薄,高才原比長官賢。心孤難暴憑河虎,運蹇偏逢落漈船。應是仙槎乘不到,誤遊羅刹厄張騫。①

其十

屹立崇墉獨力支,隨方抗禦久登陴。擒渠首殪搴旗賊,陷陣還飛著翅師。求飽兵惟爭果腹,無衣官止剩空皮。清貧至此猶能耐,傳出羅山一段奇。

其十一

亡賴居然食餼羊,鈎連黨禍起蕭墻。明招勇士佯迎敵,暗鑿凶門早罷殃。不識君親真犬彘,肯將心腹結豺狼。冥誅猶未消公憤,還恐鞭屍向北邙。

其十二

三年輪戍逸償勞,冊上虛名病與逃。吸火一槍焦骨髓,淅矛無米典弓刀。軍容不整伊誰咎,結習成風自古牢。新募金夫多跋扈,買兵情比買官豪。

其十三

倉卒呼來幾少年,強名義旅亦堪憐。折衝禦侮何曾識,肱篋摸金各向前。少助聲威休使戰,本圖温飽想多錢。止齊步伐誰通曉,訓練尤當在事先。

其十四

棋布星羅十二屯,火符徵調出山村。漫嫌猺語聽難譯,却抱丹心衛所尊。見敵不爲禽鳥散,同心能制虎狼奔。飛猱走狖皆非擬,儼若貔貅列陣門。

---

① 原批:"'曩'疑作'昔'。"(批語用一紙條貼上)

其十五

邊郡遙遙巨浸東，馬磯千里達雞籠。瀕壖地重籌須慎，土著人多
信要通。虎兕豈容頻出柙，雁鴻何至屢驚弓。空夸胄刃終非計，
鑄得銅山始救窮。

其十六

禿管拈來紀見聞，人人義憤氣如雲。草間狐兔擒應盡，天上鴟鸞
下幾群。收却橐鞬忘戰鬥，聚將臺笠樂耕耘。陰霾散後紅輪出，
莫使穰苴更論軍。

花神入夢歌

小園地不滿百弓，花竹交錯繚垣重。甘蕉薜荔映青綠，蒼藤蘿蔦
盤虬龍。千尺古榕舊時物，霜皮鐵幹凌高穹。每當六月不知暑，
客來兩腋生清風。我居園中凡幾載，水木明瑟心神融。方池一區
抵苕雪，瘦石幾片儼崒嵸。江湖逸興足瀟灑，樓閣放眼消倦慵。
自從軍屯借作廠，蹂躙花草如蒿蓬。林果未熟爭先摘，巖篠誰薙
成一空。愁紅怨紫遭此厄，長旛鈴索全無功。昨夜花神來告我，
綠章誓欲陳天公。一一盡褫若輩魄，施以斧鑕誅頑兇。我謂爾神
毋太過，彼脅所命敢不從。擬諸田野失物例，薄責亦足懲愚蒙。
今我忖量得妙算，增恩減怨酌其中。輪迴轉生自有日，半化蜂蝶
半蟻蟲。蜂日嘔吐出腸腐，蝶則短命難經冬。螘聚泉壤最卑濕，
蟲使夜夜啼寒風。衡情示罰似允愜，虐花仍令幽花宮。花神大笑
此誠可，老吏斷獄將毋同。

鄉關

鄉關間阻望迢迢，未息兵戈隔海潮。搖落不禁秋又至，亂離最是
客無聊。安貧書豈干當軸，交友人誰重久要。惆悵歸心空自解，
暫忘閒夢到漁樵。

其二

青苔白石少塵囂，滿院秋花伴寂寥。得氣蛩吟新入夜，耐霜楓老
不先凋。時流幾輩看金紫，野老甘心刈葦苕。鷦寄一枝棲便穩，

三間小屋類團焦。

其三

蟲枝而今不可雕，逢時且莫羡弓招。勞人賃廡疑無地，壯志題橋已早消。陋室有銘馨在德，匏尊獨酌醉成謠。試開雙眼觀全局，客到艱謀盡折腰。<small>折腰客，見韋應物詩。</small>

其四

小圃荒青種藥笛，一欄濃碧護芭蕉。偶拋書卷看眠鶴，頗想烟波泛畫橈。客子光陰黃葉瘦，故人蹤迹白雲遥。田間父老催歸去，生計猶堪自緯蕭。<small>《莊子》："河上翁家貧，緯蕭而食織簾也。"</small>

即景

一爐香對一壺茶，小詠新詩日未斜。有客敲門童不應，先生口吻正生花。

漢卿廣文春仲送考來郡試畢寇至旋派守城今歸竹塹率贈以詩

同君危城内，餘生未可知。今送行施返，喜氣溢在眉。達觀具至理，行行報所知。崇墉既鞏固，夙夜已告疲。勤劬百餘日，休沐乃其宜。秋風引前路，滿眼多化離。回首諸青衿，相望若渴饑。日窺鱣堂側，有待陳歌詩。始知師弟洽，足以風教維。君當亟策騫，慰彼長相思。

雜吟

多難謀生拙，懷歸得計遲。乾坤悲浩劫，禍福問靈蓍。客思清何似，秋心静自知。激昂常午夜，肝膽向誰披。

其二

殺氣金筇競，商聲畫角哀。幾曾鄉夢穩，能使壯心灰。耿鄧思飛將，枚鄒惜賦才。儒官偏講武，争想畫雲臺。

其三

有客東陽沈，深宵敲我門。殘衫黏血碧，垢面醲塵昏。奪路羊腸險，餘生虎口存。麻鞋教脱却，呼酒壓驚魂。<small>序東來自半屏。</small>

其四

事簡身兼僕,愁多病易侵。長歌思猛士,薄醉易孤吟。不辨薰蕕器,誰輸犬馬忱。駑材甯復棄,端賴是知音。

其五

河伯爲灾後,如潮米價高。人多淪巨浸,官未補亡牢。盡室雖懸罄,援枹敢告勞。恐驚秋稼熟,白地又塗膏。<small>餘匪未靖,惡將復萌。</small>[①]

其六

濟急無銖黍,<small>省餉不到。</small>籌邊事可疑。豈將環海棄,不救闔城危。瘴癘留餘毒,髑髏慮走屍。疆臣謀國重,矜慎莫嫌遲。

其七

烽燧猶餘熖,豺狼未革心。善攻當善守,能縱自能擒。風力芻燃火,星光劍吐鐔。殲渠還掃穴,重犒出私金。

其八

不佩辟兵符,非關膽氣麤。未成丘裏貉,且集幕間烏。世亂身宜屈,時危道自孤。荷戈吾已老,羞作一經儒。[②]

日長

花草爭新竹柏交,綠陰簃裏屋如巢。日長飯罷思濃睡,揀得唐詩手自鈔。

雛烏行

雛烏失母啞啞啼,投我檐樹高枝棲。棲來三載不復去,補巢時與添香泥。一朝自顧毛羽長,扶搖妄作搏風想。舊巢既棄尋新巢,未必新巢竟疎敞。主人倚樹盼巢空,滿庭颯颯生寒風。由來世態祇圖始,幾見交遊慎厥終。

寄家書

家人憶我危城裏,我在危城樂自尋。儘有詩篇消白晝,偶耽禪悅

---

① 原批:"一氣直下,作文字如寫家書,此之謂歟?"
② 原批:"知道人語。"

入青林。心無罣礙忘生死，道有根源溯古今。一卷異書拋不得，床頭那管日無金。

送朱丹園司馬再權淡防廳任

北向驅車墊道開，重聽五袴頌春臺。雲迎貂嶺懸旌上，水接鯤溟入郡來。秦越不容分畛域，鼠狐從此畏風雷。一方蠻觸無難解，撥亂真知有儁才。時墊北三角湧，泉人嘯聚，攻掠漳莊，將釀巨案，丹園賚令往平之。

贈陳晴江

開徑少羊求，林塘愜静幽。獨看瀛海月，誰訴故園秋。得子誠良契，斯人異俗流。滄洲容嘯傲，相許樂鳧鷗。

其二

德業優于我，襟懷爽過人。為儒兼眾美，任道自全真。豈作池中物，爭希席上珍。香蘭及翠羽，顔色極鮮新。

其三

艱難廉吏後，不諱屬清門。共惜風塵苦，惟餘志節存。浪遊終左計，戢影亦空言。彈罷歌魚鋏，飄零莫再論。

其四

交久青松色，才高白雪詞。閉門吟自賞，投轄醉難辭。趙璧求無價，南金重可知。伏驥人早識，安用薦襦爲。

寄斗六都閫凌繩武 敬先，粤之化州人。

居心作廉吏，不必盡能文。況近扶桑國，能屯細柳軍。縛雞非著力，今夏，匪徒曾雞角率千餘人，攻斗六，敗，擒送北協，訊明立斬。良駟自空群。年逾六十，善于騎射。士卒爭鳧藻，相看獨有君。

題窗

繭紙輕瑩白似紗，日高林影映橫斜。不須鉛粉增顔色，一幅天然沒骨花。

夜坐

玉露滴清響,亂蟲争一秋。大星沉屋角,斜月射簾鈎。長夜已過半,
百年多隱憂。如何同志少,徒願慕王侯。

寄陸右峰崑

世事白雲變蒼狗,肝膽輪囷向誰剖。惜無黃耳能傳書,醉後悲歌
徒擊缶。計君別我曾逾年,依然羞澀囊無錢。我效蠹魚衹食字,
埋頭故紙霜盈顛。旁人不識其中故,謂我曳裾有餘慕。疲癃久已
困鹽車,駑鈍何曾伯樂顧。今年海上起刀兵,賊人蜂擁來圍城。
所居一室類眢井,身雖無病心骨驚。門前雜沓戈馬走,執訊時聞
獲群醜。看人金印取高官,我只瓦盆傾濁酒。菊花未黃桂花香,
涼風八月思故鄉。故鄉萑苻亦如蝟,搔首悵望念彼蒼。休明之世
有離亂,安得從容弄文翰。憶君高致足清談,天半朱霞杳河漢。
昨宵有夢到君邊,置身閬苑真神仙。翛然不著點塵染,下視我輩
如寒蟬。醒來亂蛩吟四壁,櫹葉蕭蕭孤館寂。高樓殘月猶在檐,
吹出誰家數聲笛。遏方傁指八年留,殺賊無能空杞憂。併將家國
無窮感,寫入銀箋寄素秋。[1]

早起

早起空齋一事無,小童掃葉爇紅爐。道書讀罷茶纔熟,步向松陰
看鶴雛。

過天心堂訪魏維清茂才緝熙不值留贈

爲訪懷瑜士,言尋古巷隅。抱經曾一室,名賦重三都。子弟明時彦,
文章大雅扶。弦歌敦古處,彝卣足清娛。地僻饒花卉,詩真入畫圖。
天心能合契,道味自含腴。問竹何煩主,看雲偶過廬。重期觴詠樂,
唱和待喁于。

---

[1] 原批:"吐屬清雋,運筆曲折,自然古篇佳境。"

移研縣齋

人海藏身事本難，偶然得地且偷安。敢云老馬途猶識，其奈驚禽
膽易寒。<small>聞羅山匪徒又將滋事。</small>世亂不容閒裏過，交深休向熱時看。
打包久欲停行腳，笑入雲堂又掛單。

赤嵌樓 <small>一名紅毛樓</small>

紅夷去已久，縹緲遺此樓。昔時潮與汐，直到樓前流。今之樓左右，
櫛比居民周。屹立二百載，猶復巍然留。雕欄已盡圮，曲洞仍通幽。
萬甃自膠固，四壁無塗髹。朝曦火龍燭，夕彩彤雲浮。鬼工創奇構，
仙路凌丹邱。荷蘭曩據此，謬作萬年謀。滄桑幾變易，過眼如空漚。
振衣偶登覽，曠宇澄清秋。九州在咫尺，歷歷烟中收。

塹變

富翁善足穀，饑氓艱療生。挺險求一飽，攫以死力爭。長官既不察，
謂爲盜縱橫。損威竟輕入，亡命來相迎。群飛若蜂螫，攘臂皆螳撐。
衆寡既不敵，師出殊無名。官退兵亦返，燎原勢遂成。赤熖三十里，
烈炬頹霞明。斷胆及婦子，流血填溝阬。黃昏走魑魅，白晝無光晶。
就中狡黠輩，袖手思惰耕。咸謂官左袒，激變民震驚。實乃烏合眾，
競作鴟鴞聲。噬肥罔暇擇，咀咬如蚊蝱。彼翁已潛遁，金散留空籯。
平時輪且奐，焦土無寸楹。百計黍粒積，一朝廩囷傾。所得盡償失，
已虧焉敢盈。司牧貴無擾，堂皇何足榮。徒令後來者，蒿目哀孤惸。

蘭變

蘭山化人城，忽作飛頭國。廉吏何可爲，澆風至此極。董公本健者，
稽古久用力。射策早蜚聲，巍科非苟得。一官涖閩南，廿載困荊棘。
悃愊樸無華，匪才不稱德。競奔昧所長，愨謹供厥職。洊升來海邦，
群僚足矜式。一心在勤民，專意先捕賊。遂令宵小猜，伺隙常忌嫉。
臨卦八月凶，詹尹卜不吉。出門挽莫留，搗穴毋乃疾。詎知伏莽中，
暗射含沙蜮。回軍隕大星，浩氣貫白日。遠傳凶問來，無人不變色。

想見孤魂升，英風猶咤叱。未歸先軫元，空抱鄧攸惻。家山萬里賒，事業一生畢。神鬼爲涕洟，天地爲昏黑。沉冤何時明，直道誰秉筆。

縣齋雜詠

千個篔簹已盡無，窗前縛架種瓜壺。重檐剩有危樓在，也被閒雲占一隅。

其二

墻陰不見刺桐花，鴉噪空瞻夕景斜。竹柵槿籬雞犬共，官衙何物異山家。

其三

回頭陳迹悵重來，門徑依稀認綠苔。讀得木棉桐鳳句，傷心空負玉堂才。南卿廳事自製楹帖云："幾番時雨灑郊坰，正臺海波平，香洋稻熟；一片清光生院宇，好木棉開過，桐鳳飛來。"

其四

裙屐風流又一時，琴尊位置舊全移。桑田變易猶成海，人事凄涼更可知。

其五

碧紗寸寸障方空，薄靄輕烟漾此中。恰好看花如霧裏，隔窗人稱雪髭翁。

其六

夜來誰撞佛樓鐘，門外驚濤和古松。斷送一宵無好夢，滿天風雨戰蛟龍。①

其七

客子隨身笑打包，索綯聊補小齋茅。空桑三宿猶餘戀，何況烏衣認舊巢。

其八

筆研餘閒几净埃，清談也許客時來。從知郭隗非吾輩，莫話黃金市駿臺。

---

① 原批："奇句。"

守齋從羅山解館奉其尊翁返郡卜宅于縣署右坪朝夕把臂奈其常憂甘旨遂廢吟哦燈下無事作長句貽之雖非喝棒聊示拈花

塵容懶對老萊衣，知汝心魂鬱不飛。垂釣縱無東海鯉，忘饑且詠北山薇。當年往事談何益，此日依人計總非。鍊得剛腸終骨立，勝他庸俗尚脂韋。

其二

屍陀林下噪昏鴉，殘骴村村未盡遮。造物有因成浩劫，征夫何事不還家。乞漿人瘠扶鳩鵠，流毒年深聚蝮蛇。滿地青紅開鬼面，傷心忍看戰場花。

其三

儒生習氣好談兵，食指依然寄管城。散去黃金知不返，老來青史愧無名。五陵裘馬休輕羨，二頃桑麻最適情。何日與君歸隴上，烟蓑雨笠樂躬耕。

其四

蕭囊莫效阮郎羞，荼蓼隨緣自遣愁。天既生才當用世，人雖敵國且同舟。紅塵原少埋憂地，白璧終爲受玷由。閉戶讀書兼謝客，不言臧否更何尤。

其五

花木成蹊地少寬，數椽聊奉老人安。編籬笑仿陶彭澤，賃廡貧猶梁伯鸞。書喜近鄰鷗可借，酒能謀婦醉無難。涼風九月還絺葛，炎海方知士不寒。

其六

南埠北壟接蘭山，白刃如林血染殷。樂土問君在何所，寄巢如我久思還。勞形瑣屑爭雞鶩，袖手從容看觸蠻。且待九天魔舞罷，禦風終至列仙班。

附錄守齋和作

鼙鼓聲中竟拂衣，敢將雌伏傲雄飛。漫誇有口談軍旅，終愧無功飽蕨薇。戀直適爲今日累，交遊翻悟積年非。當頭棒喝添深省，敬奉瑤章永佩韋。

其二

情殷反哺羨慈鴉，親舍無愁望眼遮。兒未爲佳聊續嗣，婦雖非健且持家。空嗟事業迎風鷁，漫惜年光赴壑蛇。滿眼流離欣聚順，何須爭看帝城花。

其三

痛哭还同阮步兵，無端也被困危城。庸奴幾壞當時軸，豎子偏成此日名。傀儡排場供浩嘆，平章風月付閒情。師門請學樊遲稼，擊壤他年好耦耕。

其四

盤餐菘韭供晨羞，濁酒能澆萬斛愁。八口浮家輕似寄，數椽賃屋小如舟。惟從青史求知己，不向蒼穹問事由。與世無爭更無競，斯人何怨復何尤。

其五

寄迹他鄉意緒寬，棲遲幸得一枝安。杜門悉聽人題鳳，斂彩何煩鏡舞鸞。念舊饋遺情可感，助勞薪水力無難。更蒙慰藉頌温語，挾纊渾忘夜露寒。

其六

培塿何堪比泰山，師承竊愧靦顏殷。細參蜜辨中邊味，久鍊丹成大小還。幸得從遊常侃侃，敢云相得似蠻蠻。瀛洲尚望天風引，願列琳宮待從班。

歲暮雜感

開到椒罇歲又闌，強持卮酒不成歡。兵戈滿地無安土，竹帛虛名有倖官。萬事艱虞朝野共，半生飄泊夢魂單。槐星猶自明如炬，忍上高樓徙倚看。

其二

婦病兒癡戶不支，稚孫黃口更何知。劇憐鐵骨卌年客，祇換霜毛兩鬢絲。甘受讒彈非敢傲，若云貞白本無疵。生憎閱盡滄桑眼，又見烽烟惜亂離。

其三

海上黃巾密似鱗，危城脫險識艱辛。得聞臘鼓差堪樂，未典春衫尚不貧。管葛匡扶誰命世，唐虞垂拱總憂民。巍功豈少雲臺將，早盼歌鐃息戰塵。①

其四

悲颯驪歌雜薤歌，傷離傷逝奈情何。浪遊未必軍中樂，知己翻從地下多。敵愾幾人思負弩，妖氛隨地有餘波。淒清聽徹山陽笛，壯士空懷曳落河。

其五

老女奚堪再豔粧，漫持刀尺又縫裳。但驚歲月流如駛，安得瘡痍起一方。身賤易售羞駿骨，途艱舉步盡羊腸。弓柔手燥今非昔，敢道曾經百戰場。②

其六

夔龍勳業讓人傳，潁水箕山我有緣。醉裏乾坤真浩蕩，吟邊風月自矜憐。心猶康濟存虛願，老尚奔趨愧昔賢。却惹故園猿鶴笑，問渠何事不歸田。

第七冊

甲寅

安平道中

又見東風長草芽，小桃紅處有人家。天空海氣連雲白，港曲村流繞郭斜。亂後估帆通市少，饑來將壘讓兵譁。時三營戍卒索餉。相逢半是撈蝦侶，羨彼浮生占水涯。

---

① 　原批：“灑脱。”
② 　原批：“惓惓民瘼，想見此老懷抱。”

答楊茗生廣文春芳贈什原韻

戰雲堆裏偶班荊,藝苑無人不識名。翰墨才華稱老宿,文章身價
重連城。獨彈古調成高格,但聽鄉音便有情。知是釣龍臺畔客,
銀濤來看雪山傾。

其二

隔巷遙鄰屋數椽,兩心常藉錦鱗傳。論文謬許針磁合,樂道還期
金石堅。滯爾宦情風鶴警,伴余吟夕水雲眠。辟支參透聲聞果,
今證菩提上乘禪。

附原作

買棹東來渴慕荊,蓮花幕裏舊知名。抗懷久已輕千駟,積卷居然擁百城。白
菊敲詩高士致,青燈煮酒故鄉情。喜君古誼隆桑梓,不到樽前意亦傾。

其二

一枝健筆大于椽,博得騷壇衆口傳。不俗能令真氣王,無求方信道心堅。海
蟾歷劫騎鯨去,和靖歸山抱鶴眠。芑川仙逝,詠荃又俸滿旋里。我獨低頭拜山谷,
香爐茗椀證詩禪。

同穆庵縣齋夜話

與子無聊甚,蕭齋坐夜闌。數聲衙鼓歇,一院佛燈寒。亂未消群盜,
人爭辦一官。眼看買兔者,盡戴惠文冠。

維清茂才詣南鳳勸助軍儲旋郡索詩率贈

但開絳帳足千秋,偶駕戎軒又出遊。抱道才爲當世用,濟時心助
長官憂。藏胸兵甲皆書史,蒿目溪山廢龍邱。紓難毀家從古有,
樂輸能得幾人不。

集同人露香書屋小飲

劫火才消尚未灰,六街簫鼓便如雷。簾間花氣隨風入,門外潮聲
湧月來。即此蓬瀛原不夜,況逢伶籍本高才。深杯百罰吾猶幸,

好似頑仙脫厄回。

答友人問臺俗

千里鯤封百萬家，烏雲成片亂飛鴉。未逢文士真磨鐵，儘有村姬不浣紗。比戶心機爭利孔，巧人舌本粲空花。曩時明月笙歌夜，今變秋聲起暮笳。

紀夢

嫋嫋東風散客愁，午窗晴晝自夷猶。夢中忽到嬋嬡地，步入仙山白石樓。

詠荃廣文俸滿內渡餞以薄酌先貽佳篇依韻和之即以送行

柳營江上幾鷗群，碩果于今只有君。三絕清才詩更好，一襟離緒手難分。高風共仰人倫鑒，末學偏虞世路紛。椽筆著書歸自可，巖雲溪月樂堪論。

其二

兵塵甫息悵離群，渺渺孤懷獨憶君。橫海波濤行自壯，買山風月定誰分。竹林交以真情見，藝圃荒因俗慮紛。莫詡梁園舊詞客，詅癡我已不堪論。

謝李漣卿澄清贈牡丹

國色天香自古誇，多君持贈到貧家。愧無才思吟姚魏，負却東風第一花。

牡丹四盆只開一花戲贈

盼他重疊起樓臺，或有嬋娟結隊來。妃子出群秦虢避，故教只有一花開。

長劍

長劍依然手自摩，唾壺擊缺漫高歌。亂餘且喜身猶在，老去奚堪事轉多。閱世有人偷冷眼，療貧無術起沉疴。羊腸九折何曾險，平地無風自起波。

哭守齋

平生青眼看多士，敢許侯芭來問元。今日天涯揮老淚，大招何處召君魂。

其二

師弟情緣爾許深，斷金何處覓同心。天風海水難尋覓，從此成連不鼓琴。

彭賓南琳援例出山投我長句率和原韻

四海兵塵未戢干，請纓有喜上眉端。且隨鐃吹從軍樂，休計關山旅食難。五聽定然嫻治術，一經終不負儒冠。聾丞醉尉俱千古，休謂朝廷此冗官。

其二

心絲抽繭筆抽華，屈宋清才滿座嗟。香草有情吟作賦，朝雲相伴客為家。賓南攜妾海上。看花幾醉燕臺月，破浪新乘渤澥槎。我向榕江歌一曲，十千美酒待君賒。

中秋斐亭宴集即席呈子厚廉訪

借花小飲豈無名，玩月登樓更有情。萬個篔簹凝碧露，一池菡萏受風清。高歌共識升平樂，作賦欣賡雅頌聲。自是海邦同悅豫，東山絲竹為蒼生。

郊外

虎落人家半在山，白雲深處有柴關。一枝椰栗尋僧去，踏遍空林自往還。

寄晴江

君竟移家去，無人到草堂。門扃綦履絕，觴引曼歌長。遠信猶烽警，官書與病妨。天心今厭亂，豺虎勿披猖。

其二

亂後驚風鶴，難禁鼓角聽。刀光人影閃，野氣陣雲青。俗靡忘風教，官清樹典型。邪蒿芟不盡，纏蔓滿郊坰。

其三

舉世誰無迕，全生亦大難。賤貧真有幸，簡拙自相安。芋栗收宜早，菰蘆臥不寒。料知桑柘裏，高枕此心寬。

其四

暮年猶橐筆，爾我計何疎。豈竟芸人樂，終當比屋居。醉拚投轄飲，閒可帶經鋤。溪父園公約，畋漁莫改初。

秋日偶成

更番伐鼓又鳴金，重睹元戎出羽林。但聽鐃笳寒客膽，莫虛壁壘餒軍心。攻堅幾可權無屬，變本還教病轉深。一片嘮嘈無節奏，鶯吟中亦有鴉音。

其二

插羽符書曉夜催，空言無補究何爲。棠村雨澤沾宜足，蔀屋風謠動不時。事有決疑資衆論，機當逆料貴前知。斬關奪隘爭先著，莫待臨危算劫棋。

其三

衆情宜合不宜分，邊徼何堪日治棼。捍衛由來需子弟，撫綏原不廢耕耘。但除害馬能無擾，便似馴雞自合群。士卒藻鳧根本固，更從何地掃兵氛。

其四

青史留名骨一堆，五兵誰說不爲灾。簡端羅列皆奇士，帳下奔趨幾駿才。蔓草尚縈新戰壘，荒塍未闢舊田萊。銅山鑄就瘡痍起，始罷城頭畫角哀。

勸戒色詩

將子期桑濮，風詩詠可羞。交惟親狎冶，鄉已覓溫柔。佚樂真忘返，
妍媸總不求。猶誇紅粉豔，鏡裏一骷髏。

其二

買笑青樓慣，風流自炫奇。無媒爭熱趨，有約更情癡。蒲柳姿先萎，
饑寒病不知。由來心所好，嫫母亦嬙施。

其三

浪把金錢擲，祗圖一夕歡。過時同嚼蠟，得意竟忘餐。情密香留枕，
珠拋泪貯盤。分明祗露水，猶說是乘鸞。

其四

慾海無邊岸，收帆在刹那。家聲休自墜，國色本無多。鴇豈良禽匹，
鶼終比翼和。現身聊說法，我是老頭陀。

贈月舫上人

卓錫名山久，浮杯渡海來。塵蹤皆幻相，禪悟得真才。亂後金難募，
詩嫺句易裁。此行波浪闊，知制毒龍回。

其二

折葦憑來去，元談縱古今。一身秋寫照，百念佛存心。上人來臺，沿途
掩骼。喝棒誰能覺，撞鐘正苦吟。他時蓮社啓，我定遠公尋。

前詩未投上人先贈長句次韻送其歸鼓山

一卷楞嚴衆妙該，清修參向靜中來。慧人自解澄圖咒，竺國偏逢
島可才。侵曉行滕衣染露，入山面壁座生苔。知師为剺峰頭立，
回首滄溟小似杯。

韋澤芬明經家圃看菊留酌

夕曛乍斂寒潮平，蠟屐覓侶遊南城。仙風吹我入瑤圃，黃花照眼
開霜晴。主人愛花兼愛客，飄然野鶴來相迎。移床引客坐籬下，
晉談恍似陶泉明。爲言此花耽孤潔，傲性久抱冰霜貞。掩關詎容

俗子叩,雅酌能析詩人醒。今年海上動鼛鼓,犖确幾廢無人耕。一畦遂使委榛莽,三徑但覺荒柴荊。重陽既過顏色好,忽從弱幹抽繁英。小園晚出未遲暮,寒枝逸態頗縱橫。客姑賞奇勿嫌瘦,所見不逮休相輕。軒渠笑答客亦樂,看花那得常滿盈。須臾肴觴恣羅列,替花留飲歡平生。小杓大斗各盡興,主人恬雅客殊傖。回首看花那忍別,繞花醉作蹣跚行。明年客健花更好,待來鼓掌樽重傾。

謝澤芬贈菊

割愛分來帶路枝,寒香不減早開時。風光可似新秋好,人品爭看晚節奇。訴別一宵蛩有語,迎門三徑鶴先知。清泉白石貧家物,供養金仙恐未宜。

九日澄臺即事

臺上蒼茫望眼收,白雲無盡俯滄州。清霜冷逼魚龍夜,寒菊香生雁鶩秋。儘有鄉心縈落日,空餘詩思在扁舟。我來正值論賢聖,釀國風光又一遊。廉訪留酌。[1]

北風

徹夜北風饕,詩肩山字高。凍檐時墜瓦,遠汐不生濤。已盡空林葉,猶飛破屋茅。炎洲聞少雪,即此亦寒號。

十二月十五夜對月

清光猶不減,惜此一回圓。海色連雲凈,鄉心短燭然。未儲缸面酒,先辦杖頭錢。歲事崢嶸甚,羈棲漫自憐。

蠟夜感賦

大海回瀾午夜風,虛堂危閃一燈紅。殘年又到圍爐候,鄉夢全消

---

[1]　原批:"三四鍊句工整。"

爆竹中。管樂有才看後起,般輸無技愧良工。影纓幾輩從戎去,
載筆誰書汗馬功。

乙卯

新春試筆

浮榮何所慕,歸我浣花居。斗室足高枕,空囊還買書。多栽陶徑菊,
小擷庾園蔬。門外辭軒冕,終身長荷鋤。

人日雨

一夜輕雷送曉青,重重林霧翳遥汀。鳥聲出樹寂高閣,山色當門
圍短屏。欲寄新詩人在遠,難消客感酒無靈。風光不與常年似,
且莫尋春上野亭。

答林漢卿塹城寄懷原韻

不爲明宰作經師,胸定千秋已自期。祇爲忘形多脱略,況經重別
最相思。爪痕海上留鴻印,骨相塵中識駿奇。夔自憐蚿鴉引鳳,
天生元白正同時。

其二

處處書來説亂離,吾儕舉足竟安之。懷鄉漫作登樓賦,決戰誰爭
賭墅棋。宦況苩盤憐月照,歸心竹屋有燈知。行藏與爾從天付,
莫管新霜上鬢絲。

曙

殘月猶在地,一蟲吟草根。滿園花露氣,噴薄入前軒。夜起聲息静,
披衣寂無言。少坐白毫放,淡淡開烟昏。熹微漸曠遠,忽躍扶桑暾。
千家萬家夢,頃刻消無痕。

客中即事

覓得金錢信手揮,幾家猶未脱重圍。但看黄耳傳書到,盡出青蚨

作隊飛。在昔不聞東郭履，而今難采北山薇。指困故事吾能説，臣朔其如亦苦饑。

送胡裕堂國榮司馬柩歸里

藐孤扶杖拜江干，漫話當年舊長官。碑口固應傳久遠，銘心誰見淚汍瀾。舟因繫纜潮初退，紙未焚灰酒已寒。回憶歌蓮居儉府，呆之雙鬢亦摧殘。

示冕升　五月初九日内渡至

十年卯角已簪裾，堪笑空瓠腹是虚。爲想壯觀偏渡海，莫因輟業遂焚書。干戈擾攘思安土，風雨漂摇念敝廬。努力早爲門户計，此生休作不材樗。

賓南督運津米北行臨別示二律依韻和之

錦纜紅旗相映新，而今現出宰官身。星符已署蓬山吏，沽水重尋析木津。萬里帆檣看轉粟，九天雨露待回春。京庾充牣楓宸悦，定有溫綸勞遠臣。七鯤曙色散晴霞，彩鷁初浮出水槎。蠻國島夷通貨幣，春城歌館醉筝琶。壯懷不減希宗愨，賦手何曾讓景差。見《史記》。載得恩波真浩蕩，天吳海若拜皇華。[①]

雨中得句

伏雨闌風未肯晴，却消殘暑過三庚。濃烟胃樹碧于染，小沼通泉幽自鳴。卧向北窗無噩夢，迎來西陸漸秋聲。蕉邊竹外蕭閒甚，贏得齋居一味清。

茝林穆庵暨冕升喜夜談作此勖之

讀畫談詩互賞音，小窗燈火坐宵深。量才事莫評長短，論世情當閲古今。薄俗風趨争捷足，端人氣誼貴同心。乘車戴笠都休計，

---

① 　原批：“兩結語含蓄蘊藉。”

宜向芸編競寸陰。

六月十二日風雨中排悶作

舳艫飛來萬里風，吹花擘柳滿園中。誰扶一樹芭蕉綠，壓損闌干咒小童。

其二
凉棚高捲野雲飛，狼籍花枝露未晞。拓盡曉窗清睡起，葛衫凉冷自加衣。

其三
小池一夕漲新萍，門外都容埜水停。恰好掩關無客到，獨登樓看亂山青。

其四
花徑丁東暗水鳴，茶簾垂處午烟縈。掃晴娘是誰家製，囑向林蔭下帛輕。

其五
堂坳聚水淺成渠，倒影涵光稱舫居。想見濠梁莊惠樂，此身何必不爲魚。

其六
竹葉松毛匝地交，高林禽鳥少完巢。風謠又聽前村報，魚虎衝濤昨化鮫。

其七
釵股橫斜半漏痕，圖書移罷又琴鐏。生憎衣桁無人管，濕透誰家犢鼻褌。

其八
不除蔓草綠侵階，讀罷殘書自愜懷。今日荒村無酒賣，不妨暫學太常齋。

其九
絡緯吟來已近秋，小窗燈火五更幽。此心宕漾清如水，夢泛鷗波一葉舟。

其十

縛得亭茅補屋蘿,重帷圍住藥香多。先生懶似眠雲鶴,一枕遊仙
正養痾。

久雨不止

誰知門外即滄浪,斗室居然嘆望洋。掩漏却疑天未補,枕流先愛
夜生涼。翠添園竹千竿秀,紅減庭花幾樹香。恰好一池新水綠,
藻浮蘋泛弄秋光。

其二

藤梢橘刺任紛披,茶竈琴床日日移。封蘚径荒無過客,停雲窗黑
又催詩。鄰墻夜塌通籬柵,古井年深出菌芝。飛盡屋茅渾不覺,
狂吟偏學杜陵癡。

其三

聽徹蕉邊淅瀝聲,連宵無夢自心清。烟波小隱他年志,蔬筍清齋
此日情。闃寂長林稀鳥雀,喧豗大壑走蛟鯨。多時識盡滄州趣,
涉歷波濤總不驚。

其四

天心仁愛豈終偏,忍使遽廬變浩川。溯洄漸看成巨浸,沮洳猶恐
壞良田。丙丁一帖誰祈霽,庚癸千家未解懸。可惜羲占無管輅,
那從箕畢問星躔。

輓陸在田 名仕興,原名鈞,湖南善化縣人。劉良卿司馬之甥,善書
札,溫雅多才,以末秩投效軍營差委。乙卯四月,庖代斗六門縣丞,捕盜
遇害。時七月初四日巳刻,年三十五歲。

世亂奸回生,官清宵小忌。安危繫一方,造物慎措置。惠濟伊何人,
靖共在下位。欲著神君神,竟隳志士志。槐黃夏月初,敂關一客至。
溫潤美丰裁,盤錯識利器。云是斗六丞,暫佐花縣治。母老家亦貧,
不辭廁陪貳。楊帆瀟湘來,健筆機雲試。哦松雖初諳,啖蔗豈終棄。
去去勿復疑,好音自相致。果然未三月,衢歌而巷議。父老躋公堂,
門庭絕私刺。官心偕民心,孚洽入夢寐。前年兵燹餘,邪蒿滿郊隧。

社鼠偕城狐，牙吻實張恣。萑苻聚已稠，荊棘鋤匪易。誓將害馬除，豈等沐猴戲。行軍犯孤虛，亡命逞悍鷙。暗射蜮含沙，群嚎虎生翅。四鄰寂無援，緩轡挽莫避。慘澹日昏黃，石隕一星墜。碧血灑林巒，丹心照天地。白叟與黃童，萬人齊下淚。于戲此互鄉，兇殘多敗類。遊魂久不殲，妖燄薰又熾。遙指青竹圍，瞬息廿年事。靈風揚桂旗，雙忠猶裂眥。<small>道光十二年，張丙等破斗六，守備馬步衢、縣丞方振聲死之。</small>前徽既足彰，後烈良不愧。豐碑紀皇仁，自然厚卹賜。嗟余失故交，涕泗忘所自。慨此人琴亡，永判幽明異。青房銀燭光，黃紙飛符字。一尊歌大招，魂兮來薄醉。

立秋後連宵大雷雨

淫雨經秋又浹旬，簷端匹瀑掛天紳。雷聲急送連珠響，雲氣清如淡畫皴。扶傘看花猶有客，行厨煮酒莫添薪。祇餘一片門前綠，草色濃鋪似繡茵。

其二

遠山烟鎖翠眉顰，斷送秋光幾日新。入夜但聞蟲作鬧，長空絕少雁來賓。銀濤漲入皆通市，金甲銷難未洗塵。倘使爲霖真潤物，好留農望慰三春。

雨後大風復滂沱不止

倒瀉銀潢接混茫，又看萬弩戰昆陽。排墙何意催長厦，拔木都飛到廣場。淫潦千村悲黑祲，空山一足舞商羊。懸知島嶼蒼茫外，又毀誰家百尺檣。

其二

誰信陰陽有錯乖，入秋無日不風霾。深宵已覺難安枕，多病焉能得好懷。飛出舟航占退鷁，跳來井竈半新蛙。滄溟咫尺門闌外，紫颿還驚處處皆。

鄰兒啼

鄰兒啼，鄰兒莫啼，啼時驚起烏夜棲。雛烏啞啞尚斷續，老烏哽咽

長酸淒。烏啼兒啼喧雜滿園裏，不知空林月落漸與銀河低。烏啼
猶未已，有客矍然起。更聽兒啼聲，沉痛入肌髓。問客何爲者，亦
不知所以。但思生我兮，黃泉遺言兮，在耳反哺兮，無從解民兮。
命否？松楸一別十餘年，杯酒不澆墓草裏。空山想像舊音容，清
淚浪浪滴如水。井梧蕭瑟悲風寒，葉吹落地回枝難。人生報本非
容易，莫作尋常旅夕看。心旌搖曳不勝情，重聽兒啼入骨驚。來
宵兒恐啼還甚，應囑林鳥莫亂鳴。[1]

蜂衙

晨光始熹微，群蠢已飛動。有聲高樹間，訝作亂潮湧。山蜂排早衙，
其勢狂洶洶。初猶列仗陳，繼乃結隊擁。爭先既迅奔，殿後亦賈勇。
如蚊聚成雷，如螘巧鑽孔。一聲千萬聲，傾盤瀉鉛汞。須臾各停喧，
紛紛出塵堁。迤邐綠陰中，摩肩仍接踵。彼有君臣義，一王衆推奉。
築臺方寸餘，聚居簇百種。徵輸課蜜忙，環衛分房拱。抱香飲露清，
走雨負花重。錫名金翼使，舉國示矜寵。

輓梅叔先生　乙卯正月二十二日亥時，時年六十有七。

杖履風流遽杳然，驚才絕學世空傳。懸魚羊續原清節，化鶴盧耽
已列仙。鯤海逝波偏不返，槐安大夢竟長眠。衹餘遺愛人人誦，
墮淚碑同峴首鐫。

其二

饑溺深情寄隱憂，安危南紀賴宣猷。屯田早爲籌邊計，戎幄還參
制敵謀。民有二天思共載，家徒四壁了無愁。秉麾回溯彈琴日，
辛苦閩疆二十秋。

其三

枕經葄史老忘疲，鉛槧曾無釋手時。華嶽看雲吹鐵笛，燕臺走馬
醉金卮。歌因諗母嘗爲客，句定驚人獨論詩。太息自今椽筆少，
名官誰更有清詞。

其四

有時莊語涉詼嘲，見道依然別混淆。易簀惟聞忠愛語，撫棺不少
紀群交。岱雲歸岫瞻喬木，江水浮家念繫匏。<small>眷屬尚寓江南太湖。</small>却
幸鳳雛能奮翮，上林終借一枝巢。

雜感

乘槎枉自學張騫，渡海何曾得遇仙。每浣塵襟縈客感，羞看霜鬢
負華年。才疎豈作中流柱，緣淺難登大願船。誰笑杜陵貧拾橡，
溪居猶得鄭公憐。

其二

瞬息今人作古人，空梁落月夢來真。旂常事業消泡影，草野歌謠
惜鳳麟。論職僅如唐刺史，立言曾似古遺民。沛河流水橫汾雁，
一度秋來一愴神。<small>懷全、史二君。</small>

其三

也曾學劍事猿公，擊刺羞稱與衆同。藜藿士難深學術，風塵人有
極英雄。屠龍身手需年少，磨蝎文章總技窮。自斷此生蓬梗似，
不嫌終老轍西東。

其四

疊石移花闢小園，寓公聊以息塵喧。豈無載酒詢奇字，但愛張羅
長掩門。松露滴殘醒鶴夢，梧陰涼透聚蛩言。賓來會得棲遲意，
風月清談道自尊。

其五

眼底交親半死生，河梁風雨最關情。囊中易覺黃金盡，世上終寒
白水盟。漫畫蛾眉招嫉妬，所爭雞口費經營。流鶯豈少如簧舌，
誰聽啁啾小鳥鳴。

其六

新揩鳳味墨重研，賣賦依然不值錢。兵燹有情留後死，坎流隨遇
樂餘年。時經春退花當謝，影到天中月自圓。真把此心成槁木，
定僧何處不安禪。

其七

隴畝猶虚擊壤歌,賊氛飄瞥去來多。瘡痍滿眼無全策,草木驚心未息戈。民亂易投秦吏網,身安難覓碩人薖。何年消盡紅羊劫,瑞應先呈九穗禾。

其八

偶呼歡伯破愁城,薄俗焉容詡獨清。飲水也知饑可樂,移山幾見事能成。周妻何肉猶遺累,老帶莊襟自得情。堪羡鴻荒人簡古,羲軒懷葛不求名。

夜警

大道隳綱紀,寇盜紛四方。矧兹萑苻藪,緑林時披猖。昨聞有暴客,逾彼東家墻。緘縢扃雖固,胠篋罄所藏。攫肉虎既飽,空牢羊云亡。邏卒聚訟至,群醜已遠颺。蕭齋何所有,殘書十餘囊。有琴復有研,皆我客中裝。呼僮爾來前,告爾當審詳。既謀固吾圉,先宜周外防。磨我吕虔刀,雪耀生寒光。張我由基弩,一發百步強。治柵及井樹,聚榛嚴風霜。五夜勿鼾睡,耐此秋宵長。重遷既未可,募守焉得常。綢繆或苟免,佚處莫敢遑。願天生善類,猰貐化爲良。道路遺不拾,海宇胥安康。

偶成

萬緑杈枒一徑深,圖書堆裏坐林陰。晴光静閲雲霞態,雨意全欣草木心。野客餉花兼得藥,詩僧攜酒爲聽琴。長松怪石從吾好,箕踞還容嘯復吟。

張介秋茂才觀侯自半屏寄示夢中偕余遊鼈峰聯句之作頗詫爲奇時介秋援例廣文奉檄勸捐出力宜邀甄敘殆有所感觸云成小律三章答以爲頌

此夢曾非幻,詩來訝有神。珍宜鴻寶秘,誦喜諾皋新。情至精魂結,心通字句真。一枝青鏤管,持贈果何人。

其二

鶚薦名能副,鵬飛氣自豪。從茲種桃李,可免涉風濤。酒酹花田暖,琴移海月高。廣文官不冷,待爾振風騷。

其三

老去安吾拙,莊樗屬散材。雀羅初罷客,駿市舊登臺。風月曾爲主,文章總重才。不嫌韓友孟,好句惠瓊瑰。

新秋雜吟

小池荷净暑初收,幾日凉風已判秋。黃葉滿園曾不掃,夕陽閒過屋西樓。

其二

牆角餘花瑣屑紅,含芳猶自豔西風。欲追旖旎三春景,少待霜林醉晚楓。

其三

夕霽遥天抹淡霞,數行飛盡暮歸鴉。誰知水國蕭疎影,已有幾蘞紅蓼花。[①]

其四

小窗閒坐欲成吟,絡緯能知獨客心。占得高枝縱繁響,豆棚花下綠雲深。

借閒

俗慮何緣得少刪,驚心早覺鬢毛斑。世途盡似龍門峻,生計如探虎穴還。午夢醒餘秋草綠,暮山看到夕陽殷。偶容抱膝吟新句,小借塵寰晷刻閒。

月夜遠眺

一碧無垠海氣清,片雲閒曳出高城。長河星動魚龍影,匝野風生蘆荻聲。岸遠歸漁明夜火,樓空客戍罷寒更。迢迢山寺藏何處,

---

① 原批:"一句翻作兩句,如見雲林遠山一角。"

又聽疎鐘月下鳴。

贈吳伯吹壎

此方多逐臭，狷潔非其儔。荃蘭與蕭艾，本自分薰蕕。爾乃讀書種，
性癖耽清幽。鑿壞遠儕俗，鬻戶甘潛修。振音出宮徵，琢句鏗琳球。
興致殊高遠，氣象迥不侔。忽思拔鯨牙，來從東海游。蓬萊已淺水，
蘆荻餘荒洲。文章賤草芥，道誼輕風漚。溲勃爲上藥，葆朮安所投。
困我十年久，無病成贅疣。敢謂百鍊剛，不作繞指柔。曩年交尊君，
詞華邁衆流。聲譽不脛走，緒論繰絲抽。相逢必談辯，有時還歌謳。
依倚若蠻驅，又若狎鳧鷗。修文乃遽召，賫志未克酬。飛黃待吾子，
騁步看驊騮。如何抱荊玉，三獻不見收。庭檐但眠鶴，門巷無停騶。
雖然人海中，終當出一頭。故株匪易守，遵路當改由。方今吳楚墟，
欃槍耀清秋。兵塵尚未洗，壯士枕戈矛。金印大如斗，智取非力求。
幹才自見用，艱食胡足憂。參軍亦可樂，因人成大猷。上而爲管葛，
下猶爲枚鄒。苟有錦繡段，五都詎弗售。愼勿久拳跼，骭髀羈窮陬。
樂郊固有所，濁海毋長留。他時重相覿，功名追馬周。

中秋赴斐亭宴席上呈子厚廉訪

白鳳騎來海上秋，又烹麟脯集仙儔。銀蟾酒浸杯吞月，金栗風飄
香滿樓。倚醉爲誰歌水調，敲詩難得盡名流。紞如街鼓催休急，
更折花枝進一籌。

題介秋海外草

一腔冰雪自吟哦，天籟渾如擊壤歌。喜是清禪談白足，散花何用
仗維摩。

其二
即此爭誇幼婦詞，塹城傳遍好秋時。愛君絕少乖厓癖，寫出清新
老嫗知。

其三
三家曾讀嶺南吟，今日冰文又愜心。畢竟鄉枌才調衆，不嫌韋杜

并高岑。

次介秋秋夜獨坐韻

薔薇冒露盥塵襟,小坐當花月正陰。聽漏最嫌蛩亂耳,調琴先有
鶴知心。無田負郭身難退,卜宅棲山道自深。眼底行藏渾不定,
與君滄海且聯吟。

謝楊篪生_{克仲}贈草書歌

張芝臨池水盡黑,僧虔作書用拙筆。心手相應屬天然,變化離奇
殊莫測。顛旭揮灑更有神,落紙常如風雨疾。以頭濡墨醉始書,
醒後欲書書不得。今人態度豈其然,舉止羞澀法盡失。惟君精力
萃于斯,渴驥奔騰怒猊逸。客年拜貺已嵌崟,百態橫生動顏色。
今年適意復持贈,矯若驚龍尤骨力。想君明窗净几中,日消陰糜
三斗墨。恨我不得來旁觀,捧紙徬徨徒嘆息。揭來海上逾十年,
翰墨因緣與君密。塗鴉笑我頑且愚,信手那嫌字欹側。始識馳驚
有繩規,此事未可孟浪出。不到功深指臂融,詎能意造任麤率。
羨君從此獨擅名,鐵裏門限乞滿室。一邦之妙既盡知,萬里求書
將有日。①

曉吟

瓦雀聲喧上小亭,疎林猶帶曉烟青。園扃未啓客初醒,一片宮商
枕畔聽。

其二
初陽紅上樹梢頭,暗砌吟蛩尚未休。滿院露華濃似水,欄蕉窗竹
釀清秋。

其三
亘天海氣白毫光,隱約來遮萬里航。如薺檣竿收不見,一宵漁火
憶鯤洋。

---

① 原批:"兜斡有力,此法多得之工部。"

其四

夜市全收早市譁,開園一擔賣新花。長橋短巷無人喚,喚入紅樓舊識家。

鷹爪蘭

鵜鳩化去孕芳蓀,沅芷湘蘅擬共論。病翩暗隨柯幹改,青枝疑有蘸毛存。種分空谷香偏濁,秋憶平蕪血有痕。幾處紅簾呼且住,滿筐新緑出山園。

漫興

逐日群嗤夸父奔,長林竭蔭少烟村。妄思甫里優遊樂,偏覺虞翻骨相屯。四海寇氛猶未靖,一家生計向誰論。改宋爲杙成何事,羞説般輸是匠門。

其二

世風難挽魯陽戈,一片雄心耗已多。把酒有時看短劍,栽花無地築行窩。身如秋葉禁霜露,人到衰年懶詠歌。擺脱塵緣甘學佛,客來相見但何何。

題王小泉明府衢十二畫冊

龍湫坐雨 在平凉府城外崆峒山下

崆峒山下吼龍湫,倒掛天紳玉一條。噴沫恍疑晴亦雨,招凉能使夏成秋。仙因問道留餘迹,崆峒山即笄頭山,黃帝問道于廣成子處。人愛尋幽愜静遊。雁宕匡廬差可擬,料應同此雪泉流。

鳳嶺踏雪

秦鳳連山路亘綿,行行正趁雪飛天。群峰展素開瓊島,匝地飄霙布玉田。隴坂衝寒憐遠道,歧周鳴瑞紀當年。終南山色晴如畫,可有梅花破曉妍。[①]

---

① 原批:"結句超。"

棧道躡雲

此日休嗟蜀道難，連輩并騎出層巒。遙看峰送雲千疊，已是人登路百盤。綿捲兜羅收上界，石懸危棧聳奇觀。捫參歷井渾無礙，祇覺氤氳一氣蟠。

玉門嘯月

出關猶憶柳條新，此夕明河絕點塵。玉笛不須吹舊調，銀蟾偏恨照離人。雲連漠北家云遠，春到江南夢不真。踏碎瓊瑤宵已半，一聲鶴唳上嶙峋。①

紫塞從軍

雪花掌大不知寒，踏遍陰山未解鞍。血飲黃塵生射易，風追白馬倒騎難。參軍蠻語思重譯，壯士悲歌意自酸。臥到夜深氈帳冷，燐光如火枕邊看。

紅山送別　烏魯木齊，譯云紅廟子，即紅山，屬迪化州。

河梁分手最心驚，況是沙場共死生。古廟紅牆饒勝概，漫山紫邐盡離情。一軍化去誰猿鶴，萬里同來幾弟兄。愁過李陵臺畔路，蕭蕭班馬各悲鳴。

岳陽望渡

虛涵八月洞庭秋，楚尾吳頭汗漫遊。樓古但憑雲去住，波寬疑與地沉浮。寄書龍女今何在，掛劍仙翁醉亦休。迎面君山青屹立，一航容與泛中流。②

仙霞遲客

雄關聳峙衆山低，太息當年動鼓鼙。析界水經分兩派，清時封不用丸泥。峰圍亂竹崖添翠，人立斜陽馬獨嘶。有約愆期誰是伴，丹梯百尺自攀躋。

九曲峰巒

幔亭峰影醮清波，曲曲風來引棹歌。茶戶入雲三月暮，楓人生瘦九秋多。虹藏仙去橋留板，雨助灘喧水旋（汃讀）渦。爲問武彝君在否，

---

① 原批：“‘云’字欠鍊。”
② 原批：“三四雄闊稱題。”

杖藜攜酒擬重過。

一帆海槭

擊楫狂歌鷁首東，寸心安穩仗孤忠。未窮絕島扶桑碧，先看洪濤浴日紅。大海波瀾真壯闊，丈夫事業要豪雄。逍遥一舸聊云暫，猶有鵬程九萬風。

澎瀛轉賑

朝聞發粟夕移舟，手捧星符敢遲留。饑溺不忘原素志，風濤雖險總無憂。情矜鮒涸人全活，聲罷鴻嗷戶已稠。歷遍島壔三十六，翠烟生釜萬家謳。

蘭嶼掃穴

定變無才便失機，喜君戡亂早知幾。臨淮刀向靴中掖，手刃林文英事。論蜀文看筆底飛，小泉以天理、國法、人情三大端示諭各紳董。盡去邪蒿鋤異種，獨揮血刃出重圍。子龍儘有通身膽，莫笑書生瘠不肥。[①]

祭在田詩以代哭

載拜陳肴酒，斯人不可呼。凄凉彈老泪，寒儉愧生芻。忠鯁原非福，朋簪尚未孤。一心師召杜，誰謂識拘墟。

其二

九疑魂夢隔，家遠望蒼梧。風影憐分雁，霜哺泣老烏。囊空留一硯，烏在剩雙梟。與我周旋久，深知長物無。

其三

几案無留牘，思將錮習除。快心棠未憩，生肘柳先枯。吏事新珪組，儒聲舊俊廚。如何成夢幻，彈指祇須臾。

其四

兵解知何術，灾星至剝膚。還丹難駐景，報國願捐軀。絕筆書猶在，懷沙痛不殊。傷心哀楚些，流恨滿江湖。

---

① 原批："豪氣勃勃，落紙有聲。"

悼僕葉順

孤兒不可死，而乃竟淪亡。石火光旋滅，秋風草不芳。影堂餘白髮，爨婦少紅粧。不識桐棺薄，能堪體魄藏。

其二

慚予非穎士，亦自解憐才。囊劍今誰負，庭花尚爾栽。思深同舊雨，命薄等飛埃。誤揭重簾響，猶疑報客來。

滿園

滿園竹翠掩重重，小坐流連到夕舂。怪石也曾經米拜，長松誰訝是秦封。病中行藥巡幽徑，物外看雲曳短筇。直上層臺窮遠目，浪花堆裏兩三峰。

其二

南鄰朱老偶招邀，閒話如逢谷口樵。丹園先生寓在隔鄰。古事不妨談魏晉，行年何用問松喬。花間掃石琴加膝，世上看人笏在腰。彈罷酡顏傾一斗，未知主客孰長謠。

丹園太守招飲寓齋談近事詩以紀之 八月初四日

山亭槲葉飛，水國蓼花晚。微聞木犀香，風至知自遠。主人偶開樽，擬將塵事遣。珊珊群公來，清言興不淺。莊語雜詼嘲，略分褫冠冕。本爲飲酒陶，轉作談天衍。尚論及時務，聞見昔所鮮。拆繡圖屢更，困樊翮不展。衆情尚脂韋，獨立忌謇謇。白璧縱無瑕，青錢難入選。勢理不相敵，人事多錯舛。風趨若江河，日下何由返。謀生既多艱，變計當自反。勿貪行縢餘，早向衡門偃。鮭菜即侯鯖，荷衣勝華袞。鑿壞固非宜，力田當自勉。經畬歲月遒，家政孝弟踐。眼看好山青，強于紅塵輭。主聞大軒渠，客亦醉袒跣。讕言豈其然，吾舌後當剪。

書劉廣文芑川海音卷後兼示澤芬明經

秀句脱梨棗，捫紙字猶濕。人琴雖已亡，尚留一枝筆。想見薈萃時，立言去雕飾。茅檐聽歌謡，藝苑輯篇什。典型耆舊思，掌故蒐討得。

物愛逮土宜，瑣瑣勤掇拾。初未隸版圖，本屬文身國。山蟠水復深，聲教限外域。迄茲做春臺，百年共休息。戈甲樂田疇，帆檣利南北。特以戶齒增，漸使町畦仄。旱潦無常豐，冠盜有隱疾。遂令蒿目人，操管百憂集。思艱預爲謀，撮要紀其實。匪徒備采風，將以輔治術。人才如積薪，後起邦家則。鐘鏞自噌吰，笙磬亦楊抑。鳴爲盛世音，足表海濱式。執此一卷詩，陳善袪邪慝。加惠及鄉衿，真乃具卓識。

少溪移居

喬木風烟究若何，故山抛却舊藤蘿。門前誰繫看花馬，沼上新添換字鵝。廉讓自然居不隘，清狂也許醉當歌。朝曦暮靄分明處，牆外遥山綠自多。

其二

買鄰隨地作行窩，暫住因緣任刹那。閣小琴書須自庋，庭閒風月任相過。籜冠未辦難稱隱，鐵硯能穿且自磨。倘似羊求尋蔣徑，我來芒屩踏青莎。

焚香

焚香澄萬慮，待月上青林。一室凉如水，微雲生遠岑。風欺燈影瘦，花隔漏聲沉。寂坐枯禪似，無絃不理琴。

送序東之斗六門

寇警兼貧病，生存已大難。殘衣無可典，短鋏且輕彈。骨要冰霜鍊，心惟菽帛安。敝襦休棄却，珍重北風寒。

重陽日晴霽不得出遊感賦

明霞照遠水，茅屋未新霜。好山麗夕照，迥野皆秋光。時維秔稻熟，兼有黃花香。題糕當令節，滿飲宜十觴。如何獨閉戶，看人佩茰囊。一枝邛竹杖，不踏門前岡。生年不滿百，清歡安得常。朋簪既鮮洽，塵累良足傷。回首澄臺宴，群仙詠霓裳。大斗爵無算，醉遁華胥鄉。僅乃客年事，歇絕秋風凉。龍山帽誰落，令人懷古狂。

秋陰

不雨常疑雨，幽居易夕昏。潮光通海氣，秋色淡雲根。徑曲林先暝，風高葉自喧。古榕伴棲隱，日日綠侵門。

答韋茂才玉叔國琛贈什次韻

鰕生豈知書，慧力不逮古。晚歲猶饑驅，營巢少定所。年時客東瀛，娵隅詠蠻府。得句偶問奇，來訪城南社。君方主騷壇，角逐不記數。突然張一軍，詫我鐵勒部。勇敢皆伙飛，摧堅無不剖。細若鏤冰絲，疾若降猛雨。清若孤鶴吟，健若渴猊怒。十盪復十決，一氣竟作鼓。始知邾莒邦，何可敵齊魯。餘音嫋朱絃，霏屑揮玉麈。直將冰雪汁，融液爾心腑。我拜陳琳檄，頭風一夕愈。從今登雲梯，要借修月斧。

殘秋偶詠

秋迥寒烟淨，平蕪掠健鷹。樹乾風損葉，池涸石黏萍。陰火光流汞，海水夜光，謂之陰火。遙峰瘦出稜。朝來看草色，衰態漸相增。炙日窗糊紙，遮風幔引繩。尊罍聊爾雅，筆墨豈多能。庭爲栽花隘，樓因望海登。六時閒自課，心定即孤僧。

擇芬家圃菊花新開健步移來四種色香俱佳書此以謝

霜華侵曉拂重檐，繞屋秋光一夜添。脫贈應知能割愛，奢求猶幸未傷廉。濃香壓擔肩疑重，殘酒空尊醉不嫌。堪笑嗜花同此癖，柴桑竟有兩陶潛。

郊行

四山瞑色翠浮空，萬象蒼茫落照中。紅樹遠烘丹竈火，白波橫捲海門風。碑尋古迹誰題字，路失前溪却問童。處處秋晴耞板響，羨他多稼作村翁。

早起看菊

濃分玉露濯秋光，未減羅含宅裏香。白首相期惟晚節，賞心何必定重陽。頓忘盥櫛憑欄久，小具壺觴揖客忙。我笑即花花即我，不分古逸及清狂。

燈下看菊

骨瘦玲瓏孰寫真，銀燈照出淡丰神。橫枝插向銅瓶好，對影描成粉壁新。未許笙歌圍綺席，最宜泉石伴幽人。婆娑古意分明在，認得金仙壽者身。

十月初四夜夢史元甫明府_{載熙}是余初作客居停也 溧陽孝廉，能詩善飲。

縱談開寶愛唐詩，官閣朋簪憶曩時。尺素至今留斷句，遺言無日不相思。論文喜入崔儦室，爲政曾傳卓茂慈。回首烟雲三十載，夢中猶是舊鬚眉。

澹泊

澹泊無營静養心，鏡臺豈使點塵侵。孤雲野鶴原無侶，流水高山自賞音。書味沁脾甘似醴，世情緘口默宜瘖。行藏底用君平卜，興到何妨放浪吟。

題亡友丁皋仙畫冊

青山埋骨十年強，落葉飛花每斷腸。遺筆尚留真畫本，傾尊空憶舊河梁。細皴古紙麻千縷，小印紅泥字數行。太息披圖人不見，寒烟墓草悵斜陽。①

---

① 原批：“睹畫懷人，往復不盡。”

無題

水市居然礮火屯，桀鶩誰使夜郎尊。寒盟有意渝前約，蠱衆何曾恤後言。縱乏靈符能辟鬼，豈容揖盜竟開門。藩籬自撤殊非計，笑彼昏昏虱處褌。

其二

鯨波萬里去來便，癰患分明在睫前。多寶竟思垂網盡，前驅誰與著鞭先。機如隱伏情猶秘，端已潛開禍踵旋。莫謂鱷魚終不徙，射潮強弩挾三千。

次家漱石<small>紹芳</small>比部集同人宜秋山館清遊韻

開殘黃菊負重陽，打稻西風又滌場。閉戶我方悲伏枕，坐花君已早飛觴。殊方作客非秦贅，一醉清歌類楚狂。指點遙山如畫裏，淡雲幽樹正微茫。

其二

群公豪邁古無倫，枚馬文章豈下陳。蓬島恰教逢勝侶，枌鄉何幸盡詩人。阮孚重蠟看花屐，郭泰新裁墊雨巾。從此東橋頻問竹，玉壺時買小槽春。

附錄原作

乙卯六月七日，同陳晴江、家懷庭、王樵村、劉和亭過宜秋山館，讀壁間故人劉芑川題句，爲之愴然。樵村、和亭有詩次其韻，強予同作，走筆賦此，并示雪堂。

好風吹袂趁斜陽，來借名園作道場。迺暑恰逢修竹徑，賞秋預訂菊花觴。園中菊花極多。共推山簡遊真健，誰識寬饒醒亦狂。留與他年圖笠屐，海天獨立向蒼茫。

其二

作達劉郎邁等倫，青山荷鍤迹陳陳。古來秋士悲重九，芑川詩作于癸丑重陽。絕代風騷少替人。忽讀舊題應擱筆，不聞鄰笛也沾巾。芑川于余嘗有"知我"之嘆。蓬萊清淺揚塵後，爲問麻姑閱幾春。同輩中惟晴江在臺最久。

樵村和作 王家揚

酒徒我本舊高陽,每向春風醉幾場。炎景地幽思下榻,殊方朋聚愛攜觴。容
顏空嘆安仁老,嘯傲誰憐阮籍狂。拍遍闌干歌小海,羈愁鄉夢兩瀰茫。

其二

落落平生太不倫,蹉跎歲月迹皆陳。身餘琴劍成孤客,天與江湖作散人。偶
續舊題留爪印,羞看華髮負頭巾。諸公莫誤重陽約,滿地黃花一買春。

和亭和作 劉雍

蒼顏白髮老歐陽,笑入蓬山選勝場。仍許園林隨杖履,便堪風月醉壺觴。百
年此地來宗匠,千古吾家幾酒狂。元韻有 "骯髒平生劉伯倫" 之句。濃墨淋漓遺
迹在,倚欄吟望極蒼茫。

其二

金谷當年石季倫,樓臺秋草迹空陳。豪華自古原如夢,吏隱于今尚有人。海
外干戈紛戰壘,天涯詩酒誤儒巾。蓮花幕府趨庭後,小別家園又一春。

并錄苕川壬子重陽雪堂招飲原作

園成恰好趁重陽,便借登高作酒場。況有林篁如列岫,豈因風雨誤飛觴。地
當靜處無嫌僻,友到真時不厭狂。今日始逢開口笑,三年塵海總茫茫。

其二

骯髒平生劉伯倫,病餘酒德不堪陳。怎禁把袂來知己,更與燒燈對美人。此
地誰開彭澤徑,吾曹休負習池巾。獨憐烏石峰邊路,鶴怨猿愁忽幾春。吾鄉
烏石山登高最盛。

儀宇明府鴻奉檄遠出數月不歸寄詩懷之

旌旆遙迎舊長官,馬前匍匐識恩寬。明知草蔓原難治,且復葵傾
自捧丹。山館讓雲常入户,海田漲雨自生瀾。荒村門柵無扃鐍,
父老重來話盡歡。

其二

身如古柏健凌霜,日向西風戰幾場。辦賊按軍臨虎穴,入山隨路

關羊腸。事無分畛情何切，心爲芸人已轉忘。却報年光殘臘近，
鄰家籈酒已先香。

贈沈成之興文

鎩羽曾誰識鳳雛，一官新試鳥飛鳧。得遊滄海心猶壯，若問神山
路已無。舊有詩名傳八詠，可能文手賦三都。清宵看仄高牙月，
聽徹城頭畫角孤。<small>時派巡城。</small>

其二

擊柝何須愧抱關，古賢曾此守貞艱。官卑且厠鵷行列，母壽宜歌
燕寢閒。潤澤詩書充學術，哀矜草野念恫瘝。<small>兵氛未銷，民氣難復。</small>邛
嶧九折都無恐，鍊爾天生性血殷。

茶聲

火活泉初熟，瓶笙有遠音。蚓寒疑出竅，蟬靜曳微吟。未解盧仝渴，
能參陸羽心。客來聽小坐，移月過花陰。

前詩投去成之亦呈二律依韻和之

新詩投我句驚人，滌筆冰甌絕點塵。讀畫并聞宗北苑，看山曾記
遍南閩。欣聞毛義之官喜，還重茅容養母身。肯向桃花濃處問，
漁郎從此不迷津。

其二

久客扶桑東又東，玉山小隱類棲嵩。秋宵醉月尋歡伯，春鳥啼花
聽郭公。箕穎適情心自遠，夔龍爲治世方隆。雄飛雌伏途終判，
馬儈牛醫讓我工。

與成之寒夜談詩多有妙解謬承下問走筆書此應之

沈郎才調本嶔崎，天馬行空自不羈。落筆健應搖五嶽，精心雅是
結千絲。悲歌感慨原無限，興會淋漓在一時。鑿險縋幽俱未可，
康莊九軌且先馳。

其二

李杜光芒萬口推,遠從騷選騁雄詞。新聲清脆聆鶯鶴,古色斑斕貴鼎彝。莫悦箏琶諧衆耳,但舒花柳盡仙姿。就中派別分明有,一點靈犀要自知。

其三

各家體格判崇卑,修短穠纖在合宜。雙眼放開真閲歷,十年磨盡舊瑕疵。陳言務去斯爲美,一字求安幾費思。漫詡長城常屹立,攻堅秦系出偏師。

其四

五俗曾無藥可醫,肯將珊骨換豐肌。流行似水關生氣,怒放如花鮮醜枝。恰少艷詞吟杜牧,勿嫌殘錦惜邱遲。閉門日把山肩聳,持贈何如只自怡。

殘菊舊本送歸擇芬朕以詩并訂明秋之贈

珍重芳荄未盡殘,送歸宜與護新寒。猶思老圃經秋豔,欲唱陽關作別難。棄櫝留珠容我巧,脱銜歸馬博君歡。明年準備東籬畔,早看金英滿畫欄。

前詩四章成之屬和仍次韻奉答

危崖峻坂盡傾崎,得路何愁馬脱羈。才已奔鯨看掣海,心還抽繭細繰絲。筆飛墨舞都成趣,石破天驚定有時。我是駑材羞并駕,一鞭應讓祖生馳。

其二

縟章繪句衆交推,真是琅琅大雅詞。遠韻悠揚吹越笛,古情渾樸鑄商彝。天孫乞與雲霞錦,國色生非山野姿。料爾尋源欣有得,自知差勝問人知。

其三

巴曲由來格調卑,賤工何足問歌宜。出《禮記》。還丹大抵須純火,求璧安能無小疵。仙子樓臺多幻境,高人裾屐耐遐思。就中心印誰傳得,漫向阿難拜本師。

其四

肱非三折恥爲醫，獺髓何能補玉肌。妙手本無修月斧，干霄豈有
拂雲枝。嘔心長吉囊無錦，屬思文園筆每遲。笑負大瓢吟且醉，
蹣跚惟向白雲怡。

三和成之仍次前韻

三戰天山歷崛崎，斗絕也。疲兵何以敵新羈。騷壇儘有驚人句，繡
戶應無續命絲。大國楚齊休壓境，聯吟皮陸喜同時。據鞍矍鑠吾
猶可，祇惜流光下坂馳。

其二

虛譽重勞挽又推，瘦寒那有碧雲詞。名山我未吟廬阜，仙宦君真
棹武彝。特恐粗才無傑作，終爲濁物異天姿。菱花掩却無鹽陋，
妄想修容悅己知。

其三

射鴨哦松橡不卑，坐花醉月肯隨宜。陶韋情性多沖淡，李杜聲光
少纇疵。與古頡頏原匪易，爲誰惆悵最堪思。白蓮社裏添儔侶，
可許清齋謁遠師。

其四

兼收并蓄信良醫，惠我刀圭感刻肌。師竹忽聯塵外友，折梅如贈
雪中枝。抄從小吏揮毫易，讀向寒宵下酒遲。倘使于喁無斷絕，
茶簾香榻足神怡。

郊行即目

衝寒出城郭，喚渡西溪頭。尺波撐小艇，拍拍如鳧鷗。閒疇積枯营，
萎爛無人收。一任黃埃捲，直欲凌高邱。我行正北向，酸風射兩眸。
日氣變黃紫，村火出沙洲。野人重報賽，歲晚罷鋤耰。濁醪醉土偶，
扶攜滿道周。翁老踉蹌拜，執珓輒復求。罔知咒何語，喃喃殊不休。
廟小綠榕裹，溝清碧水流。爐烟散林樾，縹緲如雲浮。

客舍長至

搯雪揉霜製粉團,親鄰相送偶交歡。年光惜向閒吟過,鄉物翻從客邸看。瓶水養花香滿室,簾衣籠月影移欄。梅圖一幀誰新畫,暗裏能消九九寒。

偪仄吟

日勞千牘疲,夜對一燈息。牛老不忘犁,晚耕力自食。孤行卅餘年,崦嵫漸相逼。夢幻泡影中,往事豈堪憶。效忠腸猶焚,默念路疑漆。不飲公瑾醇,強受林甫蜜。褒斜羸驂危,魑魅衝書出。始知三代下,行道難用直。四郊尚多壘,寇盜如比櫛。微蠅覓幾何,奮翼飛不得。風吹白日寒,浪闊滄海黑。遊子起遐思,無聊歌偪仄。

耽詩

平生寡嗜好,性僻惟耽詩。丈夫事遠大,嘲弄將奚爲。泊然坐清夜 ①,樂此曾不疲。非惟樂不疲,心得頗有知。國風三百篇,天籟世所希。騷選具奧旨,雅頌之所遺。六朝尚縟麗,五季傷凌夷。四唐作者衆,津涯浩難窺。初盛至中晚,各有絕妙詞。若尊韓抱杜,究未擴遐思。宋元稱巨擘,蘇陸元裕之。均能抉精髓,金薤琳琅披。有明三百載,風氣相推移。盛名傳七子,鳳洲爲白眉。我祗愛高青丘李荼陵,氣足神不離。國初諸壇坫,紛如五色絲。高華并典瞻,芬鬱兼瑰奇。要皆重根柢,疊矩而重規。洎夫隨園出,空靈始驚馳。近今多名雋,紛紜鎬棗梨。亦蘭苕翡翠,欣賞僅一時。此中真實境,如選萬花枝。穠纖固殊態,色香亦異宜。又如善釀酒,擇醇棄其醨。攢眉未爲苦,賞心恒自嬉。秀句出錘鍊,折肱斯成醫。假我炳燭光,肆力當有裨。掩關守我獨,導路知爲誰。鑄金事古人,多師以爲師。

---

① "泊然坐清夜",原作"然而每清夜",後改。

勸友人移居

陌巷殊空谷，何爲此播遷。人同智井閈，室與黑窑連。小住佳猶未，安居久豈然。還當移爽塏，灑掃過殘年。

其二

賃廡非無地，樓山亦有緣。不須依廣廈，祇要傍廉泉。花草鋤三稜，琴書寄一椽。願君尋勝概，稍破杖頭錢。

第八冊

丙辰

元日陰雨

重陰未肯展晴暉，雨後初開竹裏扉。名紙半多新客至，東風仍送好春歸。冠裳諧俗從虛簡，秦越看人較瘠肥。松菊未荒明月在，安能忘我舊漁磯。

和崇文書院課題

合眼生機幻即真，蓬蓬詩意已含新。天涯易睹傷心碧，池上偏逢得句人。青鏤管中多意蕊，黑甜鄉裏逐芳塵。尻輪神馬從容到，尋遍槐安大地春。<small>夢草。</small>

其二

高人胸次自氤氳，每接清言挹古芬。靈府似含香九畹，都梁疑爇日三分。命騷舌粲湘君詠，扶雅身依荀令薰。如此朋簪空谷待，博山石葉不須焚。<small>心蘭。</small>

其三

瀾翻如浸碧芙蓉，有客來談玉井峰。牙慧利從人後拾，心葩開亦
意中逢。評量月旦香生頰，吐屬風流繡在胸。聽到廣長真說法，
大千何處覓機鋒。舌蓮。

其四

深藏千畝豈矜奇，方寸杈枒轉自疑。抱道由來崇勁節，根心還許
養新枝。蕭森肺腑生寒綠，吐納烟霞少俗姿。修得檀欒無限好，
谷懷處處正堪師。胸竹。

春宴篇

破却中人產，言尋一日歡。笙歌雲外聽，冠烏座中寒。是日大風雨。
酒暖花初放，燈回漏未殘。五侯鯖自異，陋却腐儒酸。

上元日雨

燈市消無迹，看雲悵倚欄。幾家空臘酒，一夜釀輕寒。花信催春緊，
潮聲出海寬。天心期潤物，早慰老農歡。

夜雨

一夜殘春雨，青萍泛小塘。亂蛙爭夕響，孤蝶減風狂。新筍出當檻，
餘花飛墮床。幾番縈嫩綠，門外有垂楊。

殘春旅詠

絳瓣初殘綠葉肥，風光又覺一時非。榕陰滿地無人管，一任銜泥
燕子飛。

其二

小童煮茗待敲棋，晷線添長午漏遲。恰好隔花聞客到，沉吟先得
一聯詩。

其三

清明穀雨俱經過，處處催耕要插禾。客裏不知農事苦，輕衫小扇
聽秧歌。

夜遊曲

黃昏有約客初齊，沿路香風踏軟泥。恰喜到門人一笑，心心真許
叩靈犀。

其二

賭酒徵歌乍剪燈，小樓深處喜同登。漢家金屋知何似，但說飛瓊
住上層。

其三

唱罷潮雞月正中，林投花下坐清風。簾櫳夜色涼如水，燭影輕搖
一寸紅。

其四

衙鼓傳聞已四摑，猶支殘醉未還家。一枝玉笛誰吹出，又聽新聲
剪剪花。

其五

隔花鵯鵊已催明，兀自纏綿未肯行。不打六更偏報曉，恨他街子
總無情。

無題

白袍鵠立半孤寒，柳汁何曾盡暗彈。舉世但求趨捷徑，成仙原未
藉還丹。漫云玉尺量才廣，不照金星入彀難。從古登龍聲價重，
劉蕡空自淚汍瀾。

其二

此君容易納名流，物色毋煩使者憂。長袖自然稱善舞，簪花毋乃
尚含羞。一枝斑管才終儉，十斛明珠技易投。他日行驄人辟易，
崇封爭識富民侯。

吾癡

忍凍如孤鶴，寒檠兀坐時。一生貪作客，五夜獨敲詩。秋老蟬餘響，
春殘蛹胃絲。吟成何所用，吾亦笑吾癡。

曉望

戍鼓沉寒月,村雞亂曙星。客程行自早,妝閣夢初醒。出海潮空壯,遙山樹失青。一宵雲未散,猶宿水邊亭。

丙辰午日

檣烏幕燕屢驚遷,菖葉蒲花又一年。閱歲已真同蠟嚼,歸山猶未伴雲眠。魚歌久客羞馮鋏,槐國浮名讓祖鞭。憶到湖西簫鼓好,大江南北尚戈鋋。

偶成

懶性從吾好,虛心未改初。無聊三雅酒,有味五車書。身賤名焉副,時清道自舒。紛華誰不羨,所惜誤居諸。

雜詠

深林月黑影如山,吠蛤聲中水一灣。透出隔籬燈一穗,鄰家戶牖未曾關。

其二
矮棚初架任欹斜,地暖無霜不種瓜。只有迎風黃鴨腳,倚墻開出兩三花。

病中作

一病連三月,黃花已負秋。閉門聽落葉,涉世等輕漚。禱佛誠何益,迎醫或有瘳。此生無罣礙,來去本虛舟。

其二
海外無良藥,葓苓價不勝。耽眠多亂夢,寂坐似枯僧。覓友成虛約,登樓謝未能。霍然定何日,飛舞健如鷹。

秋懷

秋懷何渺渺,十載久離家。靜夜一燈寂,鄉心兩鬢華。愁深傾竹葉,夢冷寄梅花。骯髒風塵外，當年一念差。

其二

貧來甘守拙，老去漸知非。白日從人過，黃金信手揮。觀空皆蟻鬥，
見道即鳶飛。吾自樂吾樂，西山歌采薇。

其三

病中先止酒，亦復喜觀書。謝客門常杜，焚香篆尚餘。塵飛看野馬，
樹老笑寒樗。得棄馮驩鋏，何愁食少魚。

其四

磨蠍在身宮，鯫生命固窮。饑難文字煮，巧任笑談攻。寇盜何年熄，
田園轉眼空。兒孫自衣食，祇作信天翁。

暝

樵葉出烟岑，濃雲洰晚陰。遙山沉暮靄，高鳥急歸心。日短生寒早，
江空隱霧深。閉門閒病叟，待月上青林。

風夕

戶外起寒濤，長松亦怒號。窗燈搖閃爍，階葉助蕭騷。夜静聲如沸，
天空氣轉高。但愁波蕩漾，屋小不堅牢。

野館

野館起何早，星河尚掛檐。鳥聲催曙枕，花氣入疎簾。夙酒醒猶困，
爐香燼未添。病餘無一事，閒看月如鐮。

題畫

小艇便爲家，清溪棹若耶。直鈎垂静渚，破網曬晴霞。白髮風前短，
青蓑雪後遮。得魚常不賣，沽酒宿蘆花。漁。

其二

狼虎何須避，行蹤遍澗阿。腰鐮乘曉出，覓路撥雲多。烟火資生活，
風霜耐折磨。歸來對明月，猶唱踏山歌。樵。

其三

馴犢不須鞭，扶犁年復年。鋤阡晨霧重，歇樹午陰圓。歲歉衣曾典，
租完橐剩錢。回思春起早，耕破綠楊烟。 耕。

其四

朝暮識牛饑，春山草不腓。穩騎吹短笛，閒臥脫蓑衣。野曠呼群遠，
天寒向晚歸。干名思扣角，夢想入非非。 牧。

寄葛莅汀表侄蘭芬時薦于羅山張慎修傅敬處

殍汝經年久，艱難覓稻粱。人皆笑寒儉，我獨重溫良。情話嫌宵促，
清饑念歲荒。畫眉今日始，非復舊時妝。 莅汀久于禹筴。

其二

送爾羅山去，予心生遠悲。有才終見用，所事定能爲。立品風規好，
觀人水鑑持。輕寒復輕暖，珍重菊花時。

病中愁悶作

藉酒消愁愁不消，愁根牢固酒難澆。已看病骨同孱石，況聽秋聲
捲暮潮。四海干戈誰撥亂，一腔孤憤獨成謠。空山戢影都無計，
劫火應傷萬彙焦。

夜坐

一彎涼月淡如眉，伴我深宵獨坐時。遠漏隔花聲斷續，亂螢臨水
影參差。清歌吹出悠揚笛，小令新裁絕妙詞。更欲圍爐重滿飲，
天寒莫放手中卮。

輓王澍生明府 丙辰十月初五日卯刻卒，年七十有二。

先民矩矱痛無存，感到人琴未可言。我病瘝疢猶勿藥，君真罋鑠
竟招魂。秋風落葉憐清況，春夢空花了舊痕。屢指平生知己少，
更從何處迓高軒。

其二

轉餉歸來事少乖，癸未年澍生在省請餉，適遇廈門有事。一官鮎竹數安排。

年臻古壽饒仙氣,詩有深情寄酒懷。寶鞏今時芳五桂,王曾異日
兆三槐。九原君已無遺憾,我獨臨風泪暗揩。

送陸右峰崑歸常州

十年蹤迹不嫌疎,爾我心情未改初。閱世漫容青白眼,聯吟端藉
往來書。交能耐久忘拘忌,熱豈因人任毀譽。最是東南兵甲盛,
爲君分手倍踟躕。

其二

襟袍方濃袂忍分,眼看膏秣動離群。山中猿鶴應相待,海上風濤
豈耐聞。情至易攀烟際柳,詩成好寄嶺頭雲。何年去踏梁溪雪,
一徑衝寒得訪君。

北風

北風一夜緊,門外戰棕櫚。月影穿簾碎,濤聲入枕虛。吟蟲爭亂響,
回雁獨無書。人事蕭條甚,屠蘇迫歲除。

空山

日日思歸竟未歸,未歸生事究多違。田園蕪盡稻花瘦,親故貧來
酒盞稀。萬里封侯談骨相,千金良賈費心機。繁華一瞬皆成幻,
墟墓空山伴落暉。

詠水仙花

誰將片玉琢無暇,獨到天寒見此花。恍惚洛神新出水,驚鴻流影
幾枝斜。

其二

白石清泉供養宜,黃冠綠帔浸寒漪。幽窗捲起晶簾月,照出仙人
冰雪姿。

其三

情知覓伴少寒盟,雅抱梅花一樣清。靜坐不須焚篤耨,風來棐几
自香生。

除夕日李潁光生焌至自霞漳留飲

忽報南來客，眉愁使頓開。已驚殘歲盡，却喜故人來。畫意今何似，詩名舊有才。十年逢不易，珍重此深杯。^①

丁巳

詠鴻指園花木四律

材大難爲用，年深自有靈。濃陰三伏冷，鐵幹十圍青。槐柏疑分質，虬龍已具形。秋來巢水鶴，時亦墮霜翎。_{榕。}

其二

一片琅玕碧，誰封瀟灑侯。瘦分蒼玉潤，凉聚綠雲稠。清節迎風勁，笻心過雨抽。相逢嵇與阮，日向渭川游。_{竹。}

其三

綠天留客住，赤日不曾知。却暑搖青扇，行春卓翠旗。窗間宜聽雨，紙貴借題詩。試看心頻捲，緘愁到幾時。_{蕉。}

其四

荷葉田田碧，荷花冉冉香。遠觀嬌欲語，静對澹相忘。夕氣烟光潤，晨風鷺影凉。攢眉無好句，不敢擬柴桑。_{荷。}

得史公亮翼久宿州軍營書酬寄

颯爽如霜鶻，相逢識面初。豈因才溢事，真有腹藏書。騷客風塵老，先人德葉餘。_{謂其尊人梅叔先生。}別來逾一載，相憶定何如。談笑參戎幄，風霜慎起居。奇才當異視，非種必先鋤。須勒臨崖馬，休尋竭澤漁。故人持贈意，千里只區區。

草草草堂詩卷題詞爲查小白作

展卷斑斕發古香，也曾流麗也端莊。分明敬業堂中句，傳與君家

---

① 原批："脱口如生，深情無限。"

作錦囊。

　　其二

艷體毋非託興深，離騷香草美人心。冰甌雪椀都矜貴，不使纖塵筆下侵。

　　其三

廿年遊遍古無諸，航海今知更賈餘。九十九峰深處所，飄然吟到列仙居。

　　其四

功深爐火九還丹，奇氣干雲自鬱蟠。從此詩名滿峰竺，無人不識鄭都官。

聞江西長髮賊竄入樵川

寇氛一夕入熙春，松嶺杉關起戰塵。肝腦滿城塗白地，衣冠盡室走黃巾。清時及見誅群醜，疆事還應仗重臣。時督師駐劍津。徵調日繁烽火急，何年民俗得歸淳。

　　其二

順流而下即榕州，脣齒相依孰借籌。勢已建瓴將壓境，人何築室少良謀。長城未壞猶堪倚，浩劫難銷大可憂。草野有心思殺賊，亟宜修我舊戈矛。

憫旱

春初及夏五，田疇未插秧。密雲雨不至，風伯日以狂。停耕三農苦，禱佛百官忙。時見麻衣人，號咷大道旁。臺地求雨，著麻衣戴柳圈，聚千百人跪道左，號聲甚慘。海濱皆板沙，是宜恒雨暘。今將龜紋坼，罔肯金烏藏。旱魃爾何物，竟敢此披猖。桑林網誰開，六事可忖量。天心本仁愛，奚爲反厥常。甘澤其速沛，萬姓空徬徨。

喜雨

求之不勝求，感召必有應。未聞淅瀝聲，便鼓豐穰興。天瓢勢將傾，連朝知礎潤。三日足滂沱，千家免饑饉。破塊先雷鳴，分疇走雲陣。黑蜮果有情，一雨人心定。魯星村舊句。清泠村溝流，縱橫牛迹印。蓑笠田父身，不辭赴泥濘。補救勿嫌遲，今年尚有閏。眼看綠滿畦，野歌遠近聽。

端午口占

屈子沉冤憶汨羅，當年曾自讀離騷。而今世上無窮事，定比懷沙恨更多。

蟬聲

吸露吟風舉族清，縱然聒耳也怡情。螳螂即在濃陰處，莫傍高枝得意鳴。

潮聲

潮聲雜風雨，午夜起騷愁。家國無窮感，刀兵未肯休。難尋巖壑隱，真迫稻粱謀。滄海身猶寄，何時返故丘。

####　其二

司農空仰屋，大帥久連營。膽怯才難任，謀多事不成。逃生思奪路，固守孰嬰城。誰有回天力，能同造物爭。

閏五月十二日述安司馬枉駕來園語有振觸吟此

鼙鼓聲中事日非，荒涼門徑客來稀。花開深谷春常寂，人似離群雁隻飛。未許投閒猶握槊，獨憐久病不勝衣。北山有約吾無負，擬欲長歌懷采薇。

芥舟

小池僅方丈，久雨新水積。喁喁小魚游，蕩漾亂萍碧。何人製芥舟，帆檣不盈尺。一葉飄中流，絕少驚濤拍。逍遙波心恬，容與浪花白。傲睨藐五湖，泬洄小彭澤。乘風追遠勢，垂綸少閒客。有時停岸傍，居然勝巨舶。可知滇渤中，浮居即安宅。一嘯天地寬，莫嫌身世窄。

寄雷蠡帆以鎮省門就仕

此去人皆詫，惟余信有真。才長宜問世，困久必求伸。既幸彈冠慶，
還看束帛新。銀黃莫輕綰，視聽在斯民。

其二

遊蹤寄瀛海，相契十年強。別緒牽無盡，貧交味最長。繭絲誠可試，
松菊莫先荒。走馬應官去，從今學改妝。

聞家人芹口避寇惜其太早

芹口不知處，云自出北門。去城五十里，烟柳圍成村。巖岫既秀美，
竹木亦陰繁。桑麻青被隴，雞犬寂無喧。摘瓜有小圃，種豆有山園。
有碓可春簸，有井汲不渾。主人亦嫻雅，客至羅酒樽。時果分蓮茨，
特殺薦羔豚。對客問何來，狂寇驚心魂。稍稍喘息定，答述始有言。
上游既猖獗，下游復掀翻。榕州咫尺地，眼見相屠吞。所以覓幽僻，
少釋心煩冤。主人聞之哂，指點東西軒。聽客自安榻，莫嫌屋如襌。
此間小村落，却非桃花源。祇宜一廛受，而無萬馬屯。烽火尚未至，
如此棄而奔。烽火若既至，將何以自存。大笑客誠駭，重整饗與殤。
今宜暫憩息，茅舍從朝昏。疲苶客勿睡，濁醪傾瓦盆。嶺雲白如絮，
野花紅滿原。且尋田家樂，聊遠城市煩。

送張秋汀敬重赴淡水幕府

曾是乘來張翰舟，秋風回首又重遊。晴蕪夕照下高鳥，新水隔溪
空亂流。世事變遷今異昔，離蹤飄忽去難留。群芳未敢爭顏色，
特讓花枝出一頭。

其二

輕車駕熟定無疑，文采風流此一時。善手覆棋無錯局，淡妝臨鏡
自仙姿。山多猛獸驅須力，野有哀鴻救莫遲。一字寬嚴須忖度，
胸中卓識要先持。時粵匪滋事，焚掠遍野。

輓葛紫東啓泰

綺歲池亭互釣遊,中年杯酒話南州。營生不忍拋恒業,垂老方知誤浪遊。人慕長才爭委幣,家無長物乏良疇。老成凋謝前型墮,兼痛吾生信若浮。

其二

從今仙蛻離塵寰,莫問人間百事艱。却羨起家成赤手,轉看埋骨有青山。兵氛幾處傳烽燧,邵、汀俱失。圜法于今病市闠。市用鐵錢,百物俱昂。說向影堂君不答,空餘老泪自潸潸。

贈謝琯樵穎蘇

烟雲過眼瞬華顛,紅豆拋殘二十年。予與琯樵漳郡作別,僂計廿餘年矣。讀畫人皆知逸品,耽書余獨愛餘妍。前身却未疑周昉,聖手行將比鄭虔。神物恰愁終化去,顧廚故事至今傳。

其二

曩年烽火遍霞漳,急募僧騰衛筍莊。筍莊,琯樵書屋之名。殺賊真成好男子,爲官無礙舊詩狂。風人事業耕惟研,志士心胸智有囊。從此題橋酬夙願,花田尋醉到吾鄉。

其三

論交人説似牙期,笑指蒼松問彼知。鷗伴儘容盟白水,馬頭無計挽青絲。鵷鴻得路君宜早,猿鶴還山我悔遲。不惜瓣香低首拜,宣城佳句誦多時。

大藤坪歌

大藤坪,大藤坪,離家乍隔三兩程。山螯水座路凹凸,扶老挈幼往避兵。如魚脫筍走不停,如鳥塌翼瘖不鳴。更如羸馬怯長征,未聞鼙鼓心已驚。買舟出郭,夜雨連明。江漲湍急,有篙莫撑。以此少停泊,沿村爭款迎。既非庾郎嘲鮭菜,亦非宋嫂調魚羹。山肴野簌皆足以餉客,安用豹胎熊白樓護五侯鯖。老妻衰顏日日酡,差勝在家覷空鐺。稚孫不識場圃器,捫摎一一來問名。舟子棄棹去，興夫賈勇登。負戴及囊橐，腰腳相誇矜。千山過雨草泉濕，一徑聞濤松風清。野花滿地亂紅紫，稻芒連畛爭鮮新。到門重重互問訊，揖讓曾在綠莎廳。黃封舊醅甕乍啓，濁賢清聖杯頻傾。千觴百榼宜盡興，嬉笑雜沓歡平生。開北牖，敞南榮，中間絕有好軒楹。蟪蟀暝飛蛙響夕，黃昏擎出讀書檠。阿嬰新婦相萃處，一團兒女恰有情。詰朝妝罷窺鏡檻，遠山眉黛青猶橫。偷閒瑣瑣問家世，蟠根仙李今國英。極言此間住年久，白雲自白青山青。隔斷紅塵無錯迕，終歲不聞剝啄聲。春耕秋穫真可樂，簪纓休羨公與卿。山中宰相即宏景，世外高士惟子真。語兒莫忘金蘭盟，惘惘還當感以誠。良朋急難天涯少，個是漁樵舊弟兄。①

索居

索居人起早，無事坐莎廳。殘月沉街柝，閒雲宿野亭。古琴彈一曲，卯酒醉雙瓶。却羨無來客，柴關夜不扃。

憎蚊

蠢爾么麼細，專工暮夜情。咬人時見血，嘯聚是虛聲。利吻饞何甚，忘軀昧不明。寒風起淒厲，掃蕩罷雷鳴。

其二

不信鑽營巧，能療一夕饑。擇肥憑爾噬，結隊更群飛。縱入重帷擾，難禁短麈揮。濃烟看早熸，蹤影自然稀。

燈花

開落不關風，銀釭一穗紅。春宵曾燦爛，秋夕又玲瓏。焰冷長門裏，光搖錦幙中。客情憐落燼，未許撲飛蟲。

寄懷沈序東

問訊單棲客，今年歸不歸。乍驚桐葉落，重見菊花肥。檜短雲留榻，

---

① 原批：“敍次如畫。”又：“逸氣卷舒，自是興到之作。”

簾疎月上衣。深閨勞鏡卜，有夢到衡扉。

其二

共訝腰圍瘦，工吟此不疲。曾聞寒柝夜，常坐曙鐘時。港隘歸潮急，林深見日遲。埜航乘眺遠，烟景一川奇。新莊至擺接，淺水行舟，聞風景不異江浙。

其三

符書能困我，久病已經年。往事都成幻，餘生但問天。覓閒攜酒榼，對客弄琴絃。不管歸山後，羞囊無一錢。

其四

驍將提戈至，烽烟靖上游。山川餘斥堠，草野樂田疇。拙甚無長策，愁深少遠謀。迢迢雲樹外，相憶在滄洲。

詠筆

起草何其速，如椽運似風。只愁殘後瘞，不怕夢中逢。往事千秋白，相知萬里通。蒙恬曾弗禁，枉用燬書工。

百感

驚破幽窗夢，荒雞攪夜眠。高風摧落木，凉雨濕新烟。客况空囊後，秋心短榻前。寸衷容百感，焉不損華年。

憶紫藤花書屋

罨畫屆春三，繁英滿高架。瓔珞正紛披，翠幄蔭長榭。瘦莖蟠龍蛇，清香勝蘭麝。恍似紫府居，神仙皆嘆詫。作別逾十霜，頗念舊桑柘。幽思有夢通，花神來遠迓。道我曩與約，及瓜即返舍。今也竟忘歸，前言莫非詐。遊子行無方，經冬復經夏。烏兔兩不停，流光去如射。愛花遭花嗔，斂容爲花謝。重申左券盟，定稅來秋駕。花看髟蔓垂，人擬行縢卸。開我小西堂，欣賞晨至夜。妙舞及清歌，一尊聊慰藉。如其尚愆期，任彼東風罵。

病鶴

惆悵江天欲暮時，霜毛憔悴覺襤褸。曾經遼海風霜苦，自惜芝田
飲啄遲。萬里雲霄空顧盼，一生泉石任孤羈。雞群久立無人識，
轉羨乘軒好羽儀。

閱鄭禮部祉亭用錫寄贈述安太守詩見獵心喜自忘拙陋依韻吟成奉呈述安

蠻觸無知互逞強，各分氣類善佁張。犁庭搗穴三千弩，戴月披星
百日糧。名淡不妨忘得失，心虛隨處慎行藏。負嵎勞爾募軍力，
有客曾經請發棠。

其二

憶從南北抑豪強，遠邇咸瞻治具張。害馬除完還拔薤，饑鴻扶起
并分糧。池塘水暖魚常活，亭榭花深鳥易藏。此日結茅期暫憩，
人來猶頌舊甘棠。

秋窗坐雨

瀟瀟夜雨入疏檽，留得殘荷耐遠聽。滿院竹光如黛染，半窗蕉影
對人青。秋從大海回潮壯，霧展遙山似夢醒。恰喜吟情無限好，
白蘋紅蓼綠莎汀。

偶成

少時家清貧，有書不能讀。及今老而衰，空瓠笑負腹。面墻不自知，
顙泚食官祿。荏苒幾春秋，勞心遍簡牘。異地寡師友，相依惟僮僕。
多愁筆研蕪，祗覺形影獨。昕宵手一篇，聊爾悅心目。亦復時吟哦，
終慚窘邊幅。購書萬卷餘，如玉韞諸櫝。有客對我言，歸期宜早卜。
藉此炳燭光，研練猶可復。即非飽笥邊，有勝荒莊陸。竹月影珊珊，
松風聲謖謖。苦我三重茅，扃門謝剝啄。寢饋樂其中，無間寒與燠。
即此了餘生，讀書萬願足。

淹留

蟲聲滿院露華稠,砌草巖花盡解愁。拔劍有時還起舞,空樽無酒向誰謀。關山夜月高樓笛,江海秋風遠客舟。迸作羈人牢落感,十年蹤迹悔淹留。

一宵

草徑似山家,殘陽半壁斜。秋蟲抱寒葉,暮鳥散歸鴉。鄉思看明月,詩情在晚霞。一宵吟興足,尊酒又堪賒。

園中雜景

石闌干外幾株松,瘦幹虬枝宛似龍。池净來窺臨水鶴,林香時趁採花蜂。入門客已清談少,讀畫詩難好句逢。無限情懷何處遣,中宵都付亂鳴蛩。

其二

榆莢飛殘半剩苔,小亭時有野禽來。空階落葉僬慵掃,隔户叢篁叟自栽。石氣穠青凝曲蹬,海光搖蕩上高臺。不知門外滄波闊,如薺風帆幾處開。

其三

柴關兩板寂無譁,客至惟憑鳥喚茶。未許耕雲呼野老,不妨看竹訪鄰家。迎風易引升籬蔓,過雨爭喧出水蛙。一事賞心真妙絶,拂檐萬木緑杈枒。

其四

古佛無言鎮日閒,白雲來扣舊禪關。秋光滿院留殘照,晴翠當窗見遠山。絶少紅塵飛野馬,但添丹竈即仙寰。何時手挽蒼龍健,笑把笻枝當小鬟。

病起

灾星照處此身危,轉過輪迴罔自知。盧扁技窮皆束手,蔆苓味好且觀頤。不離床第誰能耐,未入膏肓尚可醫。今日霍然欣搦管,清宵紅燭又題詩。

其二

飄風一去果何如，但惜空存萬卷書。爲善不終誠有愧，及時行樂
總成虛。腳根已健猶扶腋，舌本微嫌未卷舒。試問園林誰是主，
種梅依舊自揮鋤。

其三

面山背水敞池亭，斗室還鐫座右銘。堆几符書難習静，迎賓衫履
總忘形。飲消藥酒三杯醉，睡照銀燈一穗青。永夜小齋無個事，
坐看渡水幾流螢。

其四

修短難齊付自天，不求老佛不尋仙。劇憐隔海收殘局，且喜歸山
樂晚年。埜性由來同鹿豕，養疴先要擇林泉。焚香掃地他時事，
一卷楞嚴結净禪。[①]

暝雀

暝雀風枝動，枯荷雨葉青。庭花濃飲露，池水倒涵星。酒碧傾三雅，
詩清愛四靈。有時横緑綺，彈與老龍聽。

中秋夕風雨

水調新聲唱惱公，梯雲取月已成空。滿天風雨初難料，萬里陰晴
迥不同。虛設杯盤辭酒客，罷吹絃管散歌童。嫦娥體態誰曾見，
知隔銀河無路通。

朱冕堂茂才鴻賦閒久矣述安先生令其學習筆札移寓安園代其推挽情可感也賦此以贈

一枝鷦寄勝棲鸞，文字因緣感百端。小住園林多悦性，暢談文史
結清歡。呼童睡起敲茶臼，點筆詩成繞藥欄。最是月明凉影動，
映窗空翠竹千竿。

---

① 原批：“四詩是浣翁病後實録語，意質直可味。”

其二

夢松池館曩時無,旖旎今堪入畫圖。花裏可曾迎上客,山中應有憶潛夫。不嫌巧壓年年線,自是能吹——竿。他日竹林儔侶盛,幾回沉醉酒家胡。

無月

匝地亂蛩鳴,長林露氣清。風斜螢不定,烟淡鷺偏明。遠渚漁燈聚,高城檬響輕。小詩吟未就,永夜鬭心兵。

雜詠

四郊猶不靖,刁斗夜連營。野戍紅旗出,高樓畫角清。元戎自談笑,裨將孰干城。借問鵶軍裏,伊誰善用兵。

其二

儒官爲不易,茶蕈豈如飴。折檻誰旌直,遷喬已過時。長才人共妬,多累命難知。亦有麒麟楦 ①,終身好爵縻。

其三

廣額頒明詔,清通才 ② 入庠。如何談閥閱,毋復重珪璋。年老同羸駿,書譌笑弄麞。聖人真莞爾,也許列宮墻。

其四

大樹論勳伐,偏遺報國忠。拔山誰致力,克敵轉無功。梁棟良材乏,金珠國用充。朦朧虛實半,咸入綠章中。

其五

四海何多難,輸將比户同。半生甘白屋,幾日換青驄。花草有時艷,雲霞轉眼空。近來軒冕貴,都是仗東風。

幽齋感事

夕陽村落亂鴉鳴,古木寒流愴客情。一陣駕鵝催冷信,幾枝蘋蓼畫秋晴。人傳遠戍烽烟靖,夢憶鄉園水石清。曾是不歸歸便好,

---

① 原批:"'楦'本作'楥',從爰,是。"
② "才",原作"始",旁改"才"字。

滿堤新柳聽春鶯。

同人中有笑余迂闊者作此示之

不善逢迎任毀譽，鶴長鳧短究誰如。輪方已覺行無路，鈎直還看釣有魚。松柏論交誰耐久，樵漁賦性本粗疏。臣心此日真何似，池上清光水一渠。

曉烟

遠浦微茫白，應知胃草輕。雞聲催不散，蟾影襯還明。水練搖魚夢，山屏出鳥聲。橫空淡無際，一抹樹頭平。

獨詠

獨詠曾邀月作朋，小窗宵對一輪冰。却無佳句吟何益，但是良宵興倍增。塢外看花隨野鶴，籬邊醉菊飲高僧。秋山滿眼渾如畫，病起依然躡屐登。

九日海東山長家篠石先生集同人在榕壇中登高拈韻賦詩共十六人以王子安宴滕王閣詩序時維九月序屬三秋勝友如雲高朋滿座十六字爲韻余因病未赴翼日篠石來書云代拈座字遂賦五古一章呈政 榕壇一集

滄瀛隔遐方，勝會不常作。芳辰多虛過，高風難遠播。今秋青鳥來，傳得字一個。開緘已先驚，索詩弗容惰。自憐久病軀，花枝笑軟懦。焉得豎鼓旗，謬思敵壘破。然聞擊鉢聲，推枕不肯臥。欲效亂蛙鳴，未甘寒蟬餓。海東觀雲霞，方知天宇大。金英紛滿庭，涼颸吹紫邏。先生絳帷開，群公相揖賀。風雅有主持，壇坫亦清暇。以此裙屐聯，何嫌襟袖涴。大斗既淋漓，狂吟殊叱咤。鯨吸百川流，珠看九天唾。心傳咸俊才，餘事付王謝。謂樵邨、瑞樵。盛世夔龍儔，賡歌明良佐。閒鷗迥非倫，敢以巴詞和。白雪興未闌，黃花留晚課。他日我參師，同行木上座。拄杖也，見蘇詩。

壽李連卿澄清六十

古人壽齒德，頌美無溢辭。今人壽酒炙，祝嘏多膚詞。我獨無可壽，
爲君歌新詩。詩新情則舊，但述我所知。君年舞象勺，頭角殊瑰奇。
讀書數行下，岐嶷非常姿。曜日鳳皇羽，臨風玉樹枝。子衿不得青，
久下董生帷。既而棄括帖，餘事尚可爲。谷雲擅筆札，彩毫五色絲。
閉戶自針刺，繡好無人窺。壯歲改學劍，彎弓駿馬騎。穿楊矜百步，
不讓養由基。里閈一隅地，卒卒不展施。嘉慶紀末年，扁舟遊海湄。
黃巾猝然至，戎官拋裸屍。韜鈐夙所擅，長技衆交推。乃逢馬都
督，馬濟勝。訪賢降茅茨。君其侃侃談，略分忘尊卑。都督掀髯笑，
謂子實我師。倚爲左右手，相慰如渴饑。功成不受賞，堅却千金貽。
還山理故業，十載空奔馳。奔馳鮮所獲，霜露悽肝脾。重來蓬島
外，又見危城危。豺狼出窟穴，鸞鳳遭鞭笞。草菅人命賤，雞犬無
孑遺。鄭侯捧符樾，鄭芸舫。斧鉞不足威。蔓延竟燎原，烈焰野火吹。
君又奮臂起，克敵佐旌麾。一戰賊退縮，再戰賊披靡。連雞多就縛，
飲刃甘如飴。凡屬已降服，憫惻宥赦之。君更愀然曰，若輩煢無依。
遊手聚郊隧，列星而布棋。若不速獮薙，所患曷可治。若概與斬馘，
其情良可悲。同類勿摧殘，毛裏勿乖離。亟與謀團聚，始足示恩慈。
此心乃仁術，樹德惟務滋。以此壽岡陵，其誰曰不宜。今年甫六十，
顏貌如嬰兒。登山不攜杖，涉海不撲著。平仲與人交，沖曠神怡怡。
胸次況鏡瑩，不著纖塵私。回思車笠盟，與君幸同時。庶幾臚實事，
頌仍未忘規。百尺松不老，一曲鶴南飛。期頤自有日，請歌商山
芝。①

題謝琯樵北溪漁隱圖

斯圖知爲誰，北溪謝氏子。謝子非隱流，那得便作此。其才足臨民，
其年正強仕。縱不博公卿，亦宜暫金紫。胡爲效志和，好樂在山水。
終日駕扁舟，蕩漾蘆花裏。孰知謝子心，與我譚至理。毋我岡敢離，
奔走豈得已。挾技偶去鄉，得貲奉甘旨。非敢慕高尚，亦非忘桑梓。

---

① 原批："以詩代序，自不嫌鋪張。"又："代敘父情濃至，李君仁心仁術，
　　一一具見。"

一喜一懼情,無間于遠邇。吾黨得斯人,孝行敦素履。以茲驗平生,
無事不知止。笭箵坐兩頭,一竿釣雙鯉。蓑衣對月明,浩唱漁歌起。

榕壇二集

聘菊

羔雁何勞往復回,名高未肯逐時來。席珍久已金英重,鏡合難憑
紅葉媒。傲睨不群徵士態,婆娑古意壽人材。蒲輪既具臨須早,
敢託清霜仔細催。

證菊

慾驗風痕又露痕,寒香吹老舊籬根。三生月印羅含宅,幾夕霜清
陶令門。白水訂盟原有約,金仙學道却忘言。心源好借花爲喻,
吟出閒詩共討論。楊巨源詩:"心源邀得閒詩證,肺氣宜將慢酒扶。"

榕壇三集

秋燈

蘭缸耿耿映蓬廬,人静凉生月上初。五夜機絲憐寡女,一簹船火
照歸漁。寒流水閣繁星閃,孑影山樓獨客孤。更有長明蕭寺裏,
老僧夜誦照禪書。

秋砧

寄遠愁心百事違,邊關空闊念寒衣。迎風亂杵聲頻急,搗月殘更
力已微。霜露不情沙磧冷,夢魂無那雪山飛。去年刀尺痕猶在,
未識征人今瘠肥。

秋笛

宵深恍惚水龍鳴,桂府仙人聽得清。折柳情猶傅宛轉,落梅怨自
寫分明。一聲裂石蛩先覺,幾度穿雲雁亦驚。莫倚高樓對凉月,
通詞怕有郭長生。

秋鈴

萬峰为崩走騾綱,一陣喧豗冒曉霜。隨意數來剛百子,就中聲似
怨三郎。天清鬥鴿翻風早,夜静驕龙吠影忙。笑拵虎鬚誰敢繫,
漫山枯草半青黄。

　　秋螢

曾遊隋苑夕忘歸，轉瞬飄零事已非。腐迹尚餘殘草蔓，微光却少帶霜飛。輕紈扇小迴旋撲，紅稻花開逐漸稀。猶記書堂青映字，宵分點點坐人衣。

　　秋蟬

涼風一夕螻蛄生，曳出青林嘒嘒聲。入畫記曾揮汗扇，華冠端不愧秋卿。出身清濁休相論，轉眼炎涼亦世情。最是日沉殘雨歇，幾枝疎柳傍簷鳴。

　　秋蝶

悠揚曾詡花間活，尋向荒林轉自疑。偶夢名園猶熟徑，閒餐仙露少新枝。滕王畫法寒雲瘦，謝逸詩情冷雁知。縱賴春駒名字好，零香賸粉也非宜。

　　秋蛩

哀音誰聽爾么麼，金井闌邊唧唧多。石穴寒風吹永夜，草城微露濕青莎。似催懶婦驚心早，奈醒征夫遠夢何。怎及湖山師相樂，半閒堂裏簇笙歌。

　　秋草

十里寒蕪落照低，淡烟殘靄易萋萋。荒園無主蓬蒿長，滿地皆秋絡緯啼。仲蔚門庭原閴寂，惠連池館已淒迷。回思昔日蒙茸綠，曾繫花驄陌上嘶。

　　秋葉

搖落空庭起暮寒，蕭疎能有幾回看。風高力易漫天舞，月朗心疑得地寬。故友情懷愁日減，老年丰貌笑中乾。任他醉酒酡顏客，來比終輸霜葉丹。

　　秋漁

飽看青山卧柁樓，蘆花深處棹扁舟。半江桂水魚知樂，兩岸楓香樹盡秋。舉網寒天期得酒，鳴榔夜火不驚鷗。平生心事無人會，垂釣由來用直鈎。

　　秋樵

一擔清霜歷澗阿，晚歸還自唱山歌。牙鬤不避真豺虎，枝幹能勞幾斧柯。肩上有時黃葉滿，眼中終古白雲多。朱門興替須臾事，城市于今屋補蘿。①

秋烟

亭燧迷空沍不分，暮山凝紫轉氤氳。人家冷落村炊少，草地焦枯野火焚。煮朮風飄連斷靄，燒丹熖直透涼雲。齊州九點藏何處，隱約遥看半夕曛。

秋濤

長江浩浩水漫漫，但遇涼飆起怒湍。黿赭聲搖沙岸動，金焦浪湧海門寬。魚龍氣銳心何壯，雁鶩風高膽亦寒。得到錢唐秋八月，迎潮盡有萬人看。

秋扇

委篋恩情忍棄捐，涼風已是早秋天。羞遮妾面霜同潔，怕入君懷月再圓。專寵已知難久恃，合歡未免易生偏。長門梳洗休相問，不受人憐却自憐。②

秋簟

一方青玉净無塵，蘄水霜紋勝錦茵。八尺寒漪侵病骨，滿堂秋月倚閒身。卷舒未肯因時棄，坐卧還欣得物新。李鏡陳屏俱不稱，合宜惟有竹夫人。

秋聲

齊鳴金鐵各錚鏦，童子開門月在松。萬籟蕭騷先落木，一宵凄緊又清鐘。登樓遥響從空下，就枕商聲入耳逢。疑是寒潮疑是雨，詰朝殘葉掃重重。

秋夢

料識西堂草盡腓，怪他莊蝶又空飛。心思不覺同牀異，富貴全知幻枕非。涼榻衾幬殘漏永，小窗風雨一燈微。當年赤壁橫江雀，道士翩翩一羽衣。

秋影

晚鴉背上夕陽殘，著眼楓林幾樹丹。匹練明河橫遠塞，一輪朗月

① 原批："六句寫'樵'字神韻。"
② 原批："翻筆生新。"

送歸鞍。照來疎竹燈光冷,描到寒梅雪地難。可是霜花遮不盡,
數枝留待鏡中看。①

秋痕

黃蘆苦竹滿江潯,得句渾忘斧鑿心。陋室階前苔易踐,歡場酒後
淚難禁。芒鞋蹴踏橋霜白,野漲參差岸蓼深。門外又添新爪印,
龍風昨夜過松林。

秋信

瑟瑟庭梧墜地新,隔年消息寄來真。浮沉未許蚤先問,傳遞惟教
雁到頻。籬菊不聞逢驛使,江楓從此感行人。繁霜穠露皆瞠後,
纔報金風第一句。

秋色

千林爭逞艷陽姿,重見風光旖旎時。平楚樓臺憑眺望,秋郊車馬
又紛馳。登山覓伴看紅葉,近水清游泛綠蘺。賺得騷人詩句好,
梧桐未老菊花癡。

秋味

九秋滋味孰爲先,霜在寒林月在天。若論醉辛誰解識,可知清脆
勝甘鮮。調和白帝心良苦,醞釀黃花色比妍。畢竟登筵無一物,
任人咀嚼到中邊。

秋燒

枯菅野蔓一齊燒,露出霜峰路幾條。雉兔結群投別澗,松杉無恙
蠹晴霄。星星不息燎原易,烈烈空驚觸石焦。待得殘痕回翠後,
又憑斤斧斫山樵。

秋泛

來去烟波一望秋,秦淮遊遍又邗溝。移舟古岸親鷗鳥,待渡前溪
傍橘洲。百里飽帆風色好,五更殘夢艣聲柔。荻花楓葉半江水,
能使天涯無限愁。

秋怨

脈脈霏霏不自由,寸腸怎貯許多愁。情如落葉初離樹,事已浮萍

---

① 原批:"恰是秋影,撰句入妙。"

逐逝流。長夜月明懷永巷,空幃人遠感清秋。君王若署回心院,
賤妾猶堪詠白頭。①

秋懷

刎頸論交已有年,秋風此日更懷賢。雲迷鴻雁人何處,夢繞山川
夜不眠。水國蒼葭情渺渺,花田紅豆意綿綿。一從彼美陽關別,
雁信何由寄錦箋。

秋意

彳亍閒庭待葉飛,園林疑有早涼歸。滿山殘槲催黃葉,一抹寒雲
冷翠微。棗谷薄寒霜未降,茭塘輕暖草猶肥。應知冰雪炎方少,
不到深秋不授衣。

秋陰

拂柳繁花著意輕,平蕪遠眺只微明。雲光黯淡常疑雨,天色蒼涼
不放晴。聲斷嘯猿寒霧重,影拖回雁暮烟橫。山坳林麓都蒙密,
祇有澄鮮水一泓。

秋晴

虹收雨霽晚霞妍,野草芊眠暖岸邊。一片晴光明海色,四圍畫景
聚人烟。涵虛遠水粘天碧,返照空山落日圓。跨馬出郊時極目,
幾行紅樹裊絲鞭。

秋穫

耞板聲中日已西,芻茭堆與屋檐齊。千箱穤稇黃雲滿,一笛牛羊
白草迷。餘粒慣看群鳥下,新炊時聽午雞啼。眼看報賽豐年樂,
社燕歸時醉似泥。

秋獵

極天山净廣場圍,勁翩青鷹草際飛。霜重幾經熊館濕,林深常見
兔置肥。元戎馬上揮長劍,列校槍邊動殺機。回首西風吹獵獵,
囊鞬爭帶野禽歸。

---

① 原批:"結句怨而不怒。"

輓陶子朔寅

君善俞拊術,療人不自醫。復讀申韓書,活人惟恐遲。存心在康濟,
見利顏忸怩。因之甘清貧,葛帔常冬披。小病曾幾日,扃户尠人知。
遽即聞不禄,淒絕我肝脾。天涯嘆淪落,久已無家歸。鬓婦撫雙雛,
赤手焉扶持。客年我疾作,感君爲我治。今莫爲君殯,我心重傷悲。
孤魂渺何所,中宵夢見之。猶是談平生,但不展兩眉。人生若薤露,
電轂颮輪馳。萬事從此已,金紫定何爲。君才既倜儻,君文實瑰奇。
玉樓既見召,位置當不卑。前歉後必豐,造物理可推。忉利往極樂,
酬君一生虧。

送秋

不虞秋盡日,翻得送秋吟。紅樹有新舊,白雲無古今。烟收山骨瘦,
水落石痕深。預識冬來暖,風抽宿草心。

十月朔夜半 ① 地震 ② 不寐賦此

赤嵌地本浮,屢動非奇事。今夕動逾恒,舂撞一齊至。巖墻岌岌危,
屋瓦飄飄墜。有聲東北來,其勢誠駭異。恍同鼇柱摧,誰觸龍宮忌。
拔宅乘夜飛,驚濤大海沸。詰朝路人説,低鄉村岮棄。輪囷倚道周,
巨木拔三四。雞犬相叫咬,虎狼亦奔避。茅樓野外居,頃刻成頹敝。
爻占雖非灾,却亦不爲瑞。垂詢耆耇人,寇氛又將逮。我思坤體静,
萬古不易位。如何反厥常,天心殆昭示。遊手繁有徒,蠢動殊易易。
殷鑒已在前,風謡良堪悸。縈迴島嶼間,僅此尺寸地。當懷物力艱,
務使群生遂。諸公答升平,捍患宜有備。未雨先綢繆,勿謂斯言戲。

有錢歌　有錢貽禍,貧家可免。世人不識,謬作俚歌,以勸醒之。

有錢不用買高官,官高運蹇殊險艱。薄言往愬逢彼怒,臺司氣欿
重如山。一言齟齬登白簡,唾棄删薙同茅菅。況乃青蠅時污璧,

---

① “半”,原作“子”,後改。
② “震”,原作“大動”,後改。

街謠埜語專工讒。有錢且莫購田宅，得來姓氏掛户籍。旁人一一記牙籌，屋置幾椽粟幾石。未曾充牣迫輸將，雷厲風行驚辟易。網魚不去截江湖，底事溝渠苦求益。有錢只可置奇書，經年閉户恣敗漁。坐擁百城不爲儋，下帷當師董仲舒。得尺則尺寸則寸，智者益智愚不愚。苟能百家皆貫串，十事對九稱通儒。有錢更當沽美酒，客路相逢但指口。畢卓卧甕乞諸鄰，劉伶荷鍤誓其婦。百年三萬六千日，晨醉一壺夕一斗。輕裘肥馬呼童換，日與麴生爲良友。君不見繡衣駿馬吉莫靴，南威西子更秦娥。玉簫金管銀叵羅，大梁之黍玉山禾。一朝運退戒豪奢，綠林攫奪來傾俄。千倉萬箱霎時盡，朝富暮貧將如何。奚如戴青笠披綠蓑，學作西塞山前張志和，月斜沉醉猶唱打魚歌。或歸盤谷碩人薖，或營康節安樂窩。清閒頑健鬢雙皤，讀書飲酒免風波。我今漫作有錢歌，喚醒人間春夢婆。

冬至

昨宵微雨隱朝陽，廣莫風高上野堂。一歲光陰今日短，百官輿馬五更忙。家家玉粒誰搓粉，寂寂銀燈自引觴。記得少陵詩句好，山梅岸柳待評章。

題吳曉峰湛恩明府航海圖

瀛海波濤百丈高，使君曾此駕輕舠。出群無意空凡馬，赤手真堪釣巨鼇。作宦豈能辭險要，談詩猶自重風騷。眼看畺鑠今逾昔，舵首靴刀興益豪。

其二

好山名畫愛龍眠，曾憶陳情詡錦旋。海國重來三島外，風光可似十年前。天留餘澤償清俸，民頌婆心種福田。不識河陽花滿野，熙臺誰是得春先。

和沈成之寄懷四律

君是今之員半千，世家才調本翩翩。因人暫賃梁鴻廡，得路終先

祖逆鞭。破浪巨魚歸大壑,衝雲高鳥縱長天。異時不負楊臨賀,
聲望纔知子最賢。

其二

一門雍穆樂融融,婦德還兼說婦功。截髮已聞陶母教,挽車真得
少君風。宦途升降無憑準,世態遷移有變通。羨爾菜根滋味好,
不嫌春韭又秋菘。

其三

英物由來誕善門,侍兒捧出洗三盆。聞聲先慰高堂喜,徵夢爭聽
賀客言。弧矢得情期綾冕,詩書傳後重根源。請看已識之無字,
羊祜金環再世恩。 來信云:八月四日,舉一丈夫子。

其四

南浦樽邊碧草蕪,相思有夢未模糊。離亭歲月成虛話,瀛海風雲
憶壯圖。才大未容心不細,學深轉覺智如愚。方諸本是清光物,
能使凝塵拂拭無。

小園

小園雖初冬,草木未黃落。藻暖潛鱗游,林喧歸鳥樂。竹深人不聞,
萍開風自約。疏花扶石闌,閒雲占高閣。一宵寒信至,新霜下簾幕。
幽窗人未眠,挑燈弄杯杓。醉來拉雜吟,未暇枯腸索。搥鍊少精堅,
膚淺終薄弱。半生事皮毛,垂老剩糟粕。應知百事非,莫鑄九州錯。
今亦無他求,歸志在丘壑。蕭閒沙上鷗,清健松林鶴。看花趁好春,
飲酒磬餘橐。留此不羈身,看人成著作。

送慶壽弟歸粵

世路崎嶇半寇氛,此來穿過虎狼群。餘生憐爾波濤活,垂老慚予
手足分。海上黃塵多格鬥,山中白石好耕耘。不辭力勸歸田去,
幾處猶看起戰雲。弟于春半離粵奔閩,適余家在大藤坪避兵。弟又買棹東渡至滬尾,
衝礁船破,衣履悉付龍宮。沿途托缽至郡,薄贈川費,勸其歸粵。其固請修辛齋公祖塋,祇
可俟余有力另辦。

夜酌得句

獨坐度清宵，閒愁以酒澆。朦朧宜有夢，塊磊最難消。盜藪多于蝟，官場沸似蜩。天狼曾未沒，莫唱太平謠。

其二

晨夕呼庚癸，吾榕比戶窮。朱門徒飾外，白屋更空中。在昔銀攜鈔，而今鐵代銅。一方同浩劫，不敢怨蒼穹。

補　輯

榕州近事傳聞有慨成詠(其三)

義髻如雲巧樣粧,低頭羞拜佛前香。駝峰突出新行酒,道是今朝禮法王。

次宋和卿夏夜書懷韻(其二)

來是鳴蜩抱綠枝,歸看黃菊蟹螯持。離懷未解千絲結,敗興旋收一局棋。生不受憐真健骨,家能爲累屬情癡。長卿尚有裘堪賞,底用煩憂罷酒卮。

前詩 ① 未寄復書一律

吟罷新詩未寄將,南鴻吹斷不成行。人衝夕照楓迎紫,秋老西風菊綻黃。飲啄在天原有定,耕桑何地是安鄉。不如來作寒爛伴,解我相思水一方。

病咳

畏藥謝庸醫,經秋強自治。傾國心欲嘔,入夜肺先知。未笑翻成涕,無眠恰有詩。箭風是何物,屢骨屢相欺。

殘菊

努力助秋光,空餘晚圃香。已寒三徑月,猶傲一籬霜。質淡神俱瘦,名高迹易藏。明年想丰度,依舊著花黃。

---

① “前詩”指“次宋和卿夏夜書懷韻”。

物嘲二首

江梅橫行過一秋，腥風吹出氣如薝。蘊藏未判玄黃色，藐小終非介胄儔。莢舌早防螯有異，無腸安見腹能謀。畢生出處休輕問，帶水拖泥也自羞。詠蟹。

其二

託身尺澤共沉浮，跳舞何曾得自由。纖命也容帶水族，長鬚奚足逞風流。撈來淺渚難避網，游遍清溪總在溝。葅醢笑他無骨相，鞠躬依舊屈如鉤。唐彥謙詩："雙箝鼓繁鬚，當頂抽長矛。鞠躬見湯王，對封朱衣侯。"詠蝦。

寄沈半雪致誠(其二)

佐治原無術，懷忠自得名。金雖開儉府，璧久重連城。舊雨聯新榻，偏師接短兵。梁山春事近，移彎又聽鶯。時王篠坡明府由懷恩調漳浦，半雪偕往。

和吳脩軒伯恭述事詩寄以勗之次韻(其一)

占籍閩山過幾秋，無人知是舊通侯。脩軒先世有宰沙縣者，至其祖履堂先生，遂居閩中。慾談往事傳遺愛，轉慨華年誤冶遊。璞蘊美材惟汝器，珊懸客網果誰收。鳶肩火色行藏吳，奇氣還應壓九州。脩軒年二十四，文頗精銳，敵睨自負。

和吳脩軒伯恭述事詩寄以勗之次韻(其四)

欷歔重使淚盈巾，幾度青回墓草春。遺掛尚疑人似玉，揮毫親見筆如神。晴嵐年少時翩翩美丰度，出一篇輒冠其儕偶。羈魂苦嘯螢燐夕，短夢虛過蝶幻身。至竟修文緣底事，九幽何處問原因。晴嵐年甫四十，早世。

無寐

無寐常終夕，渾如未解酲。漏深催曙急，燈小背人明。老大成吾錯，艱難識世情。倚身長劍在，休作不平鳴。

大雨

屋小舟相似,掀翻欲捲茅。却欣流可枕,祇惜路重抄。瀑布穿檐落,苔花向榻交。鳬鷖飛自到,日日浴堂坳。

病中雜詠(其二)

過眼雲烟五十秋,勾留鴻爪半南州。青山莽莽皆行腳,白髮蕭蕭欲上頭。泛宅但如秦客贅,勞生空作杞人憂。始知著我先鞭者,一樣浮蹤逐散鷗。

病中雜詠(其四)

湖海襟懷半酒樓,若云知我孰爲儔。羊求可許來三徑,李郭難逢共一舟。未必鑄金真見賞,但懷名紙莫輕投。平生縞紵知凡幾,試問皆能耐久不。

病中雜詠(其五)

蒲鞭偶示意猶苛,善養吾民勝養禾。跋扈幾曾無害馬,解懸誰見起沉痾。心清但羨三刀夢,名好空傳五袴歌。畢竟濟川難巨楫,龍驤何處穩驚波。

病中雜詠(其七)

連年兵燹復河渠,九府刀圜用豈餘。銷甲天威寬小醜,斷流民命免其魚。賡颺可有嘉言入,宵旰惟思痼疾除。乘傳紛紛勞四牡,水衡錢耗大官儲。

月夜市聲囂甚慨然有詠

絕非紙醉金迷地,偏有清歌妙舞時。秋盡忽開烟火禁,月明惟有筦絃知。淳風一往誰能復,衆志成歡樂不疲。聽到六街俱掩漏,簫聲又起社公祠。漳俗尚巫,迎儺賽會,日唱梨園,入夜尤盛。

小病初愈羲伯至自清源喜贈(其五)

野性惟思樂考盤,高風定愛竹皮冠。何年共買青山住,鉏藥栽花勝做官。

題瘞琴圖李頴光生煐爲悼亡作

三尺全無落雁音,分飛猶有惜群心。金徽玉軫人何在,白草黃沙恨轉深。餘薦却宜抛夜月,獨彈奚忍對荒林。從今莫聽秋墳唱,物化還須放浪吟。

清明日雨中雜詠(其一)

柳色青青插上門,夜來風雨滿前村。林鳩不管行人苦,依舊聲聲啼斷魂。

春草

綠滿平蕪失,痕添夾道新。未看南浦色,先步大堤春。盤馬分蹄軟,鋪茵小卧頻。裙腰誰畫出,盡是踏青人。

追和王子吉慶成除夕見贈原韻(其一)

臘尾匆匆華事新,花豬白酒餉宜頻。同心且結忘年侶,抱器真知上國珍。詩帶烟霞全換骨,人如草木也爭春。伏鸞隱鵠誰能識,我獨相從臭味親。

却飲詞(其一)

家家春釀鬥芳辰,特借名花召酒人。笑我自知非大户,輸將無力不稱臣。

却飲詞(其五)

出門何必定如泥,腸胃終朝自勃谿。怕著凉衾如水潑,宵深何處乞刀圭。

次謝守壘惜春韻

園林莫悵剩空枝，且對殘芳醉一癡。<small>癡與鷗通。</small>度影不知山遠近，惹風終覺柳參差。流觴事杳誰修禊，閉户人高但下帷。百尺銀墻疑隔斷，好憑青鳥爲傳詩。<small>咫尺蕭齋，守壘攻苦，絕不過從，故嘲之。</small>

即事　三月十五日（其七）

泛海浮槎乙字斜，珊珊風骨羨仙家。推移首尾皆相應，好似常山陣裏蛇。

往返蘭永舟行小詠（其四）

塔影偎雲半欲斜，桑陰濃處有人家。誰知篠築蒿荒裏，中種河陽滿縣花。

晚晴郊望

浮郭千家愛晚晴，隔溪先照斷霞明。花稀紅蓼雁還早，風過綠槐蟬自鳴。場圃歌詩皆牧唱，笙簫門巷少秋聲。遊心那及閒雲淡，日卧遥山一抹橫。

秋齋雜興（其五）

飄泊無良技，歸耕計始全。故山田豈少，客路日如年。春水花浮澗，秋風稻熟天。逍遥橫短策，身到白雲邊。

再和脩軒作

桂花香裏度流年，金粟前身孰是仙。感舊不禁多被酒，吟秋一例有新篇。高樓笛響梯雲客，舞社尊開醉月筵。同此賞心人静後，遥空相對一輪圓。

附原作① (焦余珍作)

落拓浮生祇自憐,憑何消息問青天。蹉跎雲路八千里,潦倒詞壇二十年。鐵笛驚吹明月下,琵琶悽咽大江邊。綿綿長恨無終極,愁聽枝頭叫杜鵑。

附原作② (晴江③ 作)

酬佳節、漫踏芝山,落葉滿禪關。捫蘿著屐幾彎環,風料峭、飛鳶自閒。遙憶茱萸遍插,何年嶽麓追攀。　　訪故人、蘭永張山長名金拔,南靖進士。萬卷窗間,相對更開顏。蕭蕭白髮共成斑。登仰止,亭名。似隔塵寰,祇愛黃花晚。笑香濃、老圃斒斕。右調《風入松》。

寄旭升(其一)

滿架藤花墮井踈,銀牀吹冷午風初。年年開到春三月,紫府神仙憶我居。

寄旭升(其七)

汝曹輟學我偏愁,束脩依然向我謀。最是天涯風雪裹,開箱曾典舊狐裘。

附原作④ (焦余珍作)

秋夜夜深秋氣清,秋心如水秋思繁。殘荷叢菊娟娟色,瘦蝶寒蛩瑟瑟情。風雨刪詩雙禿管,乾坤作客一寒簃。行藏何用君平卜,且醉香醪滿盞傾。

---

① 此詩前題是 "和焦余珍穎儒茂才中秋感懷之作焦山東章丘人"。
② 此詞前題是 "晴江投風入松一闋志芝山九日登高也余不善倚聲用其韻罔襲其體詠古詩一章奉和"。
③ 《不暇懶齋詩鈔》中有黃晴江、陳晴江、楊晴江之名,此 "晴江" 不知指何人。
④ 此詩前題是 "秋夜和焦余珍韻"。

附原作 [1]（焦余珍作）

踈枝籠水水涵烟，淡漠秋痕落照邊。春華多情曾繫馬，斜陽賦別又停鞭。一簾暮雨添閨怨，萬縷幽懷寄雁箋。好是常留標格在，靈和態度尚依然。

其二

霜林彌望斷雲遮，曲岸層虹覽物華。幾縷晴絲牽鳥夢，一天飛絮漾蘆花。離魂馹路縈征轡，瘦影寒塘憶去楂。試寫林容留畫本，高樓有怨訴琵琶。

其三

西風款款送春歸，吳苑隋堤事已非。對我有情還颯颯，懷人無語故依依。漢南雨雪楓初落，冀北霜葉雁正飛。莫道陶潛門巷冷，尚餘松菊駐清暉。

其四

停舟好向六橋灣，流水棲鴉帶遠山。載酒客懷金谷路，封侯人老玉門關。霜飛古戍征魂黯，露冷旗亭恨客攀。留取清陰須自護，芳春依舊燕鶯還。

獨酌

芙蓉穠艷菊凝香，籬外新添幾處涼。荷響滴殘聽雨静，橙檐分送帶霜黃。偷閒偶把吟肩聳，獨酌方知醉趣長。忽有數聲征雁過，又教風斷兩三行。[2]

八聲甘州 [3]

正西風吹老碧梧桐，海外喜萍逢。念戟門聽鼓，侯門挾瑟，一樣侘傺。不分赤嵌城畔，重翦燭花紅。一十年間事，逝等飄蓬。　　　聽說艱難負土，更爻占歸妹，遠趁飛鴻。問鯨噓鼇擲，壯覽幾人同。看依然、襟情似雪，只飄蕭、潘鬢漸鬅鬆。怎怪我、鬚眉霜染，頭腦冬烘。

---

① 此詩前題是"秋柳和焦余珍韻"。
② 以上輯自行草鈔本《不暇懶齋詩鈔》。
③ 據丁紹儀《聽秋聲館詞話》卷四録入，清同治八年（1869）刻本。

林占梅《潛園琴餘草簡編》題詞 ① :

寫景則無奇不搜,深入劍南之室;言情則有感斯託,能摹浣花之
神。剛健婀娜,悱惻芬芳;真得味外味,不厭百回讀。咸豐甲寅夏
至後五日,古粵愚弟黃鶴齡拜手。

---

① 點校者擬題。此文承本書責編王依民先生告知,謹致謝! 文見林占梅
《潛園琴餘草簡編》卷首。《潛園琴餘草簡編》,《臺灣文獻叢刊》第 202
種,臺灣銀行經濟研究室編印,臺北“中華書局” 1964 年版。

後　記

　　2011 年 6 月,臺灣成功大學王偉勇教授來到廈門大學講學,我始有機會向王教授談起《全臺詩》失收清代詩人黃鶴齡詩歌千餘首之事。王先生回臺后查閱《全臺詩》,確證了《全臺詩》失收黃氏詩集。王教授頗稱讚我的這一發現,隨即要求我點校黃氏詩集。點校工作從 2011 年 9 月開始,後福建省圖書館古籍部更換領導,善本被封存,點校工作被中斷。2012 年 9 月始恢復點校工作,經過幾個月福州廈門兩地的來回奔波,終于脫稿。

　　謹向王偉勇教授表示敬意和感謝,沒有他的督導,黃氏詩集仍可能被秘藏在圖書館中。廈門大學台灣研究院朱雙一教授、李祖基教授曾指導本書前言的寫作;廈門大學中文系曾良教授、李菁博士幫我辨清一些字迹;我的研究生江卉同學承擔了本書一半的打字任務以及一些校對工作;福建省圖書館古籍部許建平主任、劉繁先生在我的點校工作中提供了支持;責編王依民先生認真審讀全稿,提出寶貴修改意見,并補輯黃鶴齡題詞一則。以上特爲説明并誦謝忱!

劉榮平

2013 年 7 月 5 日

图书在版编目(CIP)数据

黄鹤龄集/(清)黄鹤龄撰;刘荣平,江卉点校.—厦门:厦门大学
出版社,2014.5
ISBN 978-7-5615-4942-1

Ⅰ.①黄…　Ⅱ.①黄…②刘…③江…　Ⅲ.①古典诗歌-诗集-中国-
清代　Ⅳ.①I222.749

中国版本图书馆 CIP 数据核字(2013)第 315861 号

厦门大学出版社出版发行

(地址:厦门市软件园二期望海路 39 号　邮编:361008)

http://www.xmupress.com

xmup @ xmupress.com

厦门市竞成印刷有限公司印刷

2014 年 5 月第 1 版　2014 年 5 月第 1 次印刷

开本:889×1194　1/32　印张:9.75　插页:2

字数:260 千字　印数:1～1 200 册

定价:29.00 元

本书如有印装质量问题请直接寄承印厂调换